小学館文庫

そのときは彼によろしく

市川拓司

小学館文庫

鈴音（すずね）は両手を広げ、天を仰ぎ見ながら言った。

「『かくのごとき夢あれかし』って」

そして、嬉（うれ）しそうに微笑（ほほえ）む。

「ねえ、それって、とてもすてきな夢だと思わない？　すべてのひとたちがみんなそこで繫（つな）がっているのよ――」

そのときは彼によろしく

編集　菅原朝也

I

彼はひどく風変わりな少年だった。

まるであの絶滅への道を歩んだドードー鳥の最後の1羽みたいに、失われてしまった人間の美徳である何かを、たったひとりで継承していた。すごく無垢で、だからとても傷つきやすくて、宇宙ロケットで地球の周りをぐるぐるまわったライカ犬のように、彼は澄んだ目で世界を見渡していた。

彼と出会ったのは13歳の春だった。（もちろん、そのときぼくは彼女とも一緒に出会っていたのだけれど、そのことは後からゆっくりと話していくつもりでいた。ぼくにだって分別というものがあったし、29歳になったいま、10代の頃よりはずいぶんと女性の心についても学んでいたのだから）

＊

父さんの仕事の都合で、ぼくは幾度も転校を繰り返していた。ぼくら一家はモノポリーのトークンよろしく、あちらに居を構えては、今度はこちらと、いつでも次の場所を目指しながら日々を送っていた。父さんの上司が投げるサイコロの目の数だけ町を越えてゆき、そして時にはぐるりとまわって、また振り出しの土地に戻ってくるということさえあった。

そんなわけだから親しい友人が出来るわけもなく、真の友情の意味を知ることもないまま、ぼくは足早に少年期を駆け抜けようとしていた。

新しい町はどこまでも広がる田園と、それを縁取（ふちど）るコナラや赤松の林から成り立っていた。そして思春期の少年のひげのように、ひどくまばらな間隔で民家がひかえめに建ち並んでいた。

町には、ハケ（台地のすそ）に沿っていくつもの小川が流れていた。湧水（ゆうすい）を水源とするこの清流には、ヤナギモやササバモ、ミズハコベといった水草が繁茂し、そこを住処（すみか）とする小魚や水生の昆虫たちが幸福そうに暮らしていた。

いつの頃からか、ぼくは水の中の世界に魅せられ、水辺に通うのが、どの町でも放課後の日課となっていた。町によってはまったく水っ気のない干上がった土地もあったし、水草のかわりに汚泥が川底を覆い、魚ではなく空き缶やスーパーのビニール袋が水の中を漂っているというひどい場所もあった。しかし、ここには豊かな命あふれる水があった。だから、ぼくはこの町が好きになった。

そして何より、ぼくはこの場所で生まれて初めて友人を得ることになる。ほんの1年間しか暮らすことのなかった町だけれど、ぼくにとってここは終生忘れ得ぬ場所となった。

そのときはぎりぎり滑り込みで、中途編入ではなく新2年生として新学期を迎えることができた。

新2年生たちはどことなく心細げで、見知った顔を見つけると互いに手を取り合い、教室のあちらこちらで同じクラスになったことを喜び合っていた。けれど、ほんの1週間もすれば、全てがあるべき場所に落ち着いていく。初めのうちは古い絆にすがっていた彼らも、やがては自分に見合う新しい友人を見つけ、教室という小さな社会の中の位階制を形作っていく。

第一に勉強ができ、しかもそのことを鼻にかけたりせず、『あいつはいい奴だ』と不良な連中からも一目置かれたりする男子生徒たち。

彼らは決まって勉強以外にも、バスケットボールがうまかったり、ギターで技巧的なリフを弾きこなすことができたりという人間的な魅力を備えている。そしてなんの臆面もなく、堂々と女子生徒とつき合ったりする。その彼女たちも柔らかそうな頬をしたかわいい女の子で、なおかつ成績も優秀なのだ。

このグループは誰に対しても分け隔てない態度で接してくれるけれど、ぼくらはそれが決して対等なつき合いでないことを知っている。彼らは「上流階級」なのだから。

その下層にはいくつかのグループがある。

勉強だけが取り柄で、たとえ明日で世界が終わるのだと知っても、英単語や方程式を憶(おぼ)え込むことをやめようとはしない者たち。どこかで目的と手段をはき違えてしまったのだが、そのことに気付くまでに、彼らはずいぶんと多くのものを失うことになる。14歳のぎこちないキスだとか、生涯に一度だけ決めることができたターンアラウンドシュートだとか、そんなものを。

また一方で、勉強は嫌いだけど身体(からだ)を動かすことは得意だという運動部の連中がいる(勉強が得意な運動部員は「上流階級」になる)。彼らは、ターンアラウンドだろうと、ダンクだろうと、華麗にシュートを決めてみせるし、クラブの笑顔の似合うマネージャーと、いつの間にかキスの経験も済ませたりしている。だが彼らもまた何かを失っているのだ。しかし、多くの場合彼らは生涯そのことに気付かない(何かが頭に去来するのだけれど、それを摑(つか)むことはできない)。

それでも、この2つのグループは「その他」の集合よりは階層の上にいる。

「その他」というのは文字どおりその他で、舞台の背景に等しい。勉強もそこそこ、スポーツもまあまあ、とりたてて語るべき才能はない。

度数分布の最頻値の階級に彼らはいる。体育祭の鼓笛隊で、リコーダーを受け持つ者たちがこれに当たる。

その下に、というかその外に、ちょっとした変わり者たちがいる。

独自の価値観で行動し、自分より他の人間にはほとんど興味を持たない少数派。彼らは2、3人のコミューンをつくることもあるが、たいていはひとりで行動している。

そして、ひとりでいることを全く気にしない。

ぼくが出会ったふたりも、まさにこの中にいた。

ぼくは――ぼくもこの「変わり者グループ」の中にいたのだろうか？

実は、父さんに無理矢理練習につき合わされたおかげで、ぼくは400mをかなり速く走ることができた。しかし、運動部には入っていなかったので、それを発揮する機会はとても少なかった。

勉強はおそろしくできなかった。最初の学期末テストの結果は、学年で365人中、360番目だった。英語に至っては2点という、狙ってもなかなか取れそうにない結果を残していた。全ての解答欄を埋めたにもかかわらず、これだけ間違えるというのは、これはこれで一種の才能なのかもしれないと、このとき父さんは母さんに言っている。

「この子は大物になるかもしれないよ」

世の常だが、遅く生まれた子供ほど可愛(かわい)いという。父さんは、このときすでに60歳を越えていた。自分の息子を見る目は、老眼鏡を通しても矯正できないほど歪(ゆが)んでいたのだった。

ぼくは孤独を愛し、それ以上に水辺の生き物たちを愛していた。こうやって、一つ一つあげつらっていくと、どうやらぼくも立派な「変わり者グループ」の一員であるらしかった。帰納的推理というのは、時に意外な結論を導き出すものだ（たとえ、それが周りの人間からは自明なことであったとしても）。

教室では、できるだけ身を屈(かが)め、頭の上を吹き抜ける風を極力避けるようにしていた。周りのクラスメートからは、できれば教室内にある備品、あまり注目されることのない古びた花瓶とか、そんなもののように見られていたかった。埃(ほこり)をかぶった花瓶に語りかける物好きはいない。ただ――もし、心根の優しい控えめな女の子がいて、その子が誰にも見つからないように、放課後そっとこの身に花を挿(さ)してくれたなら、それはそれで嬉しかっただろうけれど。

放課後は天国だった。

学校の裏手には1本の用水路と、それと並行して流れる小さな川があった。さらに、そこからは細かな支流や疎水が枝を伸ばし、その先には湿地や沼や、あるいは清明な水をたたえる奇跡のような湧水池がぼくを待っていた。疎水にはヤナギモやササバモ、ヒメミクリがたゆたい、沼や池にはキクモやクロモが繁茂し、水面には帰化植物の巨大なホテイアオイが浮かんでいた。

ぼくは学校が終わるといつも家には帰らず、グラウンドを横切り、その先の林を抜けて水辺に向かった。

その少年にはずいぶん前から気付いていた。

放課後に校舎の裏を運動部員の連中に追いかけられて逃げ回っている姿を幾度か見ていた。同じクラスのはずだったが、ぼくは彼がどの席に座っているのかさえ知らなかった。

その日はだから、本当の意味でのぼくらの出会いとなった。

用水路には野球部の連中がいた。

5月に入り水も温(ぬる)み始めると、ここは運動部の連中の恰好(かっこう)の溜(た)まり場になっていた。水量が少ないこの時季は、水路に降りてオイカワやカワムツを捕まえることができたし、水底に堆積(たいせき)した砂からはたくさんのシジミが採れた。ロードワークと称して、グラウンドから抜け出てきた運動部の連中はたいていいつもここで骨休めをしていた。

野球部の連中は粗野でしかも横暴だったので、彼らにはとりわけ注意する必要があった。ぼくは小さな草食動物のように常に神経を張りつめ、彼らを注視していた。一定の距離を置き、彼らのテリトリーに入り込まないように気をつける。ぼくは用水路の対岸を目立たないように身を屈め、そっと走り抜けた。

上流に向かう水路の右岸には、幅数百メートルの樹林が延々何キロも続いていた。この緑地帯には様々な住人が暮らしていた。今の言葉で言えば、ホームレスと呼ばれている人たちだ。

そのひとりは土手の斜面に横穴を掘って住んでいて、奥行き3mほどの穴蔵には、マットレスや段ボール、それにアルマイトの洗面器や焦げ付いた鍋（なべ）などが置かれていた。この日はどこかに出かけていたらしく、主の姿はなかった。

その先には広大な竹林が広がっており、そのもっとも奥深い場所には1軒の荒屋（あばらや）があった。よく言う葎生（むぐらう）の宿というやつで、その佇（たたず）まいはまるで昔話に出てくる「雀（すずめ）のお宿」を思い起こさせた。そこの住人は皆から「がりがりっちょ」と呼ばれていた。名前のとおり、おそろしく痩（や）せた男で、一年を通して薄い絣（かすり）の着流し姿で、足下はいつも素足に草履（ぞうり）を履いていた。八百比丘尼（はっぴゃくびくに）じゃないけれど、はるか何百年も昔から、彼はこの竹林で暮らしているように見えた。だが実際のところは、この一帯の土地の何割かを所有する大地主の息子という話だった。

彼にも気を付けなくてはいけない。子供が大嫌いで、竹林に近づく者がいると石を投げつけてくる。ぼくはここもそっと足音を殺しながら通り抜けた。

そこから先はコナラ、クヌギ、スギといった木々に囲まれた小径が続いていた。ぼくの目的地は小径の途中にある「ひょうたん池」と呼ばれている沼だった。アシやマコモに縁取られた沼には、マツモやホテイアオイが浮かび、その下にはナマズやドジョウ、テナガエビ、クサガメといった生き物たちが暮らしていた。それに、ここは水生昆虫の宝庫でもあった。

ここ数日、ぼくはこの沼に通いつめていた。

ひょうたん池まであとわずかというところに彼はいた。不法投棄されたゴミの山をじっと見ていた。ぼくは彼が同じクラスの生徒だということに気付いたが、名前までは思い出すことができなかった。

ぼくは足を止め、ゴミの山をじっと見つめる少年を観察した。

背は低かった。おそらく小学3年生と言っても通用しただろう。それでいて、その立ち姿からは、一種侵しがたい威厳のようなものが感じられた。ジーンズに、よれたプルオーバーのシャツ（うちの中学は制服ではなく私服だった）、ぼさぼさの髪。だが、なにより彼を強く印象づけていたのは、その眼鏡だった。おそろしく古くさいデザインの無骨な黒いプラスチックフレーム。どう考えても彼の顔には大きすぎた。顔の輪郭からはみ出している。はずれないように耳掛けの部分には手製のゴム留めのようなものが取り付けられていた。小さく縮んでしまったエルヴィス・コステロといった風情(ふぜい)で(『THIS YEAR'S MODEL』の時のあのカメラを構えている彼だ)、ぼくの価値観から言えば、彼はどことなく「格好良く」見えた。

それにしても何故(なぜ)これほど熱心にゴミの山を見つめているのだろう。彼の視線の先にあったのは、ブラウン管が破裂したTV(これは先週、ぼくが石を投げて破裂させたものだ)、だらしなく口を開けたままの冷蔵庫、それにタイヤを失った自転車、そういったもろもろの粗大ゴミだった。何か再生して使えそうなものを物色していたのだろうか。あの眼鏡にしたって、もしかしたらどこかから拾ってきたものかもしれない。

そのとき、ふいに彼がこちらを見た。不躾(ぶしつけ)な視線を注いでいたぼくは、ひどくうろたえて言葉が出ず、ただ胸の前で意味もなく両手をひらひらさせた。

「野球部が来る」

彼が言った。

反射的にあわてて振り返る。しかし、まだ彼らの姿は見えない。

「ロードワークでいつもここを通るんだ」

今度はあきらかにぼくに向かって彼は言った。

「いやな思いをしたくなかったら隠れたほうがいいよ」

彼はそう言ってひとつ頷（うなず）くと、そのままゴミの山の裏に消えた。急いでぼくも後を追う。裏は斜面になっていて、しゃがみ込んでしまえばゴミの山に身体は隠れる。ぼくらは息を殺して野球部が来るのを待った。

それからほどなくして、まず彼らの話し声が聞こえてきた。練習で潰（つぶ）した嗄（しゃが）れ声でがなり合っている。手入れを怠った乗り物が何台か連なって走っているような音に聞こえる。ひとつひとつの言葉の意味を聞き取ることはできない。彼らにしたって、相手の言葉を聞いているわけではないのだ。やがて落ち葉を踏みしめるシューズの音とともに彼らがゴミの山の向こうを通り過ぎていった。

「行っちゃったね」

彼はずり落ちた眼鏡を人差し指で戻しながら言った。

「うん」

それでもぼくらは、そこから立ち上がろうとはしなかった。重量級の部員たちはもう少し遅れてからやってくる。

粗大ゴミの山の裏は、やっぱりそこもゴミだった。川に向かって下る斜面を覆うように、あらゆる文明の排泄（はいせつ）物が堆積している。ぼくの右には小さな人形の首だけが幾十も積まれていた。真っ白な石膏の首は髪もなく、野晒しにされた小児の頭蓋骨のように見えた。

ぼくらふたりの間には、何故か15ポンドはありそうな黒いボウリングの球が捨てられていた。どこを見ても、指を入れるはずの3つの穴は見当たらなかった。どちらも本来の姿になる前にうち捨てられた、哀れな存在だった。

「これはもう2カ月も前からここにあるんだ」

ぼくの視線に気付いたのか、彼が言った。

「もうすぐ立派なゴミになる」

「立派なゴミ？」

うん、と彼は頷いた。そしてずり下がった眼鏡を指で押し上げた。その仕草は、小さく折り畳まれコンパクトになったクラーク・ケントのようにも見えた。

「ゴミにもいろいろあるんだ。捨てられたとき、それはまだモノでしかない。それがだんだんとゴミになっていくんだけど、まるでだらしなくて、つまらないゴミになっちゃうモノもあるし、すごく立派な堂々としたゴミになるモノもある」

天文学者が星を語るような口調だった。

「これは」と彼は穴のないボウリングの球を指さした。

「すごくいいな。滅多にないぐらい良いゴミになる」

その基準がどこから来るのか、結局ぼくは最後まで知ることができなかった。ワインレッドはいい色だけど、パールピンクはちょっとね、と言われたらやはり同じように感じていたと思う。

やがて、集団から後れて重量級の連中がやってきた。その気配は足音というより、地面を揺るがす振動だった。

80kgの肉袋。

ミンチと呼ばれる2年生の後ろに、彼をそのまま小さくしたような新入生が2人続く。みんな一様に真っ赤な顔をして、大量の汗をかいている。

ぼくらはゴミの山の陰から彼らを観察していた。3人は先を行く集団とは同じ道を辿らず、川とは逆の右手に延びる脇道に消えていった。

「近道なんだ」

彼が言った。

「いつでもミンチはあの道を使う。それでそうっと集団のうしろに現れるってわけ。あれでレギュラーなんだよ、信じられない」

確かに信じられない。

「ポジションは？」

「ライトの8番」

「キャッチャーじゃないんだ」

「キャッチャーはミンチよりも、もう5キロ重いんだ。それでひざを痛めててランニング練習には参加しないんだ」

もしかして、とぼくは訊いた。

「うちの野球部って弱いの？」

「いつも1回戦で負けてるよ。地元の少年野球チームからも馬鹿にされてる」

それを聞いて少しほっとした。世の中のシステムはちゃんと機能している。

「さあ、ぼくは行かなくちゃ」

そう言って彼は立ち上がった。

「行くって、どこに？」

人に興味を持たないぼくにしては、珍しい問いかけだった。

今でも不思議に思う。何故、あの時、彼の行き先が気になったのだろう？　その先に待つ、もう一つの出会いを知るわけもないのに。とにかく、そうやってぼくは目に見えない糸を、そうとは知らぬままに手繰り寄せていったのだった。

「もっと大きなゴミ捨て場があるんだ。そこに行くんだけど」

彼は少しの間、何かを考えるように眼鏡の奥で目を忙(せわ)しなくしばたたかせていた。

やがて、小さく頷くと、ずり下がった眼鏡を押し上げぼくに言った。

「うん、そうだ。いっしょに行こうよ。ぼくの宝物を見せてあげるから」

それはきっと穴のない15ポンドのボウリング球よりもずっと素晴らしいモノなのだろう。火星の番組が映るＴＶだとか、電池が入っていなくても勝手に動く自動人形だとか、きっとそんなモノなのだ。

「ほんとに？」

ぼくが訊くと、彼はにっこり笑った。見事な乱杭歯(らんぐいば)だった。大きな八重歯が口の両端から突き出ていた。

「ほんとだよ。さあ、行こう」

そう言って彼は歩き出した。あとに続くぼくを振り返り、彼は言った。

「ぼくの名前は佑司(ゆうじ)、五十嵐(いがらし)佑司」

「ぼくは智史(さとし)、遠山(とおやま)智史」

ふふん、と彼が笑った。

へへ、とぼくも笑った。

互いに恥ずかしかったんだと思う。こういった出会いに、ぼくらは慣れていなかったのだ。

　そこは、ぼくがまだ一度も足を踏み入れたことのない場所だった。ひょうたん池よりさらに15分ほど歩いた先にある森の外れだった。そこより向こうは比較的新しい住人たちの居住区がひろがっている。これほど土地は余っているというのに、彼らの家はひどく几帳面な生物のコロニーのように、整然と密集して建てられていた。いずれこのコロニーは旺盛な増殖力を見せ、緑の森を駆逐していくことになる。しかし、この頃はまだ頼りなく心細げな群落がいくつか点在するに過ぎなかった。

　その居住区と緑地帯の境に、巨大なゴミ捨て場はあった。

　それは不法投棄されたゴミの山だった。スカッシュコート2面分ぐらいの広さはあったかもしれない。そこに平均1・5mの高さにゴミが積み上げられていた。そしてその周りを背の高いススキが囲っていた。

「ひどいね」とぼくは言った。

「そうでもないよ」と佑司は応えた。「もっとひどいところもあるし」

　彼は続けた。「あぶない場所もある」

　ここは安全、と彼は笑った。

　ふたりでゴミの山に足を踏み入れると、そこには仄かな秩序のようなものが感じられた。雑然とはしているのだけれど、全てのモノが在るべき場所に落ち着いている。

「確かに悪い場所ではないみたい」

　ぼくが言うと、佑司は嬉しそうな顔をした。

「ここはぼくの特別な場所なんだ。だから、居心地がよくなるようにいろいろと手を加えてある」

　道のように均(なら)されたところもあったし、小さな部屋のように区画された空間もあった。もちろん、床も壁もすべてゴミで作られてはいたのだけれど。そして、そのゴミの山の中心部には小さなリビングがあった。外からは決して見ることのできない場所に、ソファーとテーブルとキャビネットが置かれていた。

「ようこそ、ぼくの部屋へ」

　どのような形にせよ、ぼくが同年代の人間から部屋に招かれたのは初めてのことだった。だから嬉しかった。たとえ、そこがゴミの部屋だとしても。

「座ってよ、汚くはないから」

　それはモスグリーンのレザーが張られた高級そうなソファーだった。腰をおろすとソファーはぼくを受け止め、深く沈んでいった。佑司はキャビネットから2枚の皿を出し、テーブルの上に置いた。

　もしかしてディナーが始まるんだろうか、とぼくは一瞬身構えた。いくらなんでも、ここで食事をするというのは衛生上、重大な問題があるように思えた。しかし、それはぼくの思い過ごしのようだった。

佑司は再びキャビネットからミネラルウォーターのペットボトルと犬の顔が描かれた箱を出した。

「ドッグフード」

そう言って佑司は箱を振ってみせた。かさかさと乾いた音がした。

「老犬用で低カロリーなんだ」

一方の皿に水を、そしてもう一方の皿にドッグフードを注ぐと、佑司は器用に片手で指笛を鳴らした。びっくりするほど大きな音だった。あんな小さな手から出たとは思えないような、堂々とした響きだった。

佑司はぼくの向かいのソファーに腰を下ろした。

「すぐに来るよ」

「犬？」

「そう犬、ぼくの宝物」

てっきり、奇妙なゴミのコレクションを見せられるのだと思っていたぼくは、その当たり前さに少し気をそがれた。

「なるほど、犬が宝物なんだ」

興味のあるふりを装ってはいたが、それは佑司を気遣った演技でしかなかった。

『犬ならどこにでもいる。だいたいが茶色い毛をしてて、黒い鼻が濡れているんだ』

「来たよ」

佑司が言った。

犬は不意に現れた。気が付くとぼくのすぐ隣でそいつは嬉しそうに尻尾を振っていた。

それはまるでゴミみたいに見えた。全身が長い毛で覆われていたが、そのいたるところにおがくずのようなゴミが絡まっていた。右耳の後ろには赤いビニール紐が絡まり、風にそよいでいた。腹には濡れて固まったティッシュが貼り付いていた。目は縒れて絡み合った毛の中に埋没していた。

「これって――」

「いくらきれいにしてやっても、2、3日でこうなっちゃうんだ。ここで暮らしているせいだと思うんだけど」

「そう」

ぼくはおずおずとそのゴミのようにしか見えない塊に手を伸ばした。

「ヒューウィック？」

ぼくは驚いて手を引っ込めた。そして佑司の顔を見た。彼は少し悲しそうに微笑んでいた。

「ヒューウィック?」

その音は確かにこの犬から発せられたものだった。

「トラッシュって名前なんだ」

佑司が言った。

「トラッシュ? パトラッシュじゃなくて?」

「そう、ここはフランダースじゃなくて、ただのゴミ捨て場だから」

だからトラッシュ(つまり、直訳すれば「ゴミ屑(くず)」だ)。ゴミ捨て場を住処にするゴミみたいに見える犬には確かに似つかわしい名前のようにも思えた。

「きみが付けたの?」

ぼくが訊くと、佑司は小さくかぶりを振った。トラッシュが何? というふうに餌(えさ)の皿から顔を上げ、ぼくを見た。

「ぼくじゃないよ。トラッシュって最初に呼んだのは花梨(かりん)だ」

「花梨?」

*

「花梨――さん?」

「そうです、花梨。13の時に出会ったもうひとりの友人です」

「女の子？」

「女の子です。でも、どこから見ても女らしいところはなかった。すごく変わってるんです。もしかしたら佑司よりも変わり者だったかもしれない」

こんなふうに花梨のことを言うなんて、やはりぼくは心のどこかでやましさを感じていたのかもしれない。でも、結婚を前提としてつき合っている女性の前で初恋の相手の名を口にすれば、誰だってこのように感じてしまうんじゃないだろうか。

「退屈じゃないですか？」

ぼくは訊いた。

ううん、と美咲（みさき）さんは首を振った。長く艶（つや）のある髪が優雅に揺れた。

「私がお願いをして、お話ししてもらってるんですもん。とても楽しいわ」

そして、彼女は春の日溜まりのような柔らかな視線をぼくに向けた。

「その先を聞かせて？」

＊

花梨は不思議な女の子だった。

初めて彼女と会ったのは、佑司がぼくをトラッシュと引き合わせた日から3日のちのことだった。

その日、ひょうたん池でテナガエビを捕っていたぼくを佑司が迎えに来た。ぼくのほうが彼の姿を先に見つけた。彼の視力はおそろしく悪かった。あのクラーク＝コステロ眼鏡をかけていても、自分のつま先が見えていたかどうかさえ怪しいものだった。


のちにぼくは彼の眼鏡について訊いたことがある。その眼鏡はいったい何？

「これ？」と佑司は自分の眼鏡を指さした。

そう。

「これはお父さんからもらったんだ。目が悪くなったときお父さんに言ったら、じゃあ、自分のをやるよって」

眼鏡というのはもっと個人と分かちがたく結びついている道具だと思っていた。ひとりの人間のためだけに存在するものだと。だからぼくは彼の言葉に少し混乱した。

「そういうことってできるの？　お祖父さんの懐中時計みたいに、代々使われていくようなものなの？」

そうだよ、と佑司は答えた。眼鏡とはそういうものなんだよ。

「だってものすごく高価なものだもん。そんな簡単にいくつも買えるような品物じゃないよ」

彼の答えは明快だったが、それがよけいぼくを混乱させた。

「でもさ、眼鏡って度が合うとか合わないとかってあるんじゃないの？」

「それはそんなに大事なことじゃないと思うよ。眼鏡をかけたとき、かける前よりも、ものがよく見えていれば、それでいいんだと思うけど」

そうなのだろうか？

しかし、佑司は父親から譲り受けた眼鏡をかけていてさえも、その視力は年老いたトラッシュにも及ばなかったように思う。それはひとえに、佑司のひどく風変わりな趣味と関係があった。（それはまた別の機会に語られると思う）

そのようなわけで、彼は池のほとりにいるぼくを見つけられずにいた。彼の口がOの字に開き、何かを言っているのが見えたが、ぼくはその言葉を聞き取ることができなかった。（この頃のぼくはひどい中耳炎を患っていて、聴覚に問題を抱えていた）

「ここだよ！」

ぼくが言うと、佑司がようやく気付き、大声を張り上げた。

「さっきからずっと呼んでいたのに、どこに隠れていたのさ⁉」

つまりは、そういうことだ。

トラッシュはまた新しいゴミを身体にくっつけていた。それは造花のバラだった。彼の耳の辺りに（どこが耳なのだろう？）薄桃色の花びらが貼り付いている。花飾りをつけ、一心に餌を食べ続けるトラッシュを見下ろしながら、ぼくらは首をひねっていた。

「不思議だね。どうやったらこんなふうにくっつくんだろう？」

「うん、不思議だ」

ぼくらが顔を見合わせ、思案を巡らせていると、ふたりの背後から声がした。

「あたしがやったんだ」

振り返ると、細く華奢（きゃしゃ）な軀（からだ）つきの少女がキャビネットの天板の上に腰掛けていた。蜂蜜（はちみつ）色の髪を短くカットし、全身をすっぽり包み込むように、オーバーサイズのアーミーコートを着込んでいる。季節から考えれば、それはかなり奇妙な服装だった。

「なんだ花梨か、もう来てたんだ」

佑司が言った。そしてぼくは、この少女がトラッシュの名付け親であり、隣のクラスの女子生徒であることに気付いた。

「クリップで付けたんだ。可愛いだろ？」

そして、にやりと笑った。口元からは鉛色の歯列矯正器がのぞいていた。

それをわざと見せるために笑ったんじゃないだろうか？　そうぼくは思った。つまり、女の子が前屈みになって胸元のネックレスを見せつけるように。あるいは髪をかき上げ、耳朶で光るピアスを披露するように。

花梨は勢いよくキャビネットから飛び降りると、ぼくらのもとに歩いてきた。近くで見ると、彼女はとてもきれいな顔立ちをしていた。とくに肌の白さが際だっていた。頬は上質のケント紙のようにつやつやと輝いていた。

目が合った。彼女がぼくの中にある何かに、そっと触れたような感覚があった。そこはみぞおちのすぐ上の辺りのとても敏感な場所で、ぼくは思わずぶるりと身震いした。

彼女は視線を逸らし屈み込むと、トラッシュの顎の下に手を差し入れた。トラッシュは気持ちよさそうに、花梨に身を委ねていた。それからおもむろに顔を持ち上げ、花梨に向かって小さく吠えた。

「ヒューウィック？」

またしても、この声だった。

まるでトラッシュは出会う人間全てに何かを訊ねてまわっているようだった。

「ヒューウィック？」

「この鳴き声……」

花梨は立ち上がると、コートの裾で手を拭った。

「昔、ひとに飼われていたときに喉に何かの手術をされたんだと思う」

彼女は言った。

「ほら、鳴き声がうるさいと、近所から苦情が来るだろ。それで飼い主がトラッシュから声を奪い取ったんだ」

そして残されたのが、このたった一つの問いかけだったということなのか。それは、細く繊細なガラス管を吹き抜けてくる風の音に似ていた。

「何かを訊ねているように聞こえるよ」

「そうかもね。うん」

トラッシュは何を訊ねていたのだろう？

来る日も来る日も、人と出会うたびに彼は辛抱強く訊ね続けた。

「ヒューウィック？」

それにしても、とぼくは思った。彼女は、何だってこんなに奇妙な格好をして、しかも男みたいなしゃべり方をするんだろう。ふつうにしていれば、きっととても魅力的な女の子になるはずなのに。

花梨を見たのは、このときが初めてだった。前に佑司から聞いていた話では、花梨はあまり学校には寄りつかず、彼女だけしか知らない場所で「有意義な」時間を過ごしているということだった。

「彼女は変わり者なんだ」と佑司は言った。

キウイがペンギンを指さし、『あいつは飛べない鳥なんだよ。変わってるよね』そう言っている姿をぼくは思い浮かべた。無自覚とはそういうことだ。

花梨はコートの胸で右手を拭うと、ぼくに差し出した。

「よろしく。佑司の友達なら、あたしの友達だ」

ぼくはおずおずと腕を伸ばし、花梨の手を握った。彼女の手は小さく冷たかった。いくら少年のような格好をしていても、やはり花梨は13歳の女の子なんだ。そんなことを意識させる、ひどく頼りない感触だった。

「よろしく」とぼくは言った。

よろしく――

そしてぼくらは友達になった。

2

店を出たふたりは、駅までの夜道を並んで歩いた。

「ごちそうさまでした。とてもおいしかった」

「そう言ってもらえると嬉しいです」

美咲さんはクリームイエローのワンピースに白いカーディガンを羽織っていた。彼女に似つかわしい、柔らかで控えめな装いだった。

「またきっと」と美咲さんは言った。

「話の続きを聞かせてもらえますよね？」

もちろん、とぼくは答えた。

「あんな話でよければ」

3度目のデートにして、ようやくこの日、ふたりの間にあるぎこちない空気がゆるみ始めた。それはとりもなおさず、あの風変わりな友人たちのおかげだった。ふたりきりの気まずさを、たまたま通りかかった古い友人に助けられた、そんな感じだった。まだまだ、ぼくらのデートには付添人が必要なのかもしれない。

そもそもぼくが女性との会食をそつなくこなせる人間だったなら、こんな苦労はしなかったのだ。

ぼくは今年で30になる。それなのに、未だに「恋人」と呼べる存在に巡り会うことなく無聊の日々を送っている。奥手と言われればたしかにそのとおりなのだけれど、ぼくは自分を女性との出会いをあまりに理想化しすぎた、うぶな夢想家なのだと思うことにしていた。つまり自分の信念にもとづいて、生涯でたったひとりの女性を探し求めている孤独な探究者なのだと。女性とまともに目を合わすこともできない小心者であるという事実は、ぼくがひとりでいることのほんの些末な理由のひとつに過ぎない、そう思いたかったから。

もちろん、ぼくだって女性との甘美な思い出なら1つや2つは持っている。いや、3つや4つ――まあ、それくらい。

ぼくの初めてのキスは14歳の時だった。スタートでは周りからさほど遅れをとっていたわけではないのだ。セックスだって大学を卒業するまでには経験している。どうだ、と自慢するほどのことではないけれども、卑下したくなるほど貧弱な経歴でもないと思う。

大学3年の秋、後期授業が始まって間もないある日。ひとつ年上の女性の導きによって、ぼくはひっそりと静かに人生の分水嶺を越えたのだった。

好意はあったと思う。同情だとは思いたくない。

彼女はゼミの先輩だった。すでに児童文学をあつかう出版社に就職が決まっていた。たまたま学食でひとりでCランチを食べているときに（ひとりでCランチを食べていたのは、たまたまではないけれど）、彼女に声をかけられた。

エンゼルフィッシュを飼っているんだけど、と彼女は言った。元気がないの。

そこで、彼女の家に行くことになった。キャンパス近くのマンションへ。

問題はすぐに片づいた。水温が高すぎたのだ（この年は、秋になってもまだ、夏の残暑がしつこく居残っていた）。水槽は西日が当たる場所に置かれていた。ブラインドを下げたままにしておくこと、できれば不在の時もタイマーで午後2時に部屋のクーラーを作動させること。これで解決するはずだった。

それからぼくはリビングのソファーでシナモンティーをごちそうになった。

彼女はさりげない仕草でぼくの隣に腰を下ろした。自然だし、よどみがない。

ぼくは身をこわばらせ、時計ではかったように、きっちり5秒おきにカップを口に運んでいた。情けないほどに緊張していたのだ。

いつもひとりで食事をしているのね、と彼女は言った。

そうですね。はい、そうです。

「何故？」と彼女は訊いた。

「ゼミの教室でもあなたはいつも窓際の席にひとりでいる」

「ひとりが好きなんです」とぼくは答えた。

「小さな完結している世界にいることが」

「ちっちゃな星の、たったひとりの住人？」

「そんなところです」

ふう、と彼女は息を吐いた。そして、顔にかかった長い髪を手でかき上げた。

「その星に女の人は住めないのかしら？」

これは何かの告白なのだろうか？

ぼくは必要以上に長い時間、カップに口を付けていた。いつの間にかシナモンティーはなくなっていた。

「その——」

少し言いよどみ、それからぼくは真実を彼女に告げた。

「探しているんです。生涯にたったひとりの女のひとを」

「あなたの失われた半身？」

「そうかもしれません」

「どんな人なのかしら？」

「――初めてキスをした女の子のことが今でも忘れられないんです」

それは14のキスの時に、ぼくの心の中に棲み付いた。

彼女は切れ長の目から、透明な視線をぼくに注いでいた。ぼくはまた空のカップを口に運んだ。

「それはとてもいいことだと思う」

彼女が言った。

「きっと最高のキスだったのね。今でも忘れられないなんて」

どうなのだろう?

ぼくの人生最初のキスは滑稽なほど不器用で、しかもその味は、実際の行為からもっとも離れた場所にある感覚と結び付いていた。

「その女の子を今でも好きなのね?」

「わかりません」

ぼくは言った。

「彼女とはまったく会っていないんです。でも、あの頃のことが過去のような気がしないんです。思い出は、ときには現実よりもリアルな感情をぼくに呼び起こします。そして夢想するんです。これから先の日々の中でも、やっぱり彼女たちと一緒に楽しく過ごしている自分の姿を」

「それが、あなたの閉じられた世界の正体ね」

ぼくは頷いた。

「ぼくが追い求めているのは、このイメージです。彼女そのものではないかもしれない。でも、この風景の中で微笑んでいる女の子を、ぼくは探しているんです」

そして、あなたはひとりきりで、今日まで来てしまったのね。

責める感じではなかったけれど、彼女の口振りはどこか寂しそうだった。

「その世界から少し外に足を踏み出してみる気はない？」

その言葉の奥にある本当の意味に気付くこともないまま、ただ彼女を失望させたくないというだけの理由で、ぼくは何度も首を縦に振ったのだった。

いつか佑司が言っていた言葉を思い出す。

『人は後ろ向きにしか歩いていけないんだよね。見えているのはいつだって自分が歩いてきた道程ばかり。左の道に進んで初めて、右にも道があったことを知るんだ』

つまりは、そういうことだと思う。

秋の午後の乾いた日差しの中で、彼女はベビーピンクのブラウスを脱ぎながらぼくに言った。

「多分、遠山くんと会うことができるのは、これが最後だと思う」

彼女はぼくに背を向け、簡素なつくりのデニムスカートを床に落とした。こういうとき、女性は部屋を暗くするものだと思っていたぼくは、その鮮やかな下着の白さに圧倒され、言葉を失っていた。

「すでに仕事が始まっているし、もう単位は確保してるから、大学にはほとんど来ることがなくなるの」

だから、その前にどうしても話がしたかったの。

彼女は脱いだ下着をくるくると丸め、ぼくの見えない場所にさりげなく仕舞った。なんだか手品師みたいにすごく技巧的な手際だった。

彼女はベッドにもぐり込み、自分の横をとんとんと指で叩いて、ぼくを呼んだ。

「あなたはいいひとだと思う」

隣に滑り込んだぼくの胸に触れながら彼女が言った。

「だから、誰とも心を通わせないまま歳を重ねてしまうのはもったいないことだと感じるの。あなたにとっても、周りの人にとっても」

人生は本人がそうと思っているよりもはるかに短いわ。

そう言って彼女はぼくの脚に自分の脚を絡めた。太腿に彼女の性毛が触れ、それがとてもくすぐったくてぼくは身をよじった。

「私があなたの部屋のドアを開けるから」

彼女が言った。

「外に踏み出しなさい。あなた自身の足で」

セックスは様々な感情と結び付くことができる行為なの。もちろん、愛とはとても親和性が高いわ。でも、それだけじゃない。セックスは好意や共感、あるいは慈悲や同情という感情とも結び付く。そして時には、悪意や憎しみといった感情とだって結び付くわ。

愛でないことは分かっている。でも好意はあったと思う。同情だとは思いたくない。

＊

電車が到着するまでのあいだ、ぼくらは改札の外で待つことにした。ささやかな求心力の作用で、ふたりはその距離を今までにないほどに近づけ、互いの体温を感じ取ろうとしていた。

温もりは言葉に乗せて運ばれた。

「13歳の遠山さんて、どんな男の子だったのかしら」

美咲さんは自分の軀を抱くようにして、ぼくを見上げていた。

「今とほとんど同じですよ。15センチぐらい背を縮めて、『あの頃は』っていう口癖のかわりに、『いつかぼくは』って言わせてあげれば、出来上がり」

美咲さんはくすくす笑って、それから熱のこもった目でぼくを見た。

「会ってみたかったな。できるなら同じクラスで席を並べて授業を受けてみたかった」

それは、すごく婉曲的な求愛の言葉のようにも感じられたけれど、たんにぼくが意識過剰だっただけなのかもしれない。とにかく、この夜のふたりはとてもリラックスしていた。ぼくは彼女の顔を見つめたまま話をすることができたし、目が合っても5秒ぐらいは逸らさずに視線を繋いでおくことができた。そして美咲さんの目がとてもきれいな色をしていることに気付いた。ハシバミ色というか、トビ色というか、とにかくそういう明るい色彩の瞳だった。

それは花梨の目の色とも似ていた。そんなことを美咲さんに言ってみようかとも思ったけれど、なんだか恥ずかしくて口にはできなかった。

(きれいな目をしてますね)

やはり、言えない。

ぼくらは他愛もない会話を楽しんだ。ぼくが美咲さんを笑わそうとして何かを言えば、彼女は楽しそうに笑ってくれたし、真面目に話せば、彼女も真面目に聞いてくれた。ぼくらは双子のように共鳴しあえた。春の宵のマジックだった。

そして何よりも嬉しかったのは、彼女がやってきた電車をやり過ごし、ぼくとの会話をもっと続けたいと願ってくれたことだ。

『そして彼女は電車をやり過ごし、彼との会話を続けた』

まるで恋愛小説の書き出しの一節みたいだ、とぼくは思った。

恋が始まるのだろうか？

予感はあった。彼女はこの夜、3台の電車をやり過ごし、4台目の電車に乗って帰っていった。1台ではなく、2台でもなく、3台——。

3

彼女を見送ると、ぼくは小さなステーションビルを後にした。月あかりに柔らかな輪郭を見せる夜の道を歩く。踏切を越え、商業地区とは逆の方向にある新興住宅地のメインストリートを進む。

なだらかに続くこの坂道を上り切ったところにぼくのショップ兼自宅がある。おそろしく小さな店で、5人目の客が中に入ろうとすれば、最初の客は裏口から外に押し出されてしまうほどだ（まあ、いっぺんに5人の客が店に来たことなどオープン以来一度もないのだけれど)。

そこでぼくはアクアプランツを売っている。それはかなり限定された人間を対象としている商品なので、予想に違わず商売は低空飛行を続けている。墜落しないのは、一部の熱心なマニアがその身から熱気を発して、幾筋かの上昇気流をつくり出してくれているおかげだ。これだけの品揃えをしているショップは半径50㎞以内に、ここだけしかない。もしこの店がなくなれば、彼らだって困るわけだから、いわばぼくらは一種の共生関係にある。60年代のフレンチポップスばかり置いている中古レコードショップだとか、ペンギンブックスのペーパーバックがメインの書店だとか、そういうところでもこの共生関係は見ることができる。


店のドアに背を預け、歩道に座り込んでいる人影があることに気付いたのは、もうかなり近づいてしまった後だった。ぼくはそのままUターンして、もと来た道を戻ろうとした。

時刻は夜の11時をまわっている。あたりに人影はない。そして、ぼくはあまりに非力だった。

しかし、3歩目を踏み出したところで、声をかけられた。

「あなたが店長さんでしょ?」

若い女性の声だった。ぼくは足を止め振り返った。てっきり酔っぱらいの男だと思っていた人影は、よく見ると黒っぽい厚手のジャケットを羽織った髪の長い女性だった。

「そうだけど？」

ぼくが答えると、彼女は手にしたA４のコピー用紙をひらひらさせた。

『アルバイト募集　年齢性別不問　水辺の生き物を愛する方ならどなたでも　詳細は店長まで』（なんてへたくそな字なんだ）

言うまでもなく、ぼくが書いた求人ポスターだった。店のドアに貼っておいたのだ。

「アルバイトの面接に来たの？」

「そうよ」

「でも、なんでこんな夜遅い時間に？」

彼女は立ち上がると、ぱんぱんとジーンズの尻(しり)を叩いた。

「来たのは夕方。そして、この時間まで待たせたのはあなた」

「約束していたわけじゃない」

「そうね。あなたを責めたわけじゃないの。ただ、事実を言ってみただけ」

ぼくは彼女に近づくと、その手からコピー用紙を受け取った。

間近で見ると、彼女はとても整った顔をしていた。月が落とす青い光のせいだったのかもしれない。その面立ちはアルカイックな塑像のように見えた。血の通った女性で言えば『凱旋門』のイングリッド・バーグマンとか（たとえる女性が古いのは年老いた父親の影響なので仕方ない）。

ぼくはコットンパンツのポケットから鍵を取り出すと、店の施錠を解き、中に入った。彼女もあとから続く。灯りのスイッチを入れ、店に淡いオレンジ色の光が満ちると、ぼくの背中で彼女の息を飲む音が聞こえた。

驚くのも無理はない。彼女は水の森の中にいたのだから。

「全ての水槽に光を入れればもっときれいになる」

ぼくは店に置かれた全ての水槽の照明を点けてまわった。仄暗い空間にアクアリウムタンクの青白い光が浮かび上がる。

「なんてきれいなの！　これがあなたのお店？」

「そういうことになるね」

彼女は左手を胸に当て、息もできない様子で、ただ自分を囲むアクアプランツの森を眺めていた。

「湖の底にいるみたい」

「水の匂い、そして水の音——」

「若草色の水草、浅緑の水草、それに赤い水草もあるのね？」

「あるよ。いまきみの目の前にあるのはロタ－ラ・マクランドラ」

「なんだか魔法の呪文(じゅもん)のようね」

「水草の名前は、どれもそんなもんだよ。ルドウィジア・グランデュロ－サ、レッド・ミリオフィラム、ハイグロフィラ・ロザエネルビス」

ぼくが指さす水草たちは、どれもすでに眠りに就(つ)いて、その葉を閉じていた。

何かを問いたげに、ぼくを見上げた彼女の目に惹(ひ)き付けられる。


――ぼくは彼女を知っている。


「名前は？」

思わず訊いていた。

「私の？」

「そう、きみの名前」

鈴音――森川鈴音と彼女は言った。その名を聞いても、なにも思い浮かばない。しかし、なぜ初めて会った女性に、このような既視感を覚えるのだろう？

もう一度彼女の顔を見る。彼女が何？という目でぼくを見返す。ぼくはその問いに答えぬまま、ただじっと彼女の瞳を見つめ続ける。

先に目を逸らしたのは彼女だった。彼女は水草の森に興味を戻したふりを装い、ぼくの視線から逃げた。そして、当然のようにぼくはこう感じた。

なんでだろう？　なんで目を合わすことが苦痛にならないんだろう？

彼女には不思議な気易さがあった。まるでお祖父さんから譲り受けたような年代物のジャケット、無造作にたばねた長い髪、無防備な表情――美しい顔を持ちながら、男を気後れさせない彼女の柔らかな印象が、きっとこのような既視感を呼び起こすのだろう。

そんなふうにぼくは考え、そして彼女にレジカウンター脇のスツールを勧めた。

「面接は日をあらためて、って言ったら、やっぱり怒るよね？」

彼女は目を細め、そして威嚇的な笑みを浮かべた。

「わかりました。じゃあ、さっさとすませてしまおう」

ぼくはカウンターの中に入り、レジスターの脇に置かれたクリアファイルを開いた。

「ええと、履歴書は持ってきた？」

彼女は首を横に振った。

「それが必要だとは思えなかったから。どこの大学を出ているとか、ギリシャ語がしゃべれますとか、天体観測が趣味ですとかって、ここの仕事と関係ないような気がして」

「うん、確かにそうだね」

ぼくは頷き、それから彼女に訊いた。

「ギリシャ語がしゃべれるの？」

彼女は笑って（こんどは優しく）、たとえばの話よ、とぼくに言った。

なるほど。

次にぼくは彼女に年齢を訊ねた。

「29歳。これも仕事の内容と何か関係があるの？」

「そうじゃないけど、まあ、慣習的質問だね」

「そう」

「それはそうと、じつはぼくも同じ29歳なんだ」

「それって、何か意味があるのかしら？」

「あるかもしれないよ。もし一緒に仕事をすることになったら、楽しい会話が期待できる。小学生の頃夢中になっていたTV番組だとか、初恋の頃に聴いた音楽だとか、共通の話題が持てる」

「そうね、それは楽しいかもしれない」

「うん」

そしてぼくは、アルバイトに関する賃金体系や福利厚生について書かれたコピーをクリアファイルから抜き出して彼女に見せた。

「こんな感じだけど」

彼女はさっと目を通しただけで、さして興味もない様子でぼくに向かって頷いた。

「わかったわ」

「あと働いてもらう時間なんだけど、週3日以上、そしてできるなら週末を特にうちは希望しているんだけど」

「私は7日間ずっと働くつもりなんだけど。オープンからクローズまで」

「あ」とぼくは言って、それから「そう」と続けた。

「つまり、ずっと？」

「そう、ずっと」

「時給は変わらないけど？」

「かまわないわ」

彼女はぼくを見据えると、すこし高圧的な笑みを浮かべた（彼女はずいぶんといろんな種類の笑い方ができるらしい）。

「雇ってもらえる？」

ぼくは迷っていた。

繰り返すまでもないが、ぼくの店は驚くほど客が少ない。夏のスキー場や、冬のリゾートビーチとほとんど似たようなものだ。仕事の量は理不尽なほど多いが、それに見合う収入は得られない。労働力は欲しいが、使える経費は限られている。悲しいけどそれが現実だ。

「水草について何か知識はあるの？」

彼女は首を振った。

「でも好きよ。子供の頃からずっと」

そして彼女は続けた。

「それが条件なんでしょ？」

確かにそのとおり。

へたくそな字で、しかもアンダーラインまで付けて、ぼくはそれを唯一の条件としてうたっていた。

「あと、これは仕事に使えるかもしれないから言っておくけど、私コンピューターはかなり得意なの。これでどう？」

「OK、採用」

まさしくそれこそが、ぼくが欲していた技能だった。これからはアクアショップだってシリコンチップと無縁ではいられないのだ。

「それから、一つだけお願いがあるんだけど」

「何だろう？」

「私住むところがないの。ここに寝泊まりしてもいい？」

ちょっと空白が空いた。驚きの分だけ、ちょっと。

「ここって、ここのこと？」

ぼくは店の床を指さした。

「そうよ。床を貸してもらえれば、マットとシュラフを持っているから、快適な寝室になるわ」

ふむ。

「店の商品を持ち逃げなんかしないから、心配しないで。もし何なら、私の大事なものをあなたに預けてもいいわ」

別に預かるつもりはなかったが、たんなる好奇心で訊いてみた。

「大事なものって？」

彼女はジャケットの下に着込んだ白いシャツの胸元からペンダントを引き出した。銀色のチェーンの先に透明な多面体が吊り下がっている。親指の先ほどの多面体は、装飾品というよりは、どこか工業製品のマテリアルのように見えた。クロノメーターとか度量衡器だとか、そういった器具の中に収まっている素材のように。

「それが大事なもの？」

「そうよ」

「すごく高価なものなんだろうね？」

「そうね。おそろしく高価よ。二度と手に入らない宝物なの」

ぼくは頷き、もう仕舞っていいよと、彼女に手の動きで伝えた。

「預かるまでもない。きみを信じるよ」

「あ」と彼女は言って、それから「そう」と続けた。

妙にニュートラルな視線でぼくを見つめ、それから姉のような口調で（ぼくに姉はいないけど）、言った。

「そんなに簡単に人を信じちゃっていいの？」

まさかそんなことを言われるとは思っていなかったので、ぼくは少し驚き、驚きの分だけ少しうろたえた。

「いや、えっと、そうなの？」

「何が？」

「ぼくはきみを信じちゃいけないの？」

彼女は目をぐるりと回し、天を仰いだ。やれやれ、という言葉と同義の仕草だった。

「そうではないでしょ？　あなたのその人を容易く信じてしまう性格のことを私は言ったんだけど」

なるほど。

「別に誰でもすぐに信用するわけじゃないよ」

ぼくは言った。

「これでも人を見る目はあるんだ」

まあ驚いた、というふうに彼女は大きな目をさらに開いて見せた。

「じゃあ、私は合格なの？」

「そうだね、うん、そうだと思うよ」

「いきなり押しかけてきて、住み込みで働きたいっていう人間に何も訊かずに？　それで合格なの？」

「もうずいぶん訊いたよ」

わかった、と言って彼女は自分の軀を抱くように腕を回した。

「あなたはテレパスなんだ。だから何でも分かってしまうんだ。ね？　私が昨日と同じ下着をつけていることも分かっているんでしょ？」

ぼくは、降参というふうに両手を上げ、溜息(ためいき)を吐(つ)いた。

「了解。じゃあ、訊くけど、今まではどんな仕事をして、どこで暮らしていたの？」

「いい質問だわ」

「ありがとう」

モデルよ、と彼女は言った。モデルをしていたの。

「ああ、そうだね。なるほど。なるほど」

「なるほどって？」

「だって、きみはとてもきれいな顔をしているからさ。だからやっぱり、それに相応しい仕事をしていたんだなって」

彼女は自分の鼻先の空間を見つめたまま、口角を小さく吊り上げた。

「その言葉」と彼女は言った。

「嬉しいわ」

「そう？」

「うん。やっぱり、そんなふうに言われるのは悪い気がしない」

「それは良かった」

彼女はぼくの目を見て、それから少しはにかむような笑みを浮かべた。14歳の少女のような笑顔だった。そんな笑い方をする女の子をぼくは知っていた。もうずいぶん前の話だけれど。

「でも、なんで辞めちゃったの？　とても楽しそうな仕事のように思うけど」

「ダイエットがつらくなったの」

そう言って彼女はふう、と息を吐いた。

「一度でいいからケーキのバイキングに行ってみたかったんだ」

何となく用意された科白のような口調だったけど、ぼくは信じることにした。

「夢はかなった？」

ううん、と彼女は首を振った。

「ならば、そのうち一緒に行こうよ。この先の並木通りには美味しいケーキ屋さんがいっぱいあるんだから」

「ほんとに？」

「ほんとに」

「夢のようね」

「夢って、だいたいそんなもんだよ」

それから、とぼくは続けた。

「ここに寝泊まりするなら、折り畳むことのできる簡易ベッドを購入すればいい。それもその並木通りにあるインテリアの店で手に入る」

そうするわ、と彼女は言った。

「前に住んでいたところは、モデル事務所で借りていたマンションなの。家具とかも全部事務所の所有物だから、私は何も持っていないんだ」

何故この街に来たの？　とぼくは訊ねた。

「なんとなくよ。バスをいくつか乗り継いでいるうちにこの街に着いたの。それでぶらぶら歩いてたら、あの求人ポスターが目についていて、ここにしよう、って」

なるほど。

「よく来たね」

ぼくは言った。

「ようこそアクアショップ『トラッシュ』へ」

「それがこのお店の名前なの？」

「そうだよ」

「あなたは『ゴミ屑』を売っているの？」

「そうじゃないよ。『トラッシュ』っていうのはねえ、美しいものに付ける名前なんだよ」

「そう？」

「そうさ」

本当に彼女はシュラフを持っていた。

一度店の外に出た彼女は、大きなバックパックを抱えて戻ってきた。

「チベットの山にでも登るみたいだね」

「それは無理ね。きっと5分で遭難するわ」

彼女は言った。

「中身はほとんど洋服だから。あとはパンプスと下着とコスメ」

「それにシュラフとマットも？」

「うん、あるわよ」

「なんでまた？」

ぼくは訊いた。

「公園で野宿でもするつもりだったの？」

「そうなってたかも。もともと好きなのよ。星を見ながら眠ることが」

彼女はカウンターの奥にある小さなスペースにマットを広げた。

「ここがいいわ。ここなら落ち着けそう」

「湿度は気にならない？　水槽からかなりの水分が蒸発してるんだけど」

店の中は熱帯植物園並みに空気が水気を帯びていた。

「平気よ。かえって肌にはいいかもしれない」

そう言って彼女は微笑んだ。

「前に東南アジアを旅したときは、もっとすごい湿度だったわ」

「ならいいけど」

彼女は例のごついつくりのジャケットを脱ぎ、さらに黒のデザートブーツを脱ぐと、マットの上にあぐらをかいた。

「じゃあ、おやすみなさい」

「うん」

何となくまだその場を去りがたく、ぼくは彼女が自分の寝床をつくるのをそばに立って見ていた。

彼女が何？　という表情でぼくを見上げた。

「うん。気付いていると思うけど、ぼくの住まいはここの2階にある。寝室とキッチンだけのほんとにちっちゃな空間なんだ」

そうね、というふうに彼女が頷いた。

「その――そこにはシステムバスもある。もし、使いたければぼくに言ってくれればいい」

「ありがとう」

彼女は言った。

「でも、大丈夫よ」

「そう？」

「ええ」

それから、とぼくは続けた。

「いちおう小さいけれどレストルームが店の奥にある。そこを使って」

「ありがとう」

「それから――」

「それから?」

「ええと、明日の朝の食事だけど――」

「気にしないで。近くにパン屋さんがあったから、そこで買ってくるから」

「うん」

あそこのショコラデニッシュが美味しいんだ、とぼくは言った。

「そう?」

「うん。最高だよ」

「憶えておくわ」

ぼくは、ふと思い出して、店の入り口に向かい、ドアの錠をロックした。そして再び彼女のもとに戻った。彼女はローズピンクのシュラフの上でコットンシャツのボタンをはずしていた。

手を止め、ぼくを見る。

「それから?」と彼女が訊いた。

　もう、言うべきことは全て言ってしまっていた。でもぼくは言った。

「それから」

「うん」

「下着は毎日とりかえたほうがいいと思うよ」

　彼女は目を細め、ぼくに向かって頷くと、2階に上がる階段を指さした。

　ぼくにでもわかる。それは、大きなお世話だから早くあっちに行って、と同義の仕草だった。

「おやすみ」

　そして、ぼくは彼女から言われたとおりにした。

4

　夏目(なつめ)くんが、いつものように自転車で坂道を上ってきた。

　最後にかなりの勾配(こうばい)があるのだが、彼は息を乱したりはしない。汗もかかない。なんとなく機械仕掛けのマネキン人形のようにも見える。彼は店の脇に自転車を停(と)め、いつもと同じようにスラックスの裾を留めているベルクロ仕様のベルトを外し、そしていつもと同じように、ぱんぱんと腿のあたりのホコリを払う。

「おはようございます」

「おはよう」

茄子紺のスーツをノータイで着こなす彼は、「GQ」の表紙を飾る男性モデルのようでもある。上背があり、いささか長すぎるようにも見える手足を優雅に操り、貴族的な笑みを浮かべながら店のドアを開き中に消えて行く。

ひどく奇妙な話だが、彼はアクアショップ『トラッシュ』の唯一の従業員だった。

(今日からは2人!)

彼が持参した履歴書によれば、夏目くんはぼくよりも15も偏差値の高い大学を出た後に、フランスにある某タイヤメーカーの日本支社に就職していた。日、英、仏の言語に通じ(アテネ・フランセ仕込み)、アジア地域の統括マネージャーとして、おおよそ地球の面積の4分の1ぐらいのエリアを飛び回る日々を送っていた。その彼が今は1000円にも満たない時給で、アクアショップのアルバイト店員をしている。

ときどきぼくは、ダ・ヴィンチやレンブラントといった巨匠に、徳用マッチの箱に図柄を描く仕事をさせているような気分になる。人的資源の無駄遣いは罪にはならないのだろうか? そのことにぼくは少し怯えている。

店の前で掃き掃除を続けていると、中から夏目くんが戻ってきた。

「なんでここに森川鈴音がいるんですか？」

「ああ、会ったの？」

「はい。このエプロンのイラストを笑われました」

それはぼくが描いたこの店の商標だった。

店の制服であるエプロンの胸の部分にプリントされている。

こんな感じ。

「あれ？　でもなんで夏目くん、彼女の名前知ってるの？」

彼はおおむね作られた表情しか人には見せないのだけれど、この時は妙に空虚な眼差しが、逆に彼の心中を映し出していた。彼は驚いていたのだ。

「店長は彼女を知らないんですか？」

「知ってるよ。きのう面接したんだ。今日から働いてもらう」

「そうではなくて」と彼は言った。

「彼女がとても高い評価を得ているニューカマーのアクトレスだという事実を、です」

「あ」とぼくは言って、それから「そう」と続けた。

もちろん知らなかった。

モデルだと言っていたから、通信販売のカタログかなんかの仕事をしているんだと思っていた。

「もしかして、有名なのかな？」

夏目くんは権威的な厳かさをもって頷いた。

「去年、東欧で開かれた国際短編映画祭に出展された『タランテラ』という作品で、彼女は助演女優賞を受賞しています」

冷たい汗が背中を伝った。人的資源、人的資源とぼくは頭の中で繰り返した。

「もともとファッション誌の専属モデルをしていたんだと思います。『タランテラ』は彼女のデビュー作品だったんじゃないでしょうか」

「それが、なんでうちなんかに？」

「その答えは昨夜言ったはずよ」

彼女が店の入り口に立ち、腕を組んでぼくらを見ていた。

「ケーキのバイキング」

ぼくは言った。

そのとおりと、彼女は頷いた。

「ねえ、それより、そのエプロンのイラストは何？」

ぼくは夏目くんの胸で佇む貧相な犬を見た。

「アクアショップなのに、何で犬のイラストなの？」

まるでペットショップみたい、と彼女は言った。

「うーん、店の名前の由来だからね。それだけのことなんだけど」

「ならば、この犬があなたが言っていた『美しいもの』？」

「ということらしいね」

そしてぼくは、でもさと続けた。

「レコード会社のテリア犬とか、ソースをつくっている会社のブルだとか、商品と関係がないのに犬がトレードマークになっていることもあるんだから、うちのトラッシュだってまんざら悪くはないと思う」

そうね、と彼女は言った。

「問題があるとしたら、何が描かれているかじゃなく、あなたのその描き方よね。左手で描いたの？」

彼女の言わんとしている意味は分かった。

「ぼくは左利きなんだ。でも、右手で描いたわけじゃないよ」

「そう、ならば問題はあなたのその目にあったようね」

彼女はぼくの目をのぞき込み、それから白い歯を見せて笑った。見事に整った歯並びだった。

ぼくは気付いた。

陽の光のもとで見る彼女の瞳は、甘露飴（かんろあめ）みたいに明るい色をしていた。ぼくの知っている女の子と同じだった。

*

午前中、客はひとりもなかった。

いつものことだ。

ぼくと夏目くんは、通信販売の客の注文リストを見ながら、水草を梱包（こんぽう）していた。

森川鈴音はカウンターに置かれたA4サイズのノートパソコンを操っている。ウェブショップを開設するための準備作業だった。現在も電子メールによる注文は受け付けているが、それをプログラムによって自動化するのが当面の目標だった。すでに基礎の部分は夏目くんの手によって構築されていた。ただ、作業に割り当てられる時間が限られているため、進捗（しんちょく）状況はあまり思わしくなかった。しかし、彼女が来たことで、この問題も解決するだろう。コンピューターに関するスキルは夏目くんが保証していた。そう遠くないうちにウェブショップ『トラッシュ』もオープンに漕（こ）ぎ着けるはずだった。

すばらしい。

「何ですか？」

夏目くんが訊いた。

「いや、別に」

それにしても、とぼくは言った。

「何でかな？　ぼくは彼女を見たとき初めて会った気がしなかったんだ」

「当然だと思いますよ」

夏目くんは水草をつめたビニール袋にボンベのエアーを注入しながら言った。

「彼女はミネラルウォーターとパーソナルコンピューター、2本のコマーシャルに出ていました。たしか今年の初めぐらいまでは放映されていたと記憶しています。店長はきっとそのコマーシャルに出ていた彼女を見て、記憶にとどめていたんですよ」

「そういうことなのかな?」

「きっと」

夏目くんの言葉はいつでも真実に聞こえる。それは夏目くんがつねに真実しか口にしないか、あるいは何を言ってもつねに真実にしか聞こえないか、そのいずれかなのだと思う。

ぼくは夏目くんが「この宇宙は象の背中に乗っているんですよ」と言っても信じてしまうだろう。

昼は3人で彼女が買ってきたショコラデニッシュを食べた。

それは彼女の朝食のあまりものだったが、それでもひとりあたり2と1/3個のデニッシュが割り当てられた。

「ひとこと言わせてもらえば」とぼくは言った。

「物事には限度というものがあると思うんだけど」

彼女がたいした問題じゃないわ、というふうに冷めた笑みを浮かべた。

「このショコラデニッシュを勧めてくれたのはあなたよ。それにこのデニッシュはとてもおいしい。そして10個まとめて買うと、スタンプを2個余分に押してもらえるの」

間違ってる？　と目で問いかけてくる。ぼくは、間違ってないと彼女に答えた。

というわけで、ぼくらはそれぞれ2個のデニッシュを食べたあと、最後の1個を3等分して、それもたいらげた。

価値観の多様性。つまりは、そういうことだと思う。

＊

この日最初の客はいつものように奥田くんだった。

近所に住む予備校生（おそらく。彼は自分が通っている場所をただ『学校』とだけ呼んでいるが）。彼は3日に1度訪れて、30分ほど店内の水槽を眺めた後、結局何も買わずに帰ってゆく。彼がこの店から持ち帰ったものは、オープン記念で配られたTシャツ1枚だけだった。このトラッシュのイラストがプリントされたTシャツは30枚用意されたのだけれど、7枚が残り、それは今ぼくの部屋着になっている（1日1枚で1週間分）。

奥田くんはまず店の入り口にある幅180㎝のディスプレイ水槽の前で立ち止まった。総水量600リットルを超える巨大アクアリウムタンクは、それ自体がひとつの閉じられた宇宙だった。

創造主はぼく。

大地と空をつくり、生命を注ぎ込み、それから「光あれ」と言ってメタルハライドランプのスイッチを入れた。ちょっと順序がズレたけれど、ぼくも我々の世界をつくった誰かと同じようなことをしたのだ。そしたら水で出来た立方体の宇宙は自律的に成長してゆき、今ではタンクの中に広大な森の縮図が出来上がっていた。

「産めよ、ふえよ」と言ったら、魚たちはせっせと繁殖に励みその数を増やしていった。

（こんなふうにして楽しむことをアクアリウムホビーと言う）

奥田くんは5分ほどどこの水槽を眺めてから次の水槽に移動した。そうやって徐々に店の入り口から奥へと移動してゆき、やがて彼はカウンターに収まっている森川鈴音の存在に気付いた。

認識、そして記憶との照合に3秒ほど彼は要した。そう推測できたのは、奥田くんが彼女に視線を向けてからほぼ3秒後に突然表情を変え、そわそわとし始めたからだ。

水槽を見るふりをしながら、ちらちらと彼女を盗み見る。顔を赤らめ、カウンターに向かいかけてはまたもとの場所に戻るという動作を何度か繰り返したのち、ついに彼はこのジレンマに堪(た)えきれなくなったのか、足早に店から出ていってしまった。

梱包作業を続けながらその一部始終を見ていたぼくは、隣の夏目くんに訊いた。

「つまり、彼も森川鈴音を知っていたということなのかな？」

彼は無表情に頷いた。

「10代から30代の男性の80パーセントぐらいは彼女のことを知っているんじゃないでしょうか」

ふむ。

「そして、彼女はそういった男たちの顔を赤らめさせてしまうような存在だったというわけ？」

「そうですね。とても美しいひとですし、彼女を見た男性は、自分の中にあるとても感じやすい部分を、そっと押されたような気分になるんじゃないですか」

ぼくは思わず自分のみぞおちの辺りを押さえた。

「夏目くんも、そう感じているの？」

彼は静かにかぶりを振った。

「ぼくが言ったのは、あくまでも一般論です」

ふむ。

「じゃあ、夏目くん自身はどう思っているのかな？」

「ぼくは」と言って、彼はカウンターの奥にいる森川鈴音に視線を向けた。

束ねていた髪をおろした彼女は、真剣な表情でモニターを見つめながら、こめかみの辺りを中指でさすっていた。

「彼女はとても優秀な女性だと思います。頭のいいひとですよ。プログラミングの知識も独学で学んだと言ってましたが、かなりのレベルですし」

なんとなくはぐらかされたような感じだったけど、おそらく夏目くんにそんな意識はないのだろう。

「でも、なんでプログラミングなんか学ぼうとしていたのかな」

「趣味だって言ってましたよ。もともと彼女は理系の大学を出たそうですし」

なるほど。

プログラミングを趣味とする理系の美人モデル。ひどく風変わりな取り合わせだが、存在しないわけではない。3ヶ国語を操るアクアショップのアルバイト店員と同じように。

＊

ショップに多少なりとも活気（のようなもの）が満ちてくるのは、日が落ち一日の仕事を終えた人々が自由な時間を取り戻してからだ。時には店の中に2人の客が同時に存在することさえある（すばらしい！）。

しかしこの日の客は、楽屋で誰かが順に肩を叩いて送り出したかのように、ぽつりぽつりとひとりずつ間を置いて訪れてきた。

彼らはおおむね予備校生の奥田くんと同じような反応を示した。認識、記憶との照合、そしてジレンマ。

中には勇敢にもカウンターにいる森川鈴音に話しかけたサラリーマンの男性もいたが、過剰な自意識にとらえられた彼は、やっとの思いでキスゴム1個の値段を彼女に訊ね、「わからないわ」のひと言を受け取った後、すごすごと帰っていった。

もちろん、彼女を知らなかった客もいる（ぼくと同じように）。

東南アジアの水草、クリプトコリネのコレクターである初老の大学教授は新人の店員をめざとく見つけ、ここぞとばかりに彼女にとりつき自分のコレクションの講義を始めた。ぼくや夏目くんは、ここのところ丁重な拒絶の態度で彼をあしらっていたのだ。ライカ犬が乗った衛星がくるりと地球を1周するぐらいの時間（すなわちほぼ100分！）、教授は彼女に東南アジアのサトイモ科の植物についてレクチャーを続けた。その間、彼女は笑みを絶やさず、時にはそれこそが自分の知りたかった真実なのだというふうに深く頷いたりもしていた。

教授が帰ったあと、「お疲れさま」とぼくが声をかけると、彼女は「楽しかったわ」と、頬を上気させながら言った。

「クリプトコリネの葉っぱには毒があるって知ってた？　大量に食べると死ぬことも

あるんだって」

「うん、どうやらそうらしいね。食べたことないからよくは知らないけど」

「ああっ、もっといろんなことを教えてもらいたいな。また来てくれるかしら？」

「もちろん。週に1度、教授は必ずうちに来るよ」

「待ち遠しいわ」

　つまりは、そういうこともあるということ。


　客足が途切れると、ぼくらは交代で夕食を摂りに出た。坂の下にはおいしいベトナム料理の店があったし、並木通りまで足を延ばせばパスタの専門店や、竈焼きのピザを食べさせてくれるイタリア料理の店もあった。ぼくと夏目くんはそれらの店をうまく組み合わせて、ローテーションをつくっていた。すなわち、ピザ、パスタ、肉炒めビーフン、ピザ（夏目くん）とか、パスタ、パスタ、パスタ、パスタ、パスタ（ぼく）とか。

　森川鈴音は店から5分ほどのところにある公営のフィットネスクラブで500m泳いだあと、じっくりシャワーを浴びて、それから朝と同じベーカリーでリンゴのデニッシュを買って帰ってきた（今回は2つ）。

「ああ、さっぱりした」

「2階のシャワーを使ってもいいのに」

「いいの。気をつかわないで。泳ぐことは前からの日課だったし」

「そう？」

「それとも、どうしても私にシャワーを使って欲しい理由があるとか？」

「まさか」

彼女はあははと笑って、そのうちね、と言った。

「そのうち、いっしょにシャワーを使おうね？」

くやしいが、29歳にもなって、いまだにこういった女性のあけすけなジョークに、ぼくは赤面してしまう。


やがて9時の閉店の時間になると、夏目くんは例のエプロンを外し、「お疲れさまでした」と言って帰っていった。

カウンターでは森川鈴音が今日の売上を集計していた。

「ねえ」と彼女が言った。

「何？」

「この売上で大丈夫なの？　私や夏目くんのアルバイト代払ったら、あなたの取り分は小学生のお小遣いぐらいになっちゃうんだけど」

大丈夫だよ、とぼくは言った。

「うちは店の売上よりも、通信販売の売上のほうがメインになっているんだ。そっちは振り込みで入金されてくるから」

なるほどね、と彼女が頷いた。

「でもさ」

ぼくは言った。

「そこから仕入れとか水道光熱費の支払いを差し引いて、さらに店を建てたときのローンを返済していくと、結局は小学生のお小遣いとそんなに違わなくなっちゃうんだけどね」

それはお気の毒、と彼女は言った。

「それじゃあ、結婚もできないわよね」

「別に」

ぼくは言った。

「予定もないし」

あれれ？　と彼女は嬉しそうに笑った。

「夏目くんから聞いたわよ。結婚紹介システムで知り合った素敵な彼女がいるんだって。昨日も遅かったのはデートだったからでしょ？」

思い切り辛辣(しんらつ)な言葉で迎撃してやろうと思ったのだけれど、もともとそんな言葉の持ち合わせなどぼくにはなかった。

「うるさいなあ……」

結局、ふてくされたようにそう言い放つことぐらいしかできなかった。はるか空の上にいる彼女に弾はかすりもしなかった。ぼくの頭の上に薬莢がぱらぱらと降り注いだ。

「冷やかしで言っているわけじゃないのよ」

彼女は頬杖をつくと、静かな声で言った。

「私のボスには幸せになってもらいたいから」

へえ、とぼくは言った。

曖昧な感情を表す曖昧な言葉。

へえ、と彼女がマネをした。

「そういうのってさあ——」

ぼくが言うと、彼女も「そういうのってさあ」と返した。ぼくが焦れてにらむと、彼女は小首を傾げ、にっこりと笑った。

あやうく撃ち抜かれそうになった。みぞおちの辺りにあるとても敏感な部分を。

「ねえ」と彼女は言った。

「ほんとよ。本気で気遣ってるんだから」

本気で気遣っているような声音だった。だからぼくは言った。

「ありがとう」

でも、あんまりありがたくなかった。

結婚紹介システムの件は彼女には知られたくなかった。つい、「忙しくて」とか「女性がまわりにいなくて」とか言い訳をしたくなったが、どうせ見透かしたような態度をとられるのが目に見えていたから、ぐっとこらえた。

「どんなひとなの?」

彼女が訊いた。

「すてきな女性だよ。ぼくにはもったいないぐらい」

ぼくは正直に答えた。どうせ他の選択肢などないのだ。

「あんまり、そういう言い方はしないほうがいいと思うけど」

「何が?」

「自分を卑下するような言い方。もっと自信を持ちなさいよ」

彼女は久しぶりに会った弟を諭すような口調で言った。彼女が相手だと、どうしてもこうなる。いや、いままでどんな女性と向かい合ったときだって、ぼくはいつも彼女たちの弟のようだった。たとえそれが年下の女性であってもだ。あるいは、弟体質とでもいうべき特性がぼくには刷り込まれているのかもしれない。

「あなたは充分魅力的よ」

思わず後ろを振り返った。彼女がぼくでない誰かに放った言葉のように感じられたから。

でも、誰もいなかった。

「誰もいないわよ」

彼女もそう言った。

「ぼくが？」

自分を指さし、彼女に訊ねた。

「ええ、あなたが魅力的だって私は言ったの」

「ありがとう」

ほんとにありがたかった。

だけど、

「そう言ってくれるのは嬉しいけど」

「けど？」

「きみはぼくをまだよく知らないし」

「もう、24時間一緒にいたわ。私はあなたをよおく知ってる。あなたが思っている以上にね」

「そんなものかな？」

「そんなものよ」

それで？　とぼくは訊いた。

「その、どの辺がそうなのかな？」

教えない。そう言って彼女は悪魔的な笑みを浮かべた。ピンク色の尻尾の生えた小悪魔。かの一族の常套手段。ひとの欲求をかき立てておいて、お預けを喰らわす。

「いいさ。ほんとは何も思いつかないんだよね？」

ぼくは未練がましくならないように、できるだけさりげない口調で言った。

「いいえ。私はちゃんと分かっているわ」

彼女は言った。

「でも、しばらくは自分で考えてみて。気付けばあなたはもっと自分に自信が持てるようになるはずよ」

神官のご託宣みたいな口調だった。

「そのうちいつか教えてあげるわ」

「ありがたいね。これから毎晩眠る前に考えてみるよ」

ぼくは少しでも冷笑的に響くよう、乾いた声で言った。

「ぼくっていい男？って」

　でも、やっぱりただの拗ねた子供みたいな口調にしかならなかった。

「それで？」

　彼女はぼくの皮肉を軽く流して、話を先に進めた。

「どんな彼女でしたっけ？」

　すてきな女性なのよね、と言ってぼくの言葉を待つ。選択肢がないことに変わりはなかった。ぼくは頷いた。

「優しくて、思いやりがあって、包容力もある」

　あなた向きね、と彼女が感想を漏らしたが、その意味を深く考えることはやめておいた。

「それに美人だよ。きみも美人だけど、美咲さんはまた別のタイプの美人なんだ」

　ぼくは言った。

「小さくて、柔らかくて、愛らしい」

「私は小さくないし、柔らかくないし、愛らしくないもんね」

　たしかに。

　少なくとも彼女は小さくはなかった。１７０㎝近く上背はありそうだったし、手も足もそれに指までもが長かった。肉体の全てがソリッドでシャープだった。オーク材から切り出された彫像のようだった。

「愛らしくないのはその口から出る言葉のせいなんじゃないのかな」

ぼくがおそるおそる言ってみると、彼女はあっさりと頷いた。

「そうね。これでもずいぶんマシになったんだけど」

「それで⁉」

彼女は左の眉（まゆ）を吊り上げた。

「ごめんなさいね、口が悪くて」

少しも悪いとは思っていない口調だった。

「かまわないよ」

ぼくは言った。

「この国では言論の自由は保障されている」

うれしいわ、と彼女は言った。

「銃殺されるのは嫌だもの」

ふむ。

それからぼくは店の中を回って、水槽の灯りを落としていった。

「ねえ」と彼女が言った。

「美咲さんて言うのね、彼女の名前」

「そうだよ」

ぼくは答えた。

「柴田美咲さん、26歳」

「若いのね」

「そう、きみよりはね」

「ほっほー」

「何？」

「別に。ただ言ってみただけ」

「あ、そう」

全ての水槽の照明が消え、店の中はカウンターの仄かな光だけになった。ぼくは2階に上がるスチール製の階段に腰を下ろした。彼女は髪をかき上げ、ほんの少し顎を上げるようにしてぼくを見た。

「どうしてかしら」

「何が」

「彼女」

「うん？」

「26歳ってまだまだ若いじゃない。なのに、結婚紹介システムに登録したわけでしよ」

「そうだね」

ぼくはひざの上に肘を載せ、両手を組んで顎を預けた。

「忙しいし、周りに若い男性がいない。これから先も出会える見込みがない」

「どんな仕事をしているの？」

「アロマショップのスタッフなんだ」

「まあ、素敵じゃない」

「そう？」

「ええ、私好きよ、ハーブの香り」

「もらったよ、初めて会ったとき。なんだっけな、パ、パ――パルマローザって言ったかな」

「どんな匂いなの？」

「甘い匂いだったな。バラみたいな」

「バラの匂いは好きよ。ジャスミンも好き」

「分かった。憶えておくよ」

「ありがとう」

つかの間の沈黙があり、それからぼくは思い切って言ってみた。

「ぼくがさ、結婚紹介システムに登録した理由なんだけど――」

彼女は微笑みながらかぶりを振った。深い慈愛に満ちた微笑みだった。

「いいの、言わないで」

彼女は言った。

「私って基本的には心優しい人間なの。だから、そこまで聞こうとは思わない」

「それって……」

彼女は「シッ」と言って、人差し指を唇に添えた。

「つらいことは言わなくていい。そうでしょ？」

その芝居がかった仕草に、ぼくは自分がからかわれているのだと、ようやく気付いた。

「いいよ」とぼくは言った。

「そう、きみのご推察どおり。ぼくはもてない。いや、女性と口をきくことさえうまくできない男なんだ」

まあ可哀相（かわいそう）、と彼女は言った。少しも可哀相と思っていない口調だった。

「でも、私と平気でしゃべってるじゃない」

「まあね」

ぼくは言った。

「なんでか分からないけど、きみとは普通にしていられる」

ヤァヤァと彼女は囃(はや)し立て、手を叩いた。

「まるで、愛を告白されたみたいに嬉しいわ。私はあなたの特別なのね？」

ぼくはすっかり赤面してしまった。それでもなんとか平然を装い、言葉を口に乗せた。

「そんなんじゃないよ」

「うわぁい、真っ赤になってる」

彼女はぼくの言葉など聞こえていない様子で、カウンターを離れ駆け寄ってきた。ぼくの足下にしゃがみ込み、顔を覗(のぞ)き込もうとする。ぼくは顔を背(そむ)け、彼女から逃げようとした。

「いいじゃない」

「やだ！　絶対に嫌だ」

「そう言わないで」

「ひとをからかって、そんなに楽しいかい⁉」

ぼくが声を荒らげてそう言うと、彼女は急に黙り込んだ。後退(あとずさ)り、３歩ほど離れたところで床に腰を落とす。

「ごめん」

彼女は言った。

「ほんとに、ごめん」

ほんとに、心からそう思っている口調だった。80パーセントぐらいはその声で許してしまったが、もう少し黙っていることにした。

「ごめんなさい」

もう5パーセント。

「ほんとに嬉しかったんだ。で、つい調子に乗り過ぎちゃった」

OK。許した。でも、何を言えばいいか分からない。

彼女は、まだぼくが怒っていると思ったのだろう、妙に神妙な声でこう言った。

「ねえ、抱きしめてあげようか?」

驚いて顔を上げると、驚いたことに彼女は真顔だった。

「本気?」

すこし逡巡(しゅんじゅん)してから「本気よ」と彼女は言った。

「それであなたの機嫌が直るなら」

ぼくは、思わず苦笑して、大きくかぶりを振った。

「いいよ、そんなに怒ってないから」

「ほんと?」

「ほんと」

よかった、と彼女は言って、でもね、と続けた。

「この胸に顔うずめたいって男の人はたくさんいるのよ。けっこう評判いいんだから」

「ならば、大事にしておきなよ。未来の夫と赤ちゃんのために」

彼女は、一瞬ものすごく無防備な表情を見せた。その目を透かして、心がのぞけてしまえそうなほど。奇妙なことに、ぼくは彼女を守ってあげたくなった。なぜだ？

「そうだね」

彼女は言った。

「そのとおり。あなたは正しい」

「正しいもなにも」

ぼくは言った。

「当たり前のことだよ」

「そうね」

彼女は抱えたひざのあいだに顔を埋めた。ぼくからはデニムのパンツに包まれた彼女の二本の臑しか見えなくなった。それにしても、なんて長い脚なんだろう。

「ねえ」と彼女が言った。

「うん？」

「あなたの家族――お父さんは元気なの？」

「元気だよ。もう80歳になるけどね」

「どこに住んでいるの？」

「ここの近くだよ。駅の向こうにあるマンションでひとり暮らしをしている」

母さんはずっと前に死んじゃったんだ。ぼくはさりげなく、そう言い添えた。

「なんで一緒に暮らさないの？」

「社会人になったときに追い出されたんだ。男のふたり暮らしなんて侘しいだけだって」

彼女が笑った。ひざが揺れている。

「すてきなお父さんじゃない」

「まあね。とにかく気が若いんだ。永遠に自分が17歳のままだと思っているんじゃないかな」

「いいじゃない。自分の年齢なんて自分で決めればいいんだから」

「そんなこと言ったら、世界中のみんなが自分はティーンエイジャーだって思いたがるんじゃないかな」

「もともとそんなもんじゃない？　この世界の精神レベルなんて」

そうだね、とぼくは頷いた。

「そうかもしれない」

きみは？　と、そのあとでぼくは訊いてみた。

「きみのご両親はどうなの？」

「元気よ。まだふたりとも50代半ばだもん」

ぼくがしかめ面(つら)をしてみせると、彼女はけらけらと笑った。

「しかたないじゃない」

「そうだけど、小さい頃からやだったな。何でうちの親だけとびきり老(ふ)けているんだろうって。授業参観が最悪だった」

彼女は立ち上がり、カウンターに戻るとポットからお茶をカップに注いで持ってきてくれた。

ありがとう。

どういたしまして。

彼女は立ったままコンクリートの壁に背を預けて自分のカップのお茶を飲んでいる。

「何か香りがするね」

「桂花烏龍茶。金木犀(きんもくせい)の香りよ」

「けいかうーろんちゃ？」

「そうよ。パンと一緒に買ってきたの」

「おいしいよ」

「でしょ？」

それで？　と彼女はぼくに先を促した。

「そう、とにかく教室の後ろに親たちが並ぶんだけど、うちの両親だけがおじいちゃんとおばあちゃんみたいなんだ。友達からもいろいろ言われるしさ。でも、来るなとも言えないよね。なんか嫌だったなあ」

「お母さんはいくつぐらいだったの？」

「ぼくを産んだときが43歳だったんだ。初めの子は流産したって言ってた。ぼくが2人目。そしてそれで打ち止め」

「じゃあ、小学校の時はもう50歳を過ぎていたのね」

「そうだよ。よそのお母さんなんて20代がいるんだよ。ずいぶん差がつくよね」

「亡くなったのは？」

彼女はカップをカウンターに戻し、開いていたノートパソコンの画面を覗き込んだ。

「いくつの時だったの？」

「母さんが？」

彼女は自分の手元に意識を注いだまま曖昧に頷いた。

「ちょうど60歳になったときだった。ぼくは17歳」

「つらかった？」

「まあね」

ありのままを言えば、1カ月ぐらいずっと泣いて暮らしていた。いまでも、母さんのことを思い出すと涙が出そうになる。でも、それは言わない。

「それなりにつらかったよ。でも、ぼくは男だからね」

「男のほうが甘えん坊さんなんじゃないの？」

彼女はコンピューターの電源を落とし、液晶蓋（ぶた）を閉じた。

「戦場の兵士はみんな死ぬとき『ママ……』って呟（つぶや）くそうよ。それが男の人の真実でしょ？」

「そうかな？」

「そうよ。あなたもきっと亡くなったお母さんのことを思って、ずっと泣いて暮らしていたんじゃないの？」

ぼくは驚いて彼女の顔を見た。

「なんで分かったの？」

驚いたぼくの顔を見て、彼女が驚いていた。

「図星だったの？」

「まあ、そんなとこ」

彼女はぼくのもとに歩いてくると、空になったカップを受け取った。

「無理もないわ。17歳だったんだもんね。まだ子供よ」

「そうだね」

でも、いまがその時でも、ぼくはきっと同じように泣いて暮らしただろう。現にいまでもぼくは母さんの夢をよく見る。そして目覚めたときには泣きたい気持ちになる。失った温もりを思い起こし、それがいまはないことを悲しく思う。

ごくまれに、これは現実ではないのか？　と思うようなリアルな夢を見るときもある。その夢では、決まってぼくが生まれた家が舞台となる。そこには母さんがいる。ぼくは母さんが死んでいることを知っている。彼女も知っている。でも、少しも不思議に思ってはいない。生者であるぼくと、黄泉（よみ）の国の住人である母さんとが、この家では当たり前のようにして言葉を交わし合っている。至福の時。ふたりで居間のソファーに座り、一緒にTVを見ながらスイートポテトを食べる。ただ、それだけのことなのに、ぼくの胸はあたたかいもので満たされ、幸福な気持ちになる。

ぼくは立ち上がると、店の入り口に向かい、ドアを施錠した。

「さあ、一日が終わった」

ぼくはエプロンを外し、カウンターの奥にあるハンガーに掛けた。

「どうだった？　新しい仕事の感触は」

彼女はぼくのすぐ隣にいた。並んで立つと、彼女の頭頂がちょうどぼくの目の辺りにあった。

「すごく楽しかった」

彼女は首を傾げ、横目でぼくを見上げた。

「もう、最高」

「ほんとかな？」

ぼくは少し意識して彼女との距離を広げた。

「こんな侘びしい店のスタッフの仕事が？　モデルのほうが100倍刺激的で楽しいと思うけど」

「そうね。じゃあ、こう言えばいいのかしら。すごく気持ちが良かった。くつろいで、自分を取り戻せた気がした」

「ここはそういう場所？」

「ええ。気持ちのいい場所よ。水と緑と、それに甘えん坊さんの店長と、やたら格好の良い男性スタッフに囲まれて」

もう最高。彼女はそう言って、ぼくの腕にしがみついた。

「うわっ」

ぼくが慌てて振りほどこうとすると、彼女はあっさりと手を放した。

「だめね。そんなんじゃ、まだまだよ」

「何が？」

ぼくはさらに後退り、身構えた。

「美咲さん」

彼女は胸の前で腕を組んでぼくを見た。

「彼女と仲良くなりたいんでしょ？」

「そうだけど」

「ならば、もっと自然に振る舞えるようにならなくちゃ」

「そうかな？」

彼女は大きく頷いた。

「いつまでも14歳の男の子のままじゃいられないのよ。大人になりなさい」

応援するからさ。彼女はそう言っておどけた顔をしてみせた。

「頼りになるわよ。私は」

「うん」

それから彼女は昨晩と同じようにカウンターの中にマットを広げた。

「さあさあ、もうお休みの時間よ。私の部屋から出てってくれない？」

「ああ、ごめん」

ぼくは2階に続く階段に向かった。

「おやすみなさい」

ぼくの背中に彼女が声をかけた。

「うん。おやすみ」

「素敵な夢を見てね。私とふたりで猫みたいにじゃれ合っている夢とか」

何か言おうとして振り返ったら、彼女がちょうどシャツを脱いでいるところだった。たしかにたいした胸だった。慌てて前に向き直り、階段を上る。

「まだまだね」

下で彼女がそう呟くのが聞こえた。

＊

何か音がして目が覚めた。

まだ真夜中のはずだ。耳を澄ます。どうやら、物音は階下から聞こえてくるらしい。幽霊たちの舞踏会？　それとも小人の靴屋か？　朝になったら、すべての水草の梱包が終わっていたとか。それならそれでありがたいけど。

ぼくは息を潜め、その音の原因を探ろうとした。けれど、それはあまりにも慎ましやかな響きだったので、他の雑音から選別するだけでも一苦労だった。じっさい、鼓動や枕元の時計の音のほうがはるかに賑やかだった。

やがて、ひときわ大きな音が聞こえて来たので意識を向けてみると、それはぼくの寝息だった。いつのまにか眠っていたらしい。

まあいいや、とぼくは諦め、枕に深く頭を沈めた。そして、３つ息をする間にはもう深い眠りの中に滑り落ちていた。

5

次の日もおおむね前の日と同じように過ぎた。

この日の１番の客も奥田くんだった。彼が２日続けて店に来ることはひじょうに珍しい。

彼の目的が水草でないことは明らかだった。いつものように１８０㎝のディスプレイ水槽の前に立ってはいたが、その視線はカウンターの森川鈴音に注がれていた。

ぼくは彼の背後から近寄り、声をかけた。

「やあ、いらっしゃい」

彼は——文字どおり——飛び上がって驚いた。80kgの巨体が3cmほど浮かび上がった。

「ミズネコノオのいいのが入荷したんだけど。どう?」

彼は国産水草のマニアだった。ぼくの言葉など上の空で、再び視線を彼女に向ける。

「ねえ店長さん」

「なに?」

「あの、カウンターにいる女の人、森川鈴音によく似てるんだけど」

「そうかな?」

「新しいスタッフのひと?」

「そうだよ。昨日から働いてもらっている」

「まさかね」

「なにが?」

「だって、あの森川鈴音がさ、こんな店にいるわけないよな」

「こんな店で悪かったね」

「ああ、ごめんなさい」

「自分で確かめてみたら?」

彼が激しくかぶりを振った。頬の肉が時間差で顎の動きを追いかけていた。

「そんなことできるわけないよ。ねえ、履歴書とかにはなんて書かれていたの？」

「履歴書はなかった。名前は何だったかな？　忘れちゃった」

彼はしばらく押し黙ったままじっとカウンターの奥を覗いていたが、やがて何かを得心（とくしん）したように頷いた。

「やっぱり違うな。ほんものの森川鈴音はもっと細かったな。それにもっと胸があった。よく似た別のひとだよ」

わかった。その言葉、よおく彼女に伝えておくよ。

「それは残念」

ぼくは言った。

「有名人がスタッフだったら、うちももう少し繁盛するんだけどね」

「それはないでしょ」

彼はこの年頃にありがちな、遠慮のない率直さを見せた。

「アクアプランツなんて商品を扱っている店が『繁盛』するなんてこと、まずないですよ」

「まあ、たしかにそうだね」

「それにしても、よく似たひとだなあ」

彼はひとしきり、首を傾げたり頷いたりしていたが、そのうち気付いたらいなくなっていた。ピーナッツバターの匂いが、彼のいた場所に残り香として漂っていた。

ぼくはカウンターに歩いていって、彼女に声をかけた。

「きみは森川鈴音によく似た別の女性だってさ」

彼女は液晶モニターから顔を上げ、モデル的な乾いた視線をぼくに向けた。

「そう。私のほうが美人だって？」

「さあ、そのことには触れていなかった。ただ、森川鈴音はもっと細くて、豊かな胸をしているそうだよ」

「みんなそう言うわ。でも、現実なんてこんなものよ。ちょっと気を抜けばパンツのサイズなんてすぐひとつ上になっちゃうし、ルーズなブラをしていると胸なんかずいぶんおとなしい姿になってしまうものだもん」

「いやいや」

「なにが、『いやいや』なの？」

「きみはじゅうぶん細いし、魅力的な胸をしていると思うよ」

はあ、と彼女は息を吐いて天を仰いだ。

「ねえ」と彼女はカウンターから身を乗り出し、ぼくに顔を寄せた。

ぼくは少し後退りした。

「あなたは女性と手を繋いだだけで心臓をばたばたさせてしまうひとなのに、なんで、そうやって赤面してしまうような言葉を平気で言ってしまうわけ？」

「赤面？」

ぼくは訊いた。

「ぼくが？」

慌てて自分の頬に手をやった。

「違うわ。赤くなっているのは私よ」

ああ、とぼくは不得要領のまま頷いた。

「でも、白いままだけど？」

「言葉のあやよ」

彼女は自分の胸に手を当てた。

「ハートは真っ赤に染まっているわ」

「なるほど」

「やっぱり子供なのね」

「そうかな？」

「自分の言葉が相手の女性にどんな意味を持つかってことに気付いてないのよ。ただ思ったことをそのまま口にしているだけ」

「なるほど」

もういいわ、と彼女は言って、手でぼくを払う仕草をした。

「仕事の邪魔」

「はいはい」

そして、去り際に彼女にこう訊ねた。

「つまり、きみは嬉しかったの？」

彼女はなんだか凄みのある笑みを浮かべ、ゆっくり頷いた。

「そうよ」

低く唸るように言った。

「あなたに褒めてもらって、不覚にも喜んでしまったわ」

「なるほど」

勉強になった。思ったことをそのまま口にすると、女性は喜ぶ——らしい。

午後の3時になると、水草の出荷の準備も一段落ついた。ぼくは、カウンターの森川鈴音に声をかけた。

「ねえ、外に出ない？」

「いいけれど、どこへ？」

「夢をかなえにさ」

というわけで、店のドアに「準備中」の札を掛け、ぼくと夏目くんと、そして彼女の3人で並木通りを歩いた。

「ついでに簡易式のベッドを買ってしまおうよ。折り畳めるやつがいいな」

「そうね。じゃあ、マットと毛布もついでに」

「でもまずは、ケーキだ」

パスタの専門店を過ぎ、しばらく行くと若い夫婦がやっている小さなフラワーショップがあり、その隣が白い壁のイタリアンレストランになっている。「BIANCO」と書かれた木製のプレートがドアにある。

「ここのピザがおいしいんだ」

ぼくは隣を歩く彼女に言った。

「ビアンコ特製ピザ」

「ケーキもここ？」

「違うよ。もう少し先」

すれ違う人間がそっとぼくらを振り返る。品のいい住人が多いので、あからさまにではないが、それでもぼくは気になる。不思議なものだ。彼らが気にしているのはぼくではないのに、ぼくだけが彼らを気にしている。

それにしても、隣を行くふたりは目立ちすぎる。たとえ彼女が名の知れたモデルではなかったとしても、やはり行き交うひとは振り返っただろう。店の中では気付くこともなかった彼らの特異性が、陽の光のもとだと拡大され、誇張され、ぼくを圧倒する。

それに相乗効果というものもある。彼らがふたり並んだ姿は、あまりに非日常的だった。

彼らが歩いている道だけが、まるでハリウッド・ブールバードにでもなったようだった。

さらに恐ろしいことに、彼らはそれを自覚していなかった。

「手を繋ぎましょう」

彼女が言った。

昨晩のことがあったので、ぼくは平然としているふりを装った。さりげなく彼女の向こうにいる夏目くんを見ると、彼はふりではなく本当に平然としていた。ごく自然に彼女と手を繋いでいる。

ふたりともなんて長い指なんだ！

ぼくは、繋がれている彼女の手を強く意識していた。セーム革みたいに滑らかな手触り。冷たく繊細で、美しい言葉のように何かを訴えかけてくる。

「嬉しいな」

彼女はそう言って繋いだ手を揺らした。

「こういうことも、したかったの」

「それは良かった」

ぼくは言った。

「協力できて、ぼくも嬉しいよ」

ぼくもです。

向こうで夏目くんが言った。

彼女はほんとに嬉しそうな笑みを浮かべ、陽気に鼻歌を歌っていた。よく聞いてみると、それは「フニクリ・フニクラ」だった。

＊

ケヤキ並木の歩道を5分ほど歩いたところに目的の店はあった。

『CAFE RESTAURANT FOREST』

もともと普通の民家だった建物がそのまま喫茶店になっている。草木が生い茂る庭の奥に、白く塗られたモルタル造りの平屋がひっそりと収まっている。庭に面したオープンテラスにもテーブルが3卓置かれている。

ぼくらは門扉（もんぴ）を開き、トネリコやハクレン、ヤマボウシといった庭木の間を縫って枕木(まくらぎ)のアプローチを進んだ。オープンテラスの足下には小さな池があり、アサザの葉が浮かんでいる。水際にはミツガシワやオロンティウム・アクアティクムの姿もある。ぼくは、この小さな水辺が好きで、よくこの店に通っている。池に一番近いテーブルはぼくの指定席だ。

カウベルを鳴らして店内に入ると、アルバイトのライナスが出迎えてくれた。彼はこの近くの大学に通う留学生だ。ジェイ・マキナニーの『モデル・ビヘイヴィア』を読んで、この国に来たロマンチストだ。この異国の地で同胞の女性と恋に落ちることを夢見ている（『モデル・ビヘイヴィア』のコナーもそうやってモデルのフィロミーナと知り合った）。

「いらっしゃいませ」

正確な発音とイントネーションだ。

「今日は、ずいぶん綺麗な方と一緒ですね？」

「うん」

ぼくは、一歩退いて彼女を紹介した。

「森川鈴音さん。昨日からうちのスタッフになってもらったんだ。彼はライナス」

ハジメマシテ、と彼は言った。

「もしかして、『タランテラ』の森川鈴音さんですか？」

彼女は笑顔を見せて頷いた。

「ええ、そうよ」

「うわっ、感激です。あの映画は素晴らしかった」

「どうもありがとう。嬉しいわ」

ライナスはソバカスの浮いた頬を赤らめた。

「さあ、こちらへどうぞ。テラスの奥の席は遠山さんの指定席なんですよ」

ぼくらは店を抜け、テラスに出ると池の近くのテーブルに着いた。

「今日はケーキバイキングをお願いしたいんだけど。それが彼女の夢だったんだ」

「そう。女の子はみんなこれを夢に見ます」

ぼくはアッサムミルクティーを、夏目くんはエスプレッソを注文した。ケーキバイキングにはドリンクが付くと言われ、彼女はミントティーを選んだ。

ライナスがテーブルを離れるとぼくは彼女に言った。

「なんだかぼくの知らない女の人がさっきライナスとしゃべっていたみたいなんだけど」

彼女はモデル的な洗練された笑みを浮かべた。

「あら、どんな女性だったのかしら？」

「そうだよ。そんな感じ。なんでよそのひとが相手だと人格が変わるんだろうね？」

「当然でしょ？　世界は複雑なのよ。あなたみたいに単純ではいられないわ」

言葉でぐっと押し戻された感じがしたが、それでもぼくは踏みとどまった。

「じゃあ、ほんとのきみはどこにいるの？」

「すべてがほんとの私よ。私は鏡なの。鏡には嘘もほんともないでしょ？」

なるほど。

そこへケーキが運ばれてきた。ワゴンに10種類ほどの小振りなケーキが載せられている。

「お好きなケーキを選んでください」

「じゃあ、全部」

あっさりと彼女はそう言い放った。無意識のうちにぼくは彼女の細いウエストに視線を向けていた。

全部だって？

「みなさん、そうおっしゃいます」

ライナスはそう言って優雅な手つきでテーブルの上に置いた皿にケーキを取り分けていった。

「まだ他にもジェラートとプリンがあります。もしご要望でしたら声をかけてください」

「どうもありがとう」

モデルというよりは女優の笑みで、彼女はライナスに感謝の意を表した。彼がみぞおちの辺りを手で押さえた。ぼくは彼の傷が浅いことを祈った。去りゆくライナスの足取りは心なしか覚束(おぼつか)ない感じがした。

「彼のお姉さんの名前はルーシーなんだ」

後ろ姿を見送りながらぼくは言った。

「あらまあ、それは災難ね」

「どうしてです？」

夏目くんが訊いた。

「ピーナッツ！」

ぼくらはふたり同時に答えた。ハッピーアイスクリーム！　と叫んで、彼女は14歳の笑顔を見せた。

「ここはあなたのおごりね。やったあ、ごちそうさま」

どうせ初めからおごるつもりではいたけど、ルールとして一応悔しそうな顔をしてみせた。

「ブランクが大きすぎた。全然その言葉、出てこなかったよ」

「あら、私だって久しぶりよ。10年ぶりぐらい。もっとかな」

それからぼくは夏目くんに説明した。

「ピーナッツっていうのは新聞に連載されていたコミックの名前なんだ。ほら、スヌーピーとチャーリー・ブラウン」

「ああ、知ってます」

「その中に出てくるいつも毛布を引きずって歩いているのがライナス」

「そのお姉さんがルーシー・ヴァンペルトっていうの。自分勝手で口が悪いのよ」

ぼくの説明を引き継いで、彼女がそう言った。

「まるで、どこかの誰かみたいだよね」

ぼくが言うと、彼女はぐるりとまわりを見回した。

「少なくとも、半径10メートル以内にはその人はいないみたいよ」

「ああ、そう」

やがて、飲み物が運ばれてきた。アッサムミルクティー、エスプレッソ、それにミントティー。

「ねえ、あなたのお姉さんの名前、ルーシーなんですって?」

彼女の言葉にライナスは大きく頷いた。

「でも、すごく優しい女性ですよ。ぼくは危うく彼女に恋しそうになりました」

わかった、と彼女が言った。

「だから、自分の国を離れてこんな遠くまで来ちゃったのね？　お姉さんと距離を置くために」

「鋭いですね」

ライナスはコーカソイドだけにしかできないような器用さで片目をつむってみせた。ぼくもよく子供の頃ウィンクの練習をしたことがあったが、どうしても両目をつむってしまっていた。

「そう。必要なのは距離と時間です。『長い不在は恋を滅ぼす』ってミラボーも言ってます」

デモムズカシイデスネ。

彼はおどけた顔でそう言った。

「ふと、彼女に似た女性を見かけると、いまでも胸が痛みます」

「綺麗なひとなの？」

「ええ、美しいひとです。でもそれは額に入れて鑑賞する美しさではありません。はき慣れたスニーカーとTシャツとデニムパンツが似合う美しさです」

「すてきね。お会いしてみたいわ」

「じゃあ、あとでレストルームに行ってみてください」

その言葉を残して、ライナスは去っていった。

「どういうことかしら？」

「行ってみれば分かるよ」

ね？　と言うと、夏目くんも頷いた。

「そうですね。すぐに分かると思いますよ」

彼女はしばらくぼくらふたりの顔を見比べていたが、ま、いいわという感じに頷くと、またケーキに戻った。

すでにガトーショコラ、モカトルテが彼女の皿から消えていた。それは夢の序章であり、このあと本編があり、やがて終章を迎え、それからきっとエピローグもあるのだろう。

いまフォークの先にあるのはブルーベリータルト。彼女は目を細め、愉悦の表情でそれを口に運んだ。なんていうか、すごく扇情的な光景だった。彼女の寝室を覗き見ているような感じがした。つまり彼女のすごく個人的な行為を眺めているような。

「おいしい。すごく幸せ」

彼女は唇に付いたブルーベリーの果汁をぺろりと舐めた。ピンク色の舌が思わせぶりな軌跡を描き、唇の間に消えていった。R指定的な演技。

「わかった。嬉しいのはわかったから、普通にしてよ」

じゃないと、目の遣り場に困る。

彼女は指で唇を拭うとぼくに言った。

「そもそも食べるって行為はとても官能的なのよ。このぐらい普通よ」

「これもつまりは、応援のひとつなわけ？　ぼくを慣れさせるための」

ぼくが訊くと、彼女はどうだろう？　という感じで、自分のおでこの辺りを見上げた。

「そうじゃないと思う。ただおもしろかったから」

だって、と彼女は言った。

「あなたすぐ顔に出るんだもん。だからついからかいたくなっちゃうの」

ああ、そう。

夏目くんは平然とした顔つきでエスプレッソを飲んでいる。時間や空間ではなく、何か別の座標軸上でぼくらはずいぶんと遠く隔たれているような感じがした。

彼女が4つ目のケーキに取りかかっているところで、テラス席に別の客が来た。60をいくつか過ぎたぐらいの夫婦だった。ひとつ席を置いて、向こうのテーブルに座った。何度か見かけたことがある、よく似た夫婦だった。小柄で豊かな髪に白いものが混じり、良い感じに皺が刻まれている。あまりに長い間寄り添って暮らしてきたので、その存在のあらかたが同化してしまったような印象だった。

「素敵なご夫婦ね」

チーズスフレを食べながら彼女が言った。

「ああいうふうに、ふたりで歳をとっていけたら、少しは誕生日も苦痛じゃなくなるのに」

「誕生日が苦痛？　楽しくないの？」

「だからあなたは子供だって言うのよ。二十歳から先は誕生日なんて苦痛以外の何ものでもないわ」

「ぼくは嬉しいけどなあ」

「それはそれは」

「なんか、自分のことを産んでくれた母さんのことを考えるんだよね。誕生日っていうのは、母さんにとっては出産日でもあるわけだし」

「ああ、そうね。確かに」

「だから、産んでくれてありがとうって、その日ぐらいは感謝の気持ちを持つことにしているんだ。あれは母さんのためのお祝いなんだよ」

彼女は口だけは動かしながら、しばらくじっとぼくの顔を見つめていた。

「この歪んで悪意に満ちた世界で、よくそこまで真っ直ぐに育ったものよね」

彼女が言った。

「あなたの存在自体がひとつの奇跡だわ」

「ぼくは普通だよ」

「そうね。みんなそう言うわ」

「みんなって？」

「普通じゃない人たちみんな」

ああ、そう。

「でも、その考え方はすごく素敵だと思う。私もこれからはそう思うことにする。誕生日はお母さんの日なんだって」

「そう。だって、ぼくらは大したことしてないしね。その日にしたことは、たたまれていた肺を空気で膨らませて、おぎゃあって言いながら吐き出したことぐらいだもん」

「それでも大事業だったと思うけど」

「まあ、そうだろうけどさ、母親のがんばりに比べればまだまだ。うちなんか高齢出産だったから、命がけだったんだって聞いたよ」

「うちも難産だったって聞いてる。女性ってすごいよね」

ぼくはくすりと笑って、彼女に言った。

「人ごとみたいに言ってるけど、いつかきみだって」

彼女の顔から一瞬、表情が消えた。けれど、すぐに笑って彼女はぼくに言葉を返した。

「そうね。じゃあ、あなたの子供を産みたいわ」

ここは激しくうろたえるべきところだったけど、うまくできなかった。

「そう、ああ、でも――」

彼女の顔から全ての表情が退いたとき、その奥にある真実をぼくは垣間見た気がした。いままで注意深く隠していた本音を彼女は吐き出してしまった。その無防備な素顔で。

ぼくの中途半端な反応に彼女も調子を狂わせた。

「ああ、いいのよ。ほんの冗談。つまんなかったわね」

そして、視線をケーキに落とし、意味もなくフォークで突いた。

夏目くんが、惑星間交信をしている通信士みたいなタイミングでぼくらの会話に加わった。

「そうですね」

彼は言った。

「ぼくは誕生日いやじゃないです。待ち遠しくて、毎月誕生日が来たらいいのにって思います」

「夏目くんはいくつ？」

「26です」

つまりはまだそういう年頃なのよね。そんな意味合いの溜息を彼女は零した。

「違いますよ」

彼は言った。

「理由があるんです」

「理由？」

ぼくが訊くと、彼は上品な笑みを見せ、老司祭みたいな頷き方をした。

「手紙が来るんです。姉から」

「へえ、弟思いのお姉さんだね」

「そうですね」

「なにかいいことが書かれているの？」

彼女は5つ目のケーキに取りかかっていた。ストロベリーケーキのイチゴを頬張りながら彼女が訊いた。

「的確なアドバイス」

夏目くんは言った。

「あるいは託宣」

ヤァヤァと彼女は冷やかした。

「気を付けなさいよ。もうそろそろ自分で自分のやることは決めるようにしなくちゃ。そのうち、どっちの足から靴を履いたらいいのかも分からなくなっちゃうわよ」

「そうですね」

夏目くんは素直に頷いた。年上の女性からのアドバイスには、無条件で従う習性があるのだろうか？　あるいは、それもひとつの才能かもしれない。

6つ目、7つ目、8つ目のケーキは瞬(またた)く間に消えた。彼女はひとつ目と同じような情熱と誠実さで、ケーキを味わっていた。その幸せそうな笑みは、見ているぼくの心を和(なご)ませた。

「おいしそうだね」

ぼくが言うと、彼女は子供のように頷いた。

「うん」

これも彼女なのだと記憶に留めておくことにする。辛辣なことを言われたときに思い出せば、少しは寛容な気持ちになれるかもしれない。

9つ目のケーキ、マロンシフォンケーキにフォークの先を伸ばしたところで、ふと思い出したように彼女が言った。

「素敵な池ね。きっとあなたのお気に入りなんでしょ。だから、この席にいつも座るのね？」

「やっと気が付いてくれたんだ」

「ええ。私は池を見に来たんじゃなくて、ケーキを食べに来たものですから」

「はいはい」

あの白い花を付けているのがミツガシワ。その向こうにあるのがオロンティウム・アクアティクム。

ぼくが説明すると、彼女はくるりと目を回した。

「私には何だか古代エジプトの王様の名前みたいに聞こえるんだけど」

「トゥト・アンク・アメン、ですか？」

夏目くんが言った。

「そう、それよ」

「え、なに？」

「ツタンカーメンのことですよ」

夏目くんの説明に頷く。

「ああ、そう」

なんとなく自分がひどくマヌケになったような気分がした。

まあいい。ファラオの名前を知らなくても、アクアショップの店長は勤まるのだから。

「あの睡蓮(すいれん)の子供みたいなのはアサザでしょ？」

彼女が指さした。

「よく知ってるね。そうだよ」

「言ったでしょ？　水辺の植物が好きなんだって。もっといろいろ知ってるんだから」

「そう？」

「ミズユキノシタ」

彼女はそう言うと、誇らしそうに鼻を蠢(うごめ)かした（あくまでも修辞的にだけれど）。

おおっ、と男性ふたりから驚きの声が漏れた。

「ほんとだったんだ」

「何が？」

「子供の頃から好きだったたって話」

「そうよ。よく池とか小川に行って、水草見たりしてたもん」

「ミズユキノシタも？」

「そう。池にいっぱい生えていたのを見たことがあるわ。名前が綺麗だったんで憶えていたの」

「学名はルドウィジア・オヴァリスって言うんだ」

「へえ、それも綺麗な名前ね。なんだかチェコとかドイツとか、そんな国の美人スパイの名前みたい」

「確かに、『a』で終わるのは、欧米ではたいていが女性の名前ですからね」

「でも別に美人スパイでなくてもいいのに」

「イメージよ。イメージ」

そして、そのイメージはぼくにも刷り込まれる。これ以降、ぼくはルドウィジアの名前を目にするたびに、ボンドガールみたいな美人スパイの姿をいつも思い浮かべることになる。

最後のケーキはモンブランだった。それも彼女はゆっくりと慈しむように口に運び、目を閉じ、その味わいを堪能した。さて、これで終わりかと思ったら、またモカトルテを注文した。

「だって、おいしいんだもん」

ぼくらが何かを口にする前に、彼女はそう言って機先を制した。そしてさらにプリン、ジェラートもたいらげ、ようやく彼女は満足した様子だった。

「夢の味はどうだった？」

ぼくが訊くと、彼女はどこかけだるげな眼差しでぼくを見た。

「甘かった……」

それだけ言うと立ち上がり、レストルームへと消えていった。

ぼくと夏目くんは先に支払いを済ませ、レジカウンターの前で彼女を待った。ほどなく彼女が通路の奥に現れた。彼女はオフホワイトのシャツに、やけにタイトなブルージーンズを履いていた。視線は自然と彼女の腹部に向けられたが、とくに際だった変化は見られなかった。

あのケーキたちはどこに消えたのか？　ケーキというのは実体を持たないなにか観念的な存在なのだろうか？　純粋に旨味（うまみ）とバニラやチョコレートのフレーバーだけで出来ているとか。

ふと、そんなことを考えた。

「ライナスのお姉さんはどこにもいなかったわよ」

彼女は言った。

「写真も絵もなかった」

「他には何がありましたか？」

ライナスが期待のこもった眼差しを彼女に向けた。

「何って」

彼女はてのひらを空に向け肩をすくめた。

「別に何も。レストルームに普通あるものだけよ」

「たとえば？」

「洗面台。それからもちろん大きな鏡。それからダストボックスに——ああ、それから花があった。スイートピーだったわ」

「ほら、だから？」

ぼくが訊くと彼女は、え？　という顔をして店の床のタイルをじっと見つめた。それから顔を上げぼくを見ると、口に出して「え？」と言った。

「わからない」

「だってさ」

ぼくが言うとライナスは、シカタナイネと言って頷いた。

「とにかく」と彼は言った。

「あなたに会えて嬉しかったです。またいらっしゃってください」

もちろん、と彼女は言った。

「また来るわよ」

そしてこう付け加えた。

「レストルームにいるっていうお姉さんによろしく言っておいてね」

ライナスはちらりと通路の奥に視線を遣って、それから頷いた。

「OK、わかりました。伝えておきます」

そしてぼくら3人は『FOREST』を後にした。

「つまり？」と歩道を歩きながら彼女が訊いた。

「どういうことだったの？」

「つまり」とぼくは言った。

「案外きみは勘の悪い女性なんだなってこと」

あらあらと彼女は言って、凄みのある笑みを浮かべた。

「誰よりも、あなただけには言われたくない言葉よね」

ああ、そう。


『FOREST』から3分ほど歩いて、ぼくらは『Grumpie』に到着した。

インテリア雑貨を扱っている大型店舗だ。うちの店が30軒ぐらいは入りそうな広さがある。

「グランピーって——」

彼女が漏らした言葉に夏目くんが頷いた。

「そう、あのグランピーです」

　またた。

　ぼくはふと、13歳の頃に佑司と交わした会話を思い出した。

『知ってる？』と彼は訊いた。

『何を？』

『世界にはぼくらが知っていることの100万倍もの知らないことがあるんだって』

『うそ！　知らなかった』

『ほらね』


「ええと」

　とりあえず言ってみると、すかさず夏目くんが説明してくれた。

「『grown-up mature person』の略ですよ」

「一種のライフスタイルよね。成熟した大人の」

　やっぱり彼女も知っていた。間違って成績優秀者の勉強会に招かれた劣等生の気分になる。

「ヤッピーに反発する価値観として浮上したものです。きっとこの店のオーナーがそういう世代だったんでしょうね」

「きっと、落ち着いた大人向けのシンプルな商品を扱っているのね」

「そうだと思いますよ」

そしてぼくらはこの店で、シンプルなつくりの折り畳み式ベッドと、コットン素材のマットレスに毛布を買った。台車を借りて品物を載せ、夏目くんが押して、ぼくが支えながら運んだ。その後ろを彼女が陽気に鼻歌を歌いながら歩いた。やっぱりそれは「フニクリ・フニクラ」だった。


店に戻り、カウンターの奥にベッドを運ぶ。昼間は折り畳んで壁に寄せて立てておくことにする。夏目くんが台車を戻しに再び外に出ていった。

「ありがとう」

彼女がベッドに手を添えながら言った。

「ありがとう?」

「ええ。いろいろね。感謝してるわ」

「どういたしまして」

「ケーキもおいしかったし」

「そのためにモデルやめたんだもんね」

「そうよ。もう、あの店の常連になっちゃうんだ」

「いいね。ライナスが喜ぶよ」

「私が彼のお姉さんに似ているってこと？」

「なんだ」

ぼくは、少し気抜けして言った。

「分かってたんだ」

「ほんの少し前よ。考えていたら分かったの。レストルームにあったのは鏡よね」

「そう。覗き込めばルーシーの顔を見ることができる。まあ、近似値ということだけど」

「彼を誘惑してみようかしら？」

「悪趣味だよ。なんていうか、フェアじゃない」

「冗談よ。こう見えても私は恋愛に関しては保守的なの。オーソドックスでシンプルな恋が好き」

ぼくは強く頷いた。少し感動していた。

「嬉しいな。ぼくも同意見だよ」

彼女は小さく首を揺らし、口角をきゅっと吊り上げた。

「まあ、そうだと思ったけど。あなたには斬新(ざんしん)で複雑な恋は似合わないわ。と言うよりできそうにないわね」

ああ、そう。

夜、常連の客たちが海辺の漂着物みたいに静かに寄せて、そしてまた去っていった後、ぼくはカウンターのスツールに座りノートパソコンの液晶画面を眺めていた。プログラムのことはよく分からないけど、システムの構築は順調に進んでいるみたいだった。

たしかに、彼女は優秀な女性だった。美しくて頭が切れて、しかもタフだ。おまけに彼女は水辺の生き物が好きで、オーソドックスでシンプルな恋を望んでいる。15歳のぼくならとっくに恋に落ちているかもしれない。しかし、29歳のぼくは、そうはいかない。すでにぼくは3つ年下で、小さくて柔らかくて愛らしい女性と恋に落ちる準備を始めている。スイミングで言えば、アキレス腱(けん)を伸ばし、胸に水を掛け、ゴーグルをセットした段階だ。あとは飛び込むだけ。

知り合ってから1カ月かけてここまで来た。出会ってたった3日の女性に乱されたくはない。

そう——ぼくには斬新で複雑な恋は似合わない。と言うよりできそうにない。

ふと、コンピューターの脇に目を遣ると、彼女がいつも首から下げていたペンダントが置かれていた。いま、彼女はフィットネスクラブに泳ぎに行っている。大事なものだから失くさないように置いていったのだろう。

あらためてその小さな多面体を見てみる。大きさはペットボトルのキャップぐらい。台形とでも言うんだろうか、横からの断面はやや歪んだ五角形をしている。材質はよく分からないが、ガラスのように光を透過する。

なんだろう？　なんとなく心に引っかかるものがある。けれど、それは記憶というよりは、むしろ胸騒ぎに近い感覚だ。

やがてぼくは興味を失い、ペンダントをカウンターの上に戻した。

ふと、アサザの黄色い花が頭に浮かんだが、そのわけを深く考える気にもなれず、ぼくはそのままカウンターを後にした。

6

いつものように授業が終わると、ぼくは水路沿いの道を辿ってゴミ捨て場に向かった。途中でひょうたん池に寄ってマツモを採取する。1週間ほど前に父さんにせがんで60㎝幅の水槽を買ってもらっていた。とりあえずクロメダカを捕まえて放してあったが、彼らが落ち着ける場所をつくるために水草が必要だった。用意したビニール袋に入れ、封をしてバッグにしまった。

再び林の中の小径に戻る。野球部の姿がないことを確認して、さらに奥に進む。まもなく梅雨になろうとしていたが空は明るく、木漏れ日がつくる影はしっかりとした輪郭に縁取られていた。

ゴミ捨て場の手前でトラッシュが迎えてくれた。

「ヒューウィック？」

彼の背中から植物の芽のようなものが1本伸びていた。

「よしよし」

腰を屈めて彼の顎の下に手を入れる。あらためてよく見ると、やっぱり植物の芽だった。カイワレダイコンの芽のようなものがひょろりと伸びている。どうやら種を付けて歩いているうちに発芽してしまったらしい。トラッシュの長い毛の中には豊富な栄養と水分が染み込んでいるのかもしれない。そう言えば、ここ数日雨が続いていたし。そのうち茎が伸び葉を付け、花を咲かすのだろうか？　もしこれがメタセコイアの芽だったらどういうことになるんだろう？　さぞかし彼も歩きづらいことだろう。

ぼくはトラッシュを従えて、ゴミの山の中に分け入った。そこにはすでに佑司がいた。いつものリビングではなく、新しく出来た山の際に座っていた。板のようなものを首からぶら下げ、そこに顔を付けるようにして手を動かしている。

「佑司」

ぼくが呼ぶと、彼はゆっくりと顔を上げた。

「何をしてるの？」

歩み寄りながら訊いてみた。

「絵だよ」

彼は甲高い声で言った。

「絵を描いているんだ」

ぼくは彼の後ろに立ち、その手元を覗き込んだ。

そこにあったのは、６００cc分の驚きだった。つまり、そのぐらいの空気をぼくは驚きのあまり飲み込んだのだということ。ヒュッという音が口元から漏れた。

たとえば、よく知っている友人が「夏休みの宿題で工作やってさ」とか言って、作ったものを見せてもらったら、それが永久機関だったりしたら、やっぱりこれぐらい驚いたと思う。

予想値と実際の著しい乖離。彼の絵は13歳の少年が描くレベルを遥かに超えていた。

彼は、ニキビや生え始めた性毛に悩む中学生たちよりは、よほどレンブラントやルーベンスといった巨匠たちに近い場所にいた（と、このときのぼくは思った）。

それは黒インクで描かれた細密画だった。被写体は、数日前に捨てられたばかりの乳母車だった。コルク色の幌は破れ、シートには何故か大きなキャベツが置かれていた。

佑司はその姿を克明に写し取っていた。画板の上に置かれた安っぽいマニラ紙には、写真と見紛うばかりのリアルな絵があった。彼は自分の目に映るもの全てを、寸分漏らさず描こうとしていた。何も省略せず、何も加えない。そこには何の深意もアレゴリーも存在しなかった。哲学的解釈など必要としない、ありのままの情景があった。

のちにこの絵をゆっくりと見る機会があったけど、よく見ると乳母車の細部にはきちんとリベットや螺子山まで描かれていた。螺子山には＋や－もしっかり描写されていた。さらに、乳母車の後ろに積まれた何かの電子部品には、基盤の配線パターンまで描き込まれていた。

にもかかわらず、この世界は明らかに歪んでいた。乳母車は湾曲し、キャベツは実際以上に大きく描かれていた。きっと彼の目か、あるいは例のコステロ眼鏡に問題があったのだと思う。

いつもこんなふうに世界が見えているとしたら、ずいぶんと困るだろうに。そう指摘したこともあったが、佑司はまるで気付いていない様子だった。

彼はまず被写体にぐっと近寄り、しばらくそれを眺め、それからもとの場所に退くと一気にペンを走らせた。ペンは前時代的な硝子（ガラス）ペンだった。インク壺（つぼ）を傍らに置いて、先を浸しては描いていく。彼の顔はマニラ紙にくっつきそうなぐらい寄せられていた。見ようによっては画板に頭を預けて眠りこけているようにも映る。

「そんなに目を近づけないと見えないの？」

2秒ほどしてから佑司が顔を上げてぼくを見た。

「えっ、なんか言った？」

いや、いいんだと言って、ぼくは彼を残し奥に向かった。

『リビング』には花梨がいた。ずいぶんと気温も上がってきているのに、相変わらず彼女はアーミーコートを羽織っていた。

「やあ」と彼女が手を上げた。

ぼくはいま来た方向に視線を向け、彼女に言った。

「すごいよね、佑司」

「絵のこと？」

「そう。ものすごく上手だ」

「きっといつか有名な画家になるよ。間違いない」

「そうだね。あんなすごい才能があったなんて知らなかった」

　ぼくはテーブルを挟んで彼女の向かいに座った。10日ほど前に捨てられたばかりの、まだ新しいディレクターズ・チェアだった。

「佑司の家に行けばいままでに描いた絵がたくさん置いてある。今度行こうよ」

　花梨が言った。

「あいつの親父さんにも会えるし」

「佑司のお父さん？」

　そう、と彼女は頷いた。

「作家なんだ。売れない小説を書いてる」

「売れないの？」

「売れないね。書いてあることを理解できる人間が、この世に5人ぐらいしかいないんだ。そんなの売れるわけないだろ？」

「じゃあ、大変だね」

「何が？」

「その、生活とかさ。お金が」

「かもね。でも、なんとかやってる。ふたりきりだしね」

　彼女は意味もなくにやりと笑った。陽を受けてステンレスの歯列矯正器が光った。

「お母さんは？」

「出てった。佑司が小学校の5年の時かな？　たしか」

「佑司を置いて？」

「そう。貧乏が嫌だったんだ。あいつを連れていったら、結局また貧乏が続くだろ？」

「そうだけど……」

「独り身なら金持ちの男と一緒になることもできる。働くにしたって身軽だし」

「佑司はどう思っているんだろう？」

「出ていくときに約束したんだってさ。お金が貯（た）まったら迎えに来るって。それを信じている」

「じゃあいつか――」

どうだかな、と言って花梨は目をぐるりと回した。

「信じるのは自由だけどね」

それから彼女はコートのポケットから本を出して読み始めた。

「何読んでるの？」

彼女が、これ？　というふうに本を掲げて見せた。

そう。

「ピーナッツ」

「ピーナッツ？」

彼女は顎を突き出すようにして頷いた。

「漫画だよ。スヌーピーとチャーリー・ブラウン」

「ああ、スヌーピーなら知ってるよ」

「いつか貸してあげるよ」

「ありがとう」

それからほどなくして佑司がやってきた。

「もう描き終わったの？」

ぼくが訊くと佑司は「まだ」と言った。

「頭痛くなっちゃったんだ。だから休憩」

あんなに顔を近づけて描いていたら、誰だって頭痛を起こすだろう。

「いつもなんだよ」

本から顔を上げ花梨が言った。

「いつも根を詰めすぎてこうなるんだ」

おいで、と彼女は佑司に言った。佑司は青い顔をして、彼女に言われるままに隣に座った。大きな眼鏡を外して、両手を丸めて目をごしごしと擦る。眼鏡を外した佑司の顔は、いつにも増して幼く見えた。指しゃぶりのタコがまだ親指に残っていてもおかしくないくらいだ。

花梨は慣れた手つきで佑司の肩や首を揉んでいた。

「石みたいに固いよ。こっちの指まで痛くなる」

佑司は目を閉じたまま、力なく頷いた。

「ひさしぶりにすごくいいゴミが捨てられていたからさ、つい夢中になっちゃったんだ」

ふと気付き、ぼくは訊ねてみた。

「もしかして、ゴミの絵ばかり描いているの？」

そうだよ、と花梨が答えた。

「佑司はゴミの絵しか描かないんだ」

「何で？」

彼はゆっくりと目を開き、眠たげな眼差しでぼくを見た。

「ゴミが好きだから」

彼は言った。

「理由は訊かないで。自分でも分からないんだ」

だいたい「好き」ってそういうもんだと思う。ぼくはパスタが大好きだけど、理由を訊かれたら「おいしいから」と答えるしかない。それって「好き」って言葉を「おいしい」に言い換えただけで、理由にはなっていない。だからぼくは頷いた。

「そうだね。分からないけど好きなんだよね」

「うん」

「でも、すごく上手いよね。びっくりしたよ」

「そうかな？　自分じゃよく分からないんだ。ただ、好きなように描いているだけだから」

「どこかで習ったわけじゃないの？」

全然、と彼は言った。

「ずっと小さな頃からひとりで描いていたんだ。まるっきりの自己流だよ」

「すごいなあ、尊敬しちゃうよ」

彼は嬉しそうににっこり笑った。大きな八重歯がにょっきりと顔をのぞかせた。

「ぼく大人になったら画家になれるかな？」

「なれるさ」

花梨が力強い声で言った。

「佑司はきっと有名な画家になる。あたしが保証するよ」

「ぼくもそう思うよ」

ぼくらふたりの言葉に、彼は少し顔を赤らめた。

「なれたら嬉しいな。それがぼくの夢なんだ」

「うん。その夢、きっとかなうよ」

ぼくが言うと、「智史は？」と花梨が訊いた。

「あんたの夢は何？　教えてよ」

ぼくの夢はひとつしかなかった。大人になっても、ずっといまと同じように水辺の生き物たちと一緒に暮らしていくこと。それには幾つかの選択肢があったが、13歳のぼくはすでにもうひとつに決めていた。

「ぼくの夢は、熱帯魚屋の店長さんになることだよ」

やっぱりね、と花梨が言った。

「そうだと思ったよ」

そして、どこか優しげな目でぼくを見た。

「ふたりの夢がかなうといいね」

花梨は？　と佑司が言った。花梨の夢は何なの？

「あたし？」

うんうん、とぼくらは頷いた。とても興味があった。彼女ならきっと、想像もつかないようなすごい夢を持っていそうな気がした。彼女が望めば、きっと火星にだって行けただろう。彼女は佑司の肩に置いた手を止め、目を細めて空を見上げた。青みがかった白い頬が、6月の光を浴びて織姫星みたいに輝いていた。

「そうね」

彼女は言った。

「あたしの夢は、有名な画家と、それに立派な熱帯魚屋の店長さんの一番の友達になることかな」

＊

「それで？」と美咲さんは訊いた。

「3人の夢はかなったのかしら？」

ぼくらは公園のベンチに並んで座っていた。

木製のベンチは豆蔦（まめづた）の葉のように、ゆるやかにうねる遊歩道に沿って点々と置かれていた。他のベンチに人の姿はなかった。遊歩道はヤマブキやユキヤナギの花たちで美しく縁取られていた。ぼくらの目の前には、幾筋もの湧水が流れ込む大きな池があった。池の外周はほぼ1マイル（約1・6㎞）あった。水辺ではマガモやアヒルが気持ちよさそうにくつろいでいた。

「どうなんでしょうね」

ぼくは言った。

「とりあえずぼくはアクアショップのオーナーになれたけど、あとのふたりがいまどこで何をしているのか、ぼくは全く知らないんです」

「あんなに仲が良かったのに？」

「そう、あんなに仲が良かったのに」

彼女の形のいい眉の辺りに落胆の色が浮かんだ。13歳の友情が永遠でないという事実が信じられないという表情だった。

「残念ですね」

彼女は言った。

「ぜひ、お会いしてみたかったのに」

「そうですね。会えばきっと仲良くなれたと思いますよ。基本的には気のいい連中だったから」

オーバーサイズのアーミーコートに身を包んだ花梨が、美咲さんに手を差し伸べている姿が見えるような気がした。

（よろしく。智史の友達なら、あたしの友達だ）

「その頃住んでいた町に行けばまだふたりはいるのかしら？」

美咲さんが訊いた。

いいえ、とぼくはかぶりを振った。

「何年かは手紙のやりとりをしていたんです。でも、まず佑司が突然いなくなって、それから花梨も家族と一緒に町を出て行ってしまった」

そう言って、ぼくは首を小さく揺らした。

「ぼくは住む場所を転々と変えていましたからね。そうやってだんだんと疎遠になっていってしまった」

「いま、ふたりはどこにいるのかしら？」

「きっと」とぼくは言った。

「この地球のどこかには」

「そうね。それは確かですよね」

＊

梅雨になると、ぼくらは『リビング』に屋根をつくった。四方を背の高い書棚や食器棚で囲み、その上をブルーシートで覆って洗濯ヒモで固定した。

雨の日の放課後は、この青い屋根の下で日が暮れるまで過ごした。花梨は本を読み、ぼくと佑司はボードゲームを楽しんだ。ゲーム盤や駒(こま)はゴミ山から拾い出したものだった。

バックギャモンは黒い駒が13個しかなく、あとの2個はオセロの駒で代用した。チェスもあったが、これはかなりの駒が失われていた。ぼくらはナイトの代わりにドナルドダックの頭が付いたペッツを使い、ビショップの代わりにディオールの香水瓶を使った。もちろんどちらもゴミ山に捨てられていたものだった。ポーンに至っては全く数が足りず、ぼくらはペットボトルのキャップでそれを代用した。

トラッシュは雨をまったく気にするふうでもなく、ずぶ濡れになりながらゴミ山の周辺を歩き回っていた。（もちろん、例の植物の芽は引き抜かれていた）

晴れ間がのぞくと、佑司は乳母車の絵の続きを描き、ぼくは水草が自生しているポイントの巡回に出かけた。

花梨は――彼女は謎だった。

まあ、いずれにせよ13歳の少年にとって同じ年頃の異性なんてまったくもって謎以外の何ものでもなかったのだけれど。

『リビング』以外の場所で彼女がどんなふうに過ごしているのか、ぼくは何も知らなかった。佑司に訊いても、彼もよくは知らないようだった。ときには3日ぐらい彼女の姿を見ない日もあった。「どこにいたのさ？」と訊ねると、「女はね、いろいろと忙しいんだよ」と言って素っ気ない態度であしらわれた。クラスメートのひとりが、花梨が隣町の病院から出てくるところを見たと話しているのを聞いたこともあるが、それを彼女に直接質してみようとは思わなかった。彼女が自分から言わないのであれば、聞くべきではないと感じていたから。

花梨がいつも授業中ぼんやりとしているという噂を聞いたこともある。放課後のエネルギッシュな彼女とは結びつかない別の顔だ。いつもうとうとしていて、先生に指されても気付かないこともあるのだとか。もっとも、ぼくが知っている（つまり放課後の）花梨は、おおむねいつも元気でエネルギー充塡済みといった感じだったから、そのことを深く考えてみたことは一度もなかった。

佑司の家を訪れたのは、もう1学期も終わろうとする7月の第3週のことだった。二間しかない平屋の賃貸住宅で、同じようなつくりの建物が狭い敷地に8棟押し込められていた。

佑司の父親は驚いたことにかなりの長身だった。そしておそろしく痩せていた。立ち枯れした灌木みたいな印象の男性だった。佑司と同じ黒いプラスチックフレームの眼鏡をかけ、太くて固そうな髪を無造作に額に下ろしていた。

ぼくらが部屋に上がったとき、彼は庭に向いた窓の鴨居に手を掛け外の景色を眺めていた。もう一方の手にはコーヒーカップがあった。彼の視線を辿ってみたけど、そこにあるのは隣家のひび割れた壁と、小さな土地にひしめき合って生えているノゲシぐらいなものだった。

「お父さん」と佑司が声をかけると、彼はゆっくりとこちらに顔を向けた。

「初めて来た友達、遠山君ていうんだ」

はじめまして。ぼくがそう言って頭を下げると、佑司の父親は「いらっしゃい」と、その細い身体には似合わない低くよく通る声で言った。生命力のない貧弱な声が返ってくるだろうと思っていたぼくは、少し驚いた。

「おじさん、こんにちは」

花梨は佑司の父親とはずいぶんと親しそうだった。

「やあ、花梨さん」

「新しい小説は進んでるの？」

彼女が訊くと、佑司の父親は目を細め、柔らかな笑みを浮かべた。目尻（めじり）に深い皺が何本も浮かんだ。

「進んでいると言えば進んでいるし」

彼は言った。

「進んでいないと言えば進んでいない」

「どっちなの？」

「少なくとも、原稿用紙のマス目はまだひとつも埋まっていない」

「じゃあ、進んでいないってことじゃないの？」

彼は佑司によく似た丸い目を何度かしばたたかせた。

「でも、こう考えたらどうだろう？」

そう言って前髪をかき上げ、後ろに流した。量の多い真っ黒な髪だった。

「小説は涙のようなものだと」

「涙？」

そう、と彼は頷いた。

「涙は心の表現だ。内なる感情の等値概念だ」

「トウチガイネン？」

「じゃあ、視覚的等価物と言い直してもいい」

「だから？」

「つまりは、涙は目に見えるものだが、そこに至る内的プロセスは誰にも見えない」

「うん」

「涙を原稿のマス目を埋める言葉と考えればいい」

「ああ、そうか」

花梨はこの小説家のクセのある表現をきちんと理解していた。もちろん、ぼくには何のことやらさっぱり分からなかった。でも、花梨の隣で分かったようなふりをして一緒に頷いていた。

「だから、まだ原稿のマス目は埋まってないけど、目に見えない『内的プロセス』は、もうすでに進んでいるってことだよね」

「そうだ。そのとおりだよ」

佑司の父親が頷いたので、ぼくもまた慌てて頷いた。

「どこかにある臨界点を超えたら、言葉は自律的に埋められていく」

彼は言った。

「涙が零れ始めたら止まらないのと一緒だよ」

あとでぼくはこっそり佑司に言ってみた。

「佑司のお父さんて、すごく頭のいいひとなんだね」

それはもう絶対に揺るぎない真実のように思っていたのに、佑司はそれが意外だというような顔をした。

「頭がいい？」

「うん。さすが小説家だよね」

佑司は首を傾げ、それからこれもまた彼にとっては自明のことであるかのような口調で言った。

「もし、うちのお父さんがせめて人並みに頭の働くひとだったら、ぼくらはこんなに貧乏な暮らしはしていないだろうし、もう少し思慮のあるひとだったら、お母さんはきっとこの家を出ていかなかったと思うよ」

佑司の言葉にぼくはびっくりしてしまった。何故って、佑司の言葉も間違ってはいなかったから。

「お母さんはいつもお父さんのことを『あのひとはどうしようもない馬鹿だ』って言っていたよ」

そして、どうやら佑司も母親と同じ意見のようだった。

なんて言うか、ぼくが最高に可愛いと思っている女の子が、クラスの男の間では全く評判が悪いと知ったときのような気分になった(往々にして、それは実際に起こった。曰く、『全然駄目だよ。がりがりに痩せていて、おまけに眼鏡までかけてるんだぜ』云々)。

要は、視点ひとつで評価はいかようにも変わるということだ。

それからぼくらは奥にある佑司の部屋へ行き、そこで彼が描き溜めてきた絵を見た。そのどれもが、少し日に焼けたような色のマニラ紙に硝子ペンで描かれていた。発達の過程を全て省略して、いきなり完成されたスタイルで始めたような絵だった。青の時代や桃色の時代をすっとばして、いきなりキュービズムで描き始めたパブロ・ピカソといった感じだった。

全てが偏執狂的とも言える熱意で細部まで描き込まれていた。おそらく佑司は、すぐれた道具と目さえ与えられれば、物質を構成する素粒子まで描こうとしただろう。

「これは、ずいぶん前に描いた絵だな」

彼が言った。

「まだぼくが9歳ぐらいのときだよ」

それもちろんゴミの絵だった。服飾デザイナーが使うようなトルソー。首のない人型は、黒いレザーコートを羽織っていた。9歳の佑司は、野晒し（のざらし）にされた牛革の質感まで見事に表現していた。

彼が描くモノたちは、皆傷つき、うらぶれて、侘びしげだった。

錆（さ）びてハンドルの曲がった三輪車。サドルの後ろの部分には「tricycle」の文字があるが、それも色あせ消えかけている。あるいは、シンバルを叩こうとしたところで停まってしまった猿の人形。彼は目を見開き、歯茎を剝（む）き出しにしたまま世界を威嚇していた。おそらく、もう二度と彼が穏やかな表情に戻ることはないのだろう。

それに、こんな絵もあった。それは誰かの寝室で、出窓にはレースのカーテンが掛けられ、カントリースタイルのチェストやサイドボードが置かれていた。そして部屋の中央には天蓋（てんがい）付きのベッドがあったが、そこに横たわっているのは野ネズミの死体だった。きっとどこかの女の子が捨てたドールハウスに迷い込み、そこで息絶えたのだろう。どこかしら寓話的な情景ではあったが、あまりにリアルで生々しく、そこからイソップ的なストーリーを想起するのは難しかった。

「すごいね」

ぼくは言った。四畳半を埋め尽くす、打ち捨てられたモノたちの重苦しい静けさに圧倒されていた。

「なんて言うか――」

しかし、なんて言えばいいのか分からなかった。

「すごいよ」

ぼくは言った。

「ほんとに」

それからもたびたび佑司の家を訪れることはあったけど、いつ訊いても彼の父親の小説は『内的プロセス』から先に進んでいる様子はなかった。臨界点は、どこか彼の手の届かないはるか先にあったのかもしれない。

＊

ぼくと美咲さんはベンチから離れ、池に沿う遊歩道を歩いた。足下には杉皮やチップが敷かれていた。微かに香りを感じる。

「いい匂いですね」

ぼくは言った。

「気持ちが落ち着くな」

「アロマオイルにもあるんですよ」

彼女は自分のつま先に視線を落とし、穏やかな声で言った。

「イトスギのオイルで、サイプレスって言います」

「イトスギ？」

「はい」

頷き、おもてを上げ、ぼくと視線を合わせた。ぼくは余裕を持ってそれを受け止めた。にっこり微笑み、それからさりげなく視線を前方に向けた。

どうだい？　と、心の中で森川鈴音に向けて鼻を蠢かせてみせた。

「サイプレスの学名には『永久に生きる』って意味があるんです」

美咲さんはぼくを見上げながら言った。

（彼女は小さくて愛らしい）

「一年中緑色の葉を付けているところからの連想なんでしょうね」

「永久に生きるか……」

ぼくは首筋の辺りに彼女の視線を感じながら空を見上げた。空はスプレーで塗りつぶしたように均一に青く染まり、一点だけ塗り残された真昼の白い月があった。

「美咲さんは、永久に生きてみたい？」

視線を降ろし、彼女の目を見る。真剣な顔で彼女は考えている。それから、よく分からないわ、というふうに首をかしげ肩をすくめた。

「難しい質問ですね。ゆっくり考えてみないと」

「うん」

「一生かかって考えてみます」

「そう？」

「ええ。答えが出たとき、また訊いてくれます？」

「いいですよ」

深く考えずにそう答えて、少し顔を赤らめて俯（うつむ）く彼女の仕草で、はっと気付いた。

なにか、すごく深い意味のある言葉だったような気がする。

つまり、だから？

「でも、すてきなお友達ですね」

「はい？」

つまり、だから、彼女は自分の放った言葉について深く考えるいとまをぼくに与えないようにしていた。

だから？

「佑司くんに花梨さん」

「ああ、そうですね。うん」

「私も3人の仲間に加わりたかったわ。中学の時なんてほんとに地味でつまらない生活だったから」

「そうなんですか？」

「そうなんです」

彼女はこくりと頷いた。

「まるでディズニーのジャングルクルーズみたい」

「それって、すごく楽しくない？」

「まわりはそうですけど」

彼女は右手で目の上にひさしをつくった。

「私は見ているだけです。近寄ることさえできない。きめられたコースを進んでいくだけです」

「なるほど」

「でしょ?」

「たしかに」

　チップの道はやがてコナラやスギの立ち並ぶ林の中に分け入った。昼でも薄暗く、空気はひんやりとしている。

「ねえ、もっと聞かせてください。3人の話」

「いいですよ」

　道が細く、横を歩く彼女と腕が触れ合う。ぼくは気付いてないふりをして、さりげなく語り始める。

「とにかく、そんなこんなで、やがて夏休みに入ったんだけど、やっぱりぼくら3人はいつも一緒でした」

「それと1匹?」

「そう、それと1匹」

　でね、とぼくは言った。

「夏になると、一気に湧水池や水路の水草が生長を始めるんです」

「綺麗でしょうね」

「綺麗ですよ。多いのはミクリ、それにヤナギモやササバモ、それからカワヂシャ、ミズニラ。クレソンもそうです」

「クレソンは知ってます」

「そう？」

ええ、と彼女は頷いた。

「ハーブなんです。漢方薬にも使われているし」

「あんなどこにでもある雑草みたいなのが？」

「あんなどこにでもある雑草みたいですけど、そうなんです」

そして、くすりと笑った。

ぼくも笑った。また少し親密になれたような気がした。

「それで」とぼくは続けた。

「夏は3人でよく水草採りに行きました。知り合いの熱帯魚屋さんが買ってくれるんですよ。たいした量じゃないんだけど」

「クレソンも売れるんですか？」

ぼくは苦笑して首を振った。

「あれはだめです。いま言ったうちで売れるのはヤナギモとミズニラ、それからあとはミズユキノシタ」

「ミズユキノシタ？」

「そうです。学名はルドウィジア・オヴァリス」

つい最近、この名前を口にしたような気がしたが、いつのことなのかすぐには思い出せなかった。

「これが一面に群生している池があったんです。縁に沿って、抽水状態でびっしりと。そこは花梨のお気に入りの場所にもなりました」

「きっと素敵なところなんでしょうね」

「そうですね。暑い日なんかは池に行ってずっと水に足を浸けていれば天国です。木陰も多くて昼寝には最高の場所でした」

「やっぱり楽しそう」

美咲さんは、そう言って眩しそうな目でぼくを見上げた。彼女の顔の上で木漏れ日がちらちらと舞っていた。

「楽しいですよ」

ぼくは言った。

「ああ、でもね。そこは思っている以上に深い池で危ないんです。昔、佑司が溺れたことがあったって言ってました」

「大丈夫だったんですか？」

「うん。佑司がまだ小学校の3年生の頃だって言ってたかな？　身体もうんと小さくて。たまたま通りかかったのが5年生の男の子だったんだけど、そのおかげで小柄な彼でも、どうにか佑司を水から引き上げることができたんだそうです」

「小さいってことで、いいこともあるんですね」

「もちろん」

力んで言うぼくを見て、美咲さんが嬉しそうに笑った。

「まあ、そういうことです。でも、佑司は水をいっぱい飲んで、意識を失って――」

そこで、彼は奇妙な夢を見た。佑司はびしょ濡れのまま池のほとりで泣いていた。帰り道が分からず、途方に暮れ、ひどく不安だった。そんな彼の前にひとりの少女がいつの間にか立っていた。自分と同い年ぐらい。色の白いきれいな女の子だった。彼女は訊いた。

「ねえ、帰り道が分からなくて泣いているんでしょ？」

佑司がこくりと頷くと、少女は彼の手を取って立ち上がらせた。

「こっちよ。いらっしゃい」

彼女に連れられるままに歩いていくと、そこは見憶えのある緑地帯の入り口だった。

「この先が、あなたの帰る場所よ。ひとりで行ける？」

佑司が頷くと、彼女は手を放し、彼の背中をぽんと押した。
「さよなら。もう、ここに戻って来ちゃ駄目よ」
佑司は「ありがとう」と言って、薄暗い緑の懐へ足を進めた。振り返ると、彼女は
まだそこにいた。光に輪郭を縁取られ、彼女はまるで天使のように見えた。
佑司はぼくに言った。
「目を覚ましたら、そこは病院だった。ずいぶん長いこと意識を失っていたんだって。
お父さんはぼくを抱きしめて涙を流していた」
彼はさらに、こう続けた。
「5年生になって、初めて花梨と同じクラスになったんだけど、そのとき彼女を見て、
ぼくはすごく驚いたんだ。だって、彼女はあのときぼくが見た天使にそっくりだった
んだから」
花梨はなんて言った？　とぼくは訊いてみた。
「笑ってたよ。あたしが天使なら、天国はそうとうに人手不足なんだろうね。こんな
口が悪くて品のない子供をやとうなんて、って」
「じゃあ、佑司さんが見たのは誰だったのかしら？」
「さあ、夢なんて曖昧な記憶ですからね。あとから、こうだったたって記憶がすり替わ

ってしまったのかもしれない」

「天使が花梨さんに？」

「そうです」

「きっと花梨さんて天使みたいにきれいな女の子だったのね」

どうだろう？　オーバーサイズのアーミーコートを羽織り、歯列矯正器を光らせる少女は、果たして「天使みたい」と言えるんだろうか？　ぼくにはよほど美咲さんのほうが天使のように見えた。

ぼくらはさらに林の奥へと向かって進んだ。古びたあずま屋がひっそりとそこにあった。

木で造られたテーブルにはたくさんの落書きがあって、そのほとんどは拙い（つたない）ペンで書かれた相合い傘だった。どれだけのカップルがいままでにこのあずま屋を訪れたのだろう。ここに書かれたカップルのすべてがいまも一緒ならばいいのに、とぼくはそんなふうに思った。

ぼくらは話を続けた。

「夜は夜で蛍狩りです。３人で夜、学校の裏手に集合して小川に行くんです。懐中電灯持ってね」

「恐くないですか？」

「少しね。でも、なんて言うか、夜の暗闇の中を彼らと一緒に歩くのは、すごくわくわくする体験でした。その気持ちが恐さを抑えてしまっていたから」

それに花梨がいたから、とまでは言わなかった。彼女と一緒ならば夜の闇も恐くはなかった。でも、その言葉は心の中だけに留めた。

「池に到着すると懐中電灯を消して草の上に座るんです。池からは小川が流れ出ていて、その周りにたくさんの光が舞っているのが見えました。柔らかくて優しい光なんです。それが息をするように、ふっと消えてまた光る」

「まるで『細雪』みたいですね」

「細雪？」

ええ、と彼女は言って、「谷崎潤一郎の」と続けた。

「ああ、小説ですか。読んだことはないなあ」

いいんです、と彼女は言った。

「ただ言ってみただけ」

ぼくらは林を抜け出て、大きな溜め池のほとりに辿り着いた。池では鱒が養殖されていた。自動販売機で炭酸入りのレモンジュースを買い、Coca-Cola と書かれている赤いベンチに腰を下ろした。

一口飲んで、ふと思い出した。

「そう、そう言えば、こんなこともありました」

＊

8月の16日は花梨の誕生日だった。

「花梨の誕生日に何を贈ろう？」

佑司がぼくに訊いた。ぼくらはひょうたん池のほとりで、パンツ一枚になって甲羅干しをしていた。ゴミ山に捨てられていたコパトーンを互いに塗り合っていたので、あたりにはココナッツミルクの匂いが漂っていた。（このあとふたりとも肌が真っ赤に炎症を起こし、散々な目に遭った。佑司は熱まで出して寝込んでしまった）

「花梨は何が好きなんだろう？」

ぼくが訊ねると佑司は即座に答えた。

「きれいなもの」

「きれいなもの？」

「うん。きらきらするものとか、色の鮮やかなものとか」

「たとえば？」

そうだな、と佑司は自分の額の辺りを見上げた。

「ガラスが好きだよ。香水瓶とか小さな置物とか」

あと、ビーズとかもね。

それじゃあまるで——

「それじゃあまるで、女の子みたいじゃないか」

ぼくが言うと、佑司はつかの間の空白を置いて、それから言った。

「そうだね。女の子みたいだ」

そして、こう続けた。

「でも、花梨て女の子なんだよ」

「うん、そうなんだけどね」

そうなんだけど、意外だった。彼女は少年のように装い、少年のように振る舞っていた。

だから少年のような嗜好の持ち主だと思っていた。しかし、まるっきり女の子みたいなものが好きだと聞いて、どうやら彼女が見たとおりの人間ではないのだということに気付かされた。

世界はぼくが思うほど単純ではないのだ。

「花梨て、いつ頃からあんな格好をしだしたの？」

「2年ぐらい前からじゃないかな」

佑司は眼鏡を外し、日にかざした。顔にフレームのあとが白く残っていた。眼鏡はずしておいたほうがいいよ、と教えてあげた。佑司は頷き、眼鏡を草の上に置いた。

「6年生になった頃からだったかな、髪を短くしたのは」

彼は言った。

「その前は長い髪だった。それにスカートをはいていたよ」

「花梨がスカート⁉」

「うん。似合っていたよ。その頃はたいして口もきかなかったんだけどね」

「クラスは一緒だったの？」

「そう、5年6年と一緒だった」

「じゃあ、友達になったのは……」

「6年の終わりぐらい。ちょっと嫌な奴がいてね。花梨が話をつけてくれた」

「口で？」

「いや、手と足で」

「だと思ったよ」

ぼくらはパンツをずり下げ、日焼け具合を見比べた。ふたりとも色白なため、日焼けした部分は痛々しい紅赤色（べにあか）に染まっていた。

「それからだよ。一緒にいるようになったのは」

いずれにせよ、花梨が生まれたときからアーミーコートを羽織っていたわけではないということが分かった。あの姿には何か理由があるのかもしれない。

「それで?」と佑司が言った。

「何を贈ろうか?」

おそらく、きらきらするものとか、色の鮮やかなものがいいのだろうとは思ったけれど、具体的に何かということになると、なかなかいい考えは浮かばなかった。

暑さに茹(ゆ)だったぼくらは、水に入り身体を冷やすと、服を着てひょうたん池を後にした。ふたりとも気味悪いぐらいに赤い顔をしていた。

次の日、ひょうたん池に佑司の姿はなかった。とくに約束していたわけでもないので、気には留めなかったが、あとで聞くと、そのころ彼は熱を出して、うんうん唸(うな)っていたらしい。

「ひどい目に遭ったよ」

3日後にようやく姿を現した佑司は、かなりやつれた顔をしていた。

もう二度と甲羅干しはしない、と彼は言った。

「だいいちぼくらのどこに甲羅があるって言うんだい? まったくもって無駄な行為だよ」

それから彼は、はい、と言ってぼくにビニール袋を差し出した。

「きらきらするものだよ。花梨の誕生日のプレゼント」

袋の中を見ると、そこには確かにきらきらするものがいっぱい詰まっていた。

「ほとんどはラムネ玉さ。ずっと集めてたんだ」

「これは？」と言って、ぼくはラムネ玉の中にあった透明な多面体を手に取って掲げた。

「ああ、それはペンタプリズム」

「ペンタプリズム？」

「うん、ゴミ捨て場に落ちてたカメラを分解したら中から出てきたんだ。きれいだろ？　かなり磨いたんだよ。変なもんが塗ってあったから、それも削り落としたんだ」

ぼくは、その多面体を光にかざしてみた。

「ペンタ——」

「プリズム。お父さんが教えてくれたんだ」

「花梨、喜ぶだろうね」

「絶対喜ぶさ」

*

「あ」

「え？　なに？」

「いや、なんでもないんです」

でも、なんでもなくなかった。

いま、気付いた。あの森川鈴音が胸に下げていた多面体。あれはペンタプリズムだ。この前じっくりと見たときに何となく心にひっかかるものがあったのは、遠い15年前の記憶だったんだ。

いや――でも、まだそうと決めつけるのは早い。たしかによく似た多面体だったけど、そういう形にカットされた宝石だって可能性もある。

だいいち、ペンタプリズムを大事な宝物だと言って胸に下げている女性なんて、かなり変わっている。花梨ならしそうなことだけど、彼女は自分を森川鈴音と名乗り、まわりの人間もそうだと言っている。それが芸名だとしても、ならばぼくには本名を名乗ればいいはずだ。

ぼくはもう一度彼女との出会いの日を思い起こしてみた。

彼女の明るい色の瞳。その目を見て、ぼくは彼女を知っていると感じた。それを既視感だと片付けてしまったけれど、ほんとうにそうなのだろうか？

懐かしく感じる笑顔。あの口の悪さ。花梨も相当に口は悪かった。『これでもずいぶんマシになったんだけど』と森川鈴音は言っていた。

いや、でも――

「どうしたんですか？」

黙り込んでしまったぼくに美咲さんが訊いた。

「いや、別に……」

それで？　と彼女は言った。

「プレゼントは渡せたんですか？」

「ああ、はい。渡しました。次の日、ゴミ山に花梨を呼んで」

＊

次の日、ゴミ山に花梨を呼んだ。

ぼくらは先に来て、テーブルの上にプレゼントをセットした。きちんと綺麗な包装紙で包み、リボンまで掛けた。

ほどなくして花梨は現れた。いつもの格好。オーバーサイズのアーミーコートを羽織っている。気温は30度近いというのに、彼女は涼しい顔をしていた。

「やあ」と彼女が言った。

「何？　用って」

その言葉を合図に、ぼくらふたりは歌い出した。ハッピーバースデイの歌。もう、思いっきり情感を込めて、まるで「ミスター・プレジデ〜ント」って歌った、マリリン・モンローみたいに。佑司がファルセットでハーモニーを付け、ぼくらは派手な身振り手振りを添えて熱唱した。ふたりの調子っぱずれなバースデイソングに花梨は笑い転げた。

ぼくらは最後に「ハッピーバースデイ、花梨」と言って、後ろ手に持っていたクラッカーを天に向けて突き上げ、ヒモを引いた。パーン！　と乾いた音が青空に吸い込まれていった。

「うれしいよ。ありがとう」

花梨はそう言って、両手を胸に当てた。

「プレゼントもあるよ」

佑司が言って、テーブルの上の包みを指し示した。

「開けてみて」

花梨は胸に手を当てたまま、ぼくらふたりの顔を交互に見て、それからリボンの掛かった包みに視線を落とした。

「あたしに？」

もちろん、とぼくらは頷いた。

「そっとね。そっとやって」

佑司の言葉に、花梨は慎重な手つきでリボンを解いた。そして、包みを静かに取り去る。現れたのは水を満たした小さな金魚鉢だった。

水に浮かぶ緑の葉、黄色い花、そして10個のラムネ玉とペンタプリズムが底に敷き詰められてあった。

「これって――」

「なんだと思う？」

ぼくが訊き、佑司が言い添えた。

「底に敷かれたガラス玉のことを訊いているんだよ」

花梨は両手で金魚鉢を持ち上げ、底を見上げた。

「これは――」

そして、ぼくらに視線を戻し、

「ラムネジュースのガラス玉？」

花梨は言った。

うんうん、と佑司が頷いた。

「それと、ペンタプリズム」

「そう、ペンタプリズム」

「ペンタプリズム？」

「カメラの部品だよ」

「この五角形のやつ？」

「そう、きれいだろ？」

きれいだ、と彼女は囁くような声で言った。そして、金魚鉢を胸に抱きしめる。

「あたし、きれいなもの大好きなんだ」

ほらね、という顔で佑司がぼくを見た。みたいだね、というふうにぼくも頷いた。

「その花は3時には閉じてしまうと思う」

ぼくは言った。

「たった1日の命なんだ」

へえ、と言って花梨が胸に抱いた金魚鉢を見下ろした。

「じゃあ、あんたともうすぐお別れなんだね」

彼女は水に浮かぶ小さな花に話しかけた。

「会えて良かったよ」

それから花梨は金魚鉢をテーブルにそっと戻すと、ぼくらの首に腕を回し、ふたりの頭を引き寄せた。

いい匂いがした。14歳になりたての女の子の匂いだった。

「ありがとう」

彼女が囁くように言った。

「大事にするよ。一生、ずっと」

彼女がぐっと腕に力を込め、ぼくらの頬が触れ合った。上質のケント紙のように見えた肌は、やっぱり上質のケント紙のような感触だった。

「さて」と言って、彼女は腕を放した。

佑司がずり下がった眼鏡を神経質そうな仕草で正しい位置に戻した。

「これをうちに持って帰らなくちゃ。どうやって運ぼう？」

「大丈夫だよ。自転車があるから」

ぼくが自分の家からここまで金魚鉢を運ぶのに使った自転車があった。父さんから譲り受けたその自転車は、実用本位の無骨なつくりをしていた。金魚鉢は水を半分以上抜いてから包装紙で包み直し、自転車の前カゴに収めた。ぼくが押して歩き、あとから花梨と佑司が続いた。

彼女の家はこの町の最初の入植者たちがつくったコロニーの中にあった。入植者というのは、つまり都会からの移民で、昔からこの町にいた人々は先住民ということになる。高台にある整然とした街並みは、この町の中では異質な空間だった。区画全体が洗練され、スタイリッシュで意志的だった。どの家もシンプルでさりげないつくりだったけど、それ故にセンスの良さが感じられた。ぼくの家みたいに右隣も左隣も全く同じつくりという、マスプロダクトタイプの建売住宅とは明らかに違っていた。

ぼくらはゆるやかな勾配の坂道を上っていった。花梨はやたらと上機嫌で、鼻歌をずっと歌っていた。

「ありがとう」

坂の途中で彼女は立ち止まり言った。

「もう、ここで大丈夫だよ」

自転車の前カゴから金魚鉢の包みを取り出し、彼女は胸に抱えた。

「今日は最高の誕生日だった。ふたりのおかげだよ」

ぼくらは照れ笑いを浮かべ、互いの顔を見合った。

「じゃあ、またね」

花梨が言った。

「うん、またね」

「それじゃあ」

彼女は頷くと、ぼくらに背を向け歩き出した。ぼくと佑司はしばらくのあいだ、遠ざかる彼女の後ろ姿を見送っていた。

彼女のハミングがいつまでも聞こえていた。

そう、思い出した。

彼女がハミングしていたのは「フニクリ・フニクラ」だった。

＊

店には夜の10時前に帰り着いた。

ドアには「close」のプレートが掛かり、店内の灯りは消えていた。中に入ると、カウンターの灯りだけがつき、森川鈴音がそこにいた。彼女はコップの水で錠剤のようなものを飲んでいたが、ぼくの姿に気付くとさりげなくカウンターの上の白い袋を隠した。

「おかえりなさい」と彼女は言った。

「ただいま」

ぼくは人差し指でネクタイを緩めると、2階に上がる階段に腰を下ろした。

いま見たことを訊ねるべきかどうか迷ったが、心を決める前に彼女が先に口を開いた。

「デートはどうだった？」

「楽しかったよ」とぼくは答えた。

「ヴィンテージ・ワインなんか飲んじゃったし」

あらあら、と彼女が言った。

「子供がお酒なんか飲んだら叱られるわよ」

「大丈夫。世界の人間はみんなティーンエイジャーなんだから」

「ああ、そうだったわね」

お茶飲む？　と彼女が訊いた。

「いいね。けいかうーろんちゃだっけ？」

YES、と彼女は言って、背後のコーヒーテーブルに置かれたポットに手を伸ばした。カップに注ぎながら「いい匂い」と、目を細める。

「いい匂いって言えば」

ぼくはジャケットの内ポケットから遮光瓶を取り出した。

「美咲さんからアロマオイルをもらってきた。花梨さんへって」

「え、なんで？」

「このあいだデートの日程を決めるときに彼女に話したんだ。新しく女性のスタッフが入って、そのコがバラの香りが好きだって」

「私のこと話したの？」

「まあね。黙っておくのも変だし」

彼女がカップを手にぼくのところまで歩いてきた。ぼくはカップと引き替えにアロマオイルを彼女に手渡した。

「ブルガリアローズだって言ってた」

彼女は嬉しそうに微笑みながら、コバルトブルーの遮光瓶を見つめていた。

「きれいね。こういう硝子(ガラス)の入れ物、私好きなの」

「香りをかいでみなよ」

うん、と頷き、彼女はビンのキャップを外すと、自分の鼻に近づけた。

「ああ、すてきな香り。甘い匂いね」

彼女は目を閉じ、しばらくのあいだブルガリアローズの香りに浸っていた。それから唐突に目を開き、ぼくに言った。

「さっきなんて言った？」

「さっき？」

「美咲さんからアロマオイルもらってきた——そのあと」

ぼくは「なんだ、そのことか」というような顔を見せて彼女に言った。

「花梨さんへ、ってぼくは言ったんだ」

「誰のこと？」

「きみだよ。さっきは否定しなかったじゃないか」

彼女はたっぷり10秒ぐらいぼくの顔を見つめていた。初めは薄ら笑いを浮かべていたぼくも、最後には恥ずかしくなって俯いてしまった。

「ようやく気付いたわけね」

彼女が言った。

そう、ようやくぼくは気付いたのだ。ぼくの店の女性スタッフが、初めてキスをした相手だったってことに。

「いつ気付いたの？」

よく聞けば、それはたしかに花梨の声だった。

「美咲さんと中学の頃の話をしていたんだ」

ぼくは言った。

「その時、花梨の誕生日の贈り物の話になって」

これね？　と言って、彼女は胸元からペンダントを引き出した。

「やっぱり、そうなんだ？」

「そうよ。ラムネ玉のほうもまだ大事に持っているわよ」

「それにフニクリ・フニクラの歌」

「何それ？」

「いつも歌っているじゃないか。機嫌がいいときに鼻歌で」

「ああ、言われてみればそうかも。鬼のパンツでしょ？」

「そうそう」

彼女は腕を組み、腰を屈めてぼくに顔を近づけた。

「まあ、それにしても冷たい人よね」

「何がさ」

「何がさって、私のことすっかり忘れていたじゃない」

「だって、ひと言も言わないし」

「言うまでもないと思ったからよ」

「求人の貼り紙見たって言ってたし」

「ああ、それはほんとよ。訪ねてみたら募集してたから。モデル辞めたのもほんとだし」

「その時に、言ってくれれば」

「こっちだって意地になっちゃうわよ。全然思い出してくれないんだもん。こうなったらとことん行ってやれって思ったの」

「それにしたって……」

だんだんとぼくの声は小さくなっていった。

「しゃべり方だってあの頃と違っちゃってたし」

「じゃあ、こう言えば良かったの？」

彼女は胸を反らし、肩をそびやかした。

「やあ智史、久しぶりだね。あんた少しも変わってないよ」

「そう、それだよ！」

花梨はふんっ、と鼻を鳴らした。

「こう見えても、あたしは淑女なんだよ。そんな男みたいな口のきき方できるわけないだろ？」

ああ、とぼくは思わず溜息を漏らした。

「懐かしいなあ、まさしく花梨だ」

彼女はシャツの胸で右手を拭うと、ぼくに差し出した。

「あらためて」と彼女は言った。

「久しぶりだね」

ぼくは彼女の手をとった。

「久しぶり。会いたかったよ」

原点回帰みたいなものよ、と花梨は言った。

「モデルの仕事を辞めたら時間が出来たんで、ちょっと我が身の来し方を振り返ってみようかなって、そう考えたの」

「よくここが分かったね」

「結構苦労したわよ。あなた5回も引っ越し繰り返してるのね。ヤミ金融から借金でもしてたの？」

ぼくは花梨をまねて左の眉を吊り上げてみせた。そんなはずがないだろ？　という意味合いの仕草だった。

「まあ、いいけど」

彼女は言った。

「それで、ようやく訪ねてみたら、あなたはいないし。待ちくたびれたあげくに、会っても思い出してもらえないし」

花梨は大仰な溜息を吐き、威圧的な視線でぼくを見た。ぼくは怯むことなく彼女に微笑んでみせた。

「15年だよ。人は変わるし、記憶は薄れていく」

私変わった？　と彼女が訊いた。

「多分ね。歯並びが綺麗になったし、ずいぶんと背も伸びた」

彼女は、もうひとつ言葉があるでしょ？　というふうに黙ってぼくを見つめている。

「ああ、それからずいぶんといい女になったね」

「ありがとう」

たいしてありがたくもなさそうに言って、他人行儀なお辞儀をする。

「もういいだろ？」

ぼくは言った。

「思い出せなかったのは悪いけど、最初からずっと嘘をつき通したのはそっちなんだから」

名前まで変えちゃってさ、と付け加えた。

「森川は母方の名字なのよ」

彼女は言った。

「それに、鈴音は姉の名前」

「お姉さん？　花梨てひとりっ子じゃなかったの？」

「いたのよ。私が9歳の時に死んじゃったんだけど」

ああ、そう、とぼくは口の中で呟いた。

「うちの両親が離婚しちゃったもんだから、母親の名字を名乗っているってわけ。で、姉の名前を借りて芸名にしたの」

「いろいろあったんだね」

「生きるって、そういうことじゃないの？」

「うん、そうだけど」

それから彼女が、お茶のお代わりは？　と訊ねたので、もう一杯お願いした。

「あなたは全然変わってないわね。一目で分かったわよ。昔のまんま」

ポットのお茶を注ぎながら彼女が言った。

「褒められているのかな？」

「そう思う？」

「いいや」

「なら、そうなんじゃないの？」

再びカップを手に戻ってくると、彼女はぼくの隣に腰を下ろした。手渡されたカップを口に運ぶ。

「で？」とぼくは訊いた。

「ほんとは、どういう予定だったの？」

「特にないのよ。とにかくあなたに会って、ちょっと昔の気分を取り戻したかったの」

「じゃあ、まだしばらくはここにいられるの？」

「そうね。アクアショップのスタッフっていうのもすごく新鮮で楽しいし」

もうしばらくは、いるつもりよ、と彼女は言った。

佑司は？　とぼくは訊いてみた。花梨は静かにかぶりを振った。

「消息不明。いろいろ探してみたんだけど」

「会ってみたいな。まだ絵を描いているんだろうか？」

「その線でも探してみたのよ。プロの画家とかイラストレーターとか」

でも見つからなかった。

「花梨みたいに別の名前を使っているんじゃないのかな」

「そうかもしれない」

「だって」とぼくは言った。

「佑司の才能は絶対ひとに認められるはずなんだから」

そうね、と花梨は頷いた。

「私もそう思う」

それからぼくらは、しばらく押し黙ったまま、コンプレッサーが水槽にエアーを送り込むポコポコという音を聞いていた。辺りには雨上がりの森のような匂いが漂っていた。

「ねえ、智史」

彼女がぼくを呼んだ。ぼくの心を包む膜のもっとも薄い場所が綻(ほころ)びて、何かが解き放たれたのを感じた。

「何？」

そう言ったぼくの声は、少し震えていた。

「あなたに会えて嬉しいわ。それだけは言っておきたいの」

ぼくは言葉を返すことができずにいた。10年も昔、通過儀礼の相手となる女性に告白した自分の言葉が、耳元によみがえった。

『探しているんです。生涯にたったひとりの女のひとを』

『初めてキスをした女の子のことが今でも忘れられないんです』

ぼくの沈黙を気詰まりに感じたのか、花梨が少し照れたように言葉を継いだ。

「ほら、一応言っておかないとさ、私の言動って誤解されやすいから」

「たしかに」

ぼくは言った。彼女は、ほっとしたように肩の力を抜き、さらに言葉を続けた。

「私が辛辣な言葉を投げかけるのは、ほんとに気を許した相手にだけなんだから」

「知ってるよ。ぼくはきみの特別なんだね？」

その言葉に彼女が顔を赤くした。

「うわい、真っ赤になってる」

ぼくがそう言って冷やかすと、花梨は降参というふうに両手を上げた。

「あなたが怒ったのも無理ないわね」

「分かってくれた？」

「身に沁みて」

ぼくは鷹揚に頷き、話題を変えた。

「それで？　あれからどんな人生を送ってきたの？」

花梨はカウンターの仄かな灯りを見つめ、古い記憶を手繰るように目を細めた。

「最後に手紙をやりとりしたのが17歳の頃だったわよね？」

「そのぐらい。花梨がパラグアイだっけ？」

そう、と彼女が頷いた。

「あの国に行って間もなくだったから」

最後の手紙に彼女は『お父さんの仕事の都合で、私たち遥か南米の地に移り住むことになったから』と書いていた。

「きちんと新しい住所も書いておいたのに、あれっきり手紙よこさなかったわよね」

そのことでは、ぼくもずっと言いたいと思っていたことがあった。

「出したんだよ。何通も」

うそ、と言うように目を見開き、それから「うそ」と彼女は言った。

「でも、全部戻ってきた」

「おかしいわね。スペル間違えたんじゃないの？」

「それはこっちの科白だよ。もう、目が痛くなるぐらい何度も花梨の手紙を見返して確かめたんだから」

「じゃあ、私が間違ってたの？」

「そういうことになるね」

何それ？　と彼女が言った。

「ばかみたい」

「誰が？」

彼女はちらりと横目でぼくを見た。

「私に決まってるでしょ？」

「だよね」

はあ、と彼女は深い溜息を吐いた。

「やだなあ、もう。ずっと悩んでいたのよ、何かあなたの気に障ることでも書いたんじゃないかって」

「それで、ぼくが怒って返事を書かなくなったって？」

「そう。それに、あとから送ったこっちの手紙も戻って来ちゃったし」

「引っ越ししたんだよ、ぼくのほうもまた。それで何だか転送がうまくいかなくて、かなりの手紙が行方不明になっちゃったんだ」

「二重の行き違いがあったのね」

「そうだね。なんだかロミオとジュリエットみたいだね」

「誰と誰ですって？」

いや、とぼくは言った。なんでもない。


「大学はこっちに戻ってきていたのよ」

彼女はまだ、17歳の自分に憤(いきどお)っている様子だった。

「理系の学部だって言ってたよね」

「そう、機械工学科。お父さんがエンジニアだったから、その影響ね」

「なんでそれがモデルに？」

「在学中にスカウトされたの」

よくある話よ、と彼女は冷ややかな笑みを浮かべた。

「最初はお小遣い稼ぎのつもりだったんだけど、気付いたら本職になっちゃってた」

「知らなかった。花梨が有名なモデルになっていたなんて」

「密(ひそ)かに期待していたんだけど」

彼女は自分のひざに額をつけるようにして、下からぼくを見上げた。長い髪が頰に掛かり、すごく扇情的だった。

「智史が気付いてくれるんじゃないかって」

「いや」とぼくは言った。

彼女から目が離せなくなっていた。彼女とキスしたときの記憶が蘇った。

「いや？」

彼女が訊いた。

「ああ、その——ごめん、気付かなかった。きっとモデルをやっている花梨の姿は目にしていたはずなんだけど」

髪だって長くなっていたし、と弁解がましく付け加えた。

「そのぐらいで見失わないでよ」

彼女の声に棘はなかった。

「私ならすぐに気付くわよ。智史がコーヒー色の肌をして、アフロヘアーのマッチョになっていたって」

「それじゃあ、ほとんど別人だよ」

「そうね。たとえ別人になっていたって、私には分かったはずよ。あなたとは違うわ」

それでも、彼女の声は優しかった。

まあ、いいわ。彼女はそう言って身体を起こすと髪をかき上げた。そして「智史は?」と訊いた。

「どんな人生だったの?」

ぼくらしく、と答えた。

「ぼくらしく、ささやかに慎ましく」

「でも、夢はかなった」

「どうにかね。毎月ローンの返済日が近付くと、胃がきりきり痛み出すような生活を夢と呼ぶなら」

彼女がくすくす笑った。

「でも、水草に囲まれて幸せそうよ」

「目標を低めに設定しておいて良かったよ」

ぼくは言った。

「30歳になるまでに妻と子供2人、それに2LDKのマイホームなんて望んでいたら、現実とのギャップに嬉し涙を流してたところだ」

「でも、恋人はいるわ。そう遠くないうちに妻と子供2人に囲まれた生活を送ることになるはずよ」

どうだろう？　というふうにぼくは首を傾げた。いまこの瞬間は、その話題を保留にしておきたかった。ごく控えめな欲求だったが、それでも美咲さんに対して罪の意識のようなものを感じた。

ぼくには複雑な恋は似合わない——と言うより、できそうにない。

「花梨の夢は？」

ぼくは慎重に会話の方向を修正した。

「憶えてないの？」

「何を？」

「私の夢よ」

「憶えているよ」

ぼくは言った。

「でも、あれは子供のときの話だし」

「いまでも同じよ」

そして、ぼくの顔を見つめ、

「いまでも同じ」

そう繰り返した。

「とりあえず半分はかなったわ」

「あとは佑司？」

「そうね」

ふいに、ぼくらは自分たちが完全でないことに気付く。ひとりのときは気付かないのに、ふたりでいると3人でないことが、とても不自然なことのように感じられてしまう。彼女の向こう側の空白がどうしても気になる。

「あのあと、佑司とは連絡がとれたの？」

彼女は小さくかぶりを振った。

「あれきりよ。あなたに書いたでしょ？　佑司のお父さんが病気で倒れたって」

「うん、憶えているよ。そのあとふたりとも町から消えてしまったって」

「そう。それが最後。親戚の家に行くんだって佑司は言ってたけど、それがどこなのかも教えてくれなかった」

「落ち着いたら、連絡してくるつもりだったんじゃないかな」

「かもしれない。でも、そのときはもう私は地球の裏側に行ってたから」

「そうやって、ぼくらは離ればなれになっちゃったんだね」

「そうね。そして気付いたらもう間もなく30歳ですって」

「そりゃ大変だ」

「でしょ？」

「あのエプロン」と、しばらくしてから彼女が言った。

「傑作ね。それにこのお店の名前」

嬉しかったわ、と独り言のように言い添えた。

「あれから、どうだった？」

ぼくが訊くと、花梨は寂しげな笑みを浮かべた。

「あんまり良くはなかったわね。弱る一方で」

「歳も歳だったし」

ええ、と頷き、「そう言えば」とふいに思い出したように言う。

「トラッシュもあのふたりとともに消えちゃったのよね」

「ショッピングカートに乗って？」

「そうね。多分、そう」

思い出すのは、黄金色の稲穂を背景に砂利敷きの農道を行く佑司の姿だった。茜色の夕日に向かい、彼はギシギシと音をたてるショッピングカートを押しながら歩いていた。カートの中には老いたトラッシュの姿があった。前の部分に脚を掛け、赤く染まる世界を興味深そうに眺めている。

トラッシュが佑司を見上げ「ヒューウィック？」と訊ねる。佑司が「そうだよ」と応えると、トラッシュは安心したようにまた暮れゆく地平に視線を戻すのだった。

彼の砕かれた後ろ脚が、以前のように機能することは二度となかった。

＊

幾度も繰り返されたニアミスの末の衝突——つまり、それは充分に予測しうる悲劇だった。

最初に気付いたのは花梨だった。

「トラッシュの声が——」

ぼくらはいつもの『リビング』にいた。彼女は読んでいた本から顔を上げると、音というより匂いを探るような仕草をした。

「トラッシュが鳴いている」

「聞こえるはずないよ。トラッシュなら佑司と一緒に新しく出来たゴミ捨て場にいるはずだ」

「そこだよ！　そこで呼んでる！」

ゴミ捨て場まで５００ｍは距離があった。もし聞いたというのなら、それは耳ではなくもっと別のセンサーが捕らえた声だったのだろう。

花梨は立ち上がると、アーミーコートを翻し、いきなり駆けだした。

「あ、待ってよ」

ぼくが並ぶと、花梨が叫んだ。

「急げ智史！」

その声に、ぼくはほとんど反射的に従った。前にも言ったとおり、ぼくはそこそこ優秀なスプリンターだった。しかし、その加速はそこそこなんてもんじゃなかった。彼女だけがぼくを特別にできるのだ。

ぼくは風のように奔った。花梨の切迫した声は、なにか良くないことが起きていることを暗示していた。ちりちりとした胸騒ぎがさらにぼくを駆り立てた。

80秒は超えていなかったと思う。とにかく、この距離のレコードタイムだったことだけは確かだ。けれど、ぼくは間に合わなかった。

佑司が腹を抱え地面にうずくまっていた。その隣でミンチが息を荒くして仁王立ちしている。トラッシュはふたりから3mほど離れたところからミンチの喉のあたりを狙っていた。

「佑司！」とぼくが叫び、しかし彼はまったく動かず、ぼくに気付いたミンチがこちらに視線を向け、隙の出来たミンチにトラッシュが飛びかかる、そのすべてが同時に起きた。

ミンチはその巨体に似合わず俊敏に反応した。いや、おそらくそれは相対的にとらえるべきで、トラッシュがたんに彼よりも動きが鈍かっただけのことなのだろう。トラッシュはあまりにも老いすぎていたし、そしておそらくこんなことには慣れていなかったのだ。

ミンチの振り出した（8番打者にふさわしい、鋭さを欠いたひと振り）太い腕がジャストミートでトラッシュを宙に舞い上げた。トラッシュは信じられないくらいの距離を飛んで赤松の幹に激突し、それから地面に落ちた。彼は「ヒューッ！」と自分の飛翔に驚いたような声を上げ、そしてそのまま沈黙した。

ミンチにとってそれはおそらく生涯最高のバッティングだったのだろう。彼もまた信じられないという顔で自分の腕を見つめていた。

ぼくの目には涙が滲（にじ）んでいた。正直に言えば、その最大の理由は恐怖だった。ぼくはこれまで、これほどの暴力を目の当（ま）たりにしたことがなかった。人がそういうことをするというのは知っていたけれど、あらためて実際にこの目で見てみると、それはあまりに醜悪な光景だった。胸が悪くなるような醜さと、心を萎（な）えさせるようなむき出しの悪意があった。

涙の理由には怒りも含まれていた。ひとは怒りでも涙を流すものだ。ただ、ぼくは激情とは無縁の人間だった。怒りのあまり我を忘れて足を踏み出せたなら、事はもっと簡単だっただろう。

　勝ち目のない戦に自分を放り込むことは、自己破壊衝動でもないかぎり、そうとうなエネルギーを必要とする。痛みに対する本能的な恐怖があったし、ちらりとだが「死」の恐怖さえも頭をよぎった。

　それでもぼくがミンチに向かって行ったのは、きっと誰よりも自分自身に向かって証明したかったからなのだ。ぼくが友情のために勇気を奮い起こすことのできる人間だということを。

　とにかく、不意を衝くしかなかった。それだけがぼくに与えられたアドバンテージだった。だから、迷いは最小限の時間に収めて、いきなりぶつかっていった。傍目にはそれは怒りにまかせた衝動に見えたかもしれない。そのぐらいの素早さだった。

　ぼくはトラッシュに比べればはるかに若く、それゆえにスピードでもずいぶんと勝っていた。それでも、こういうことに不慣れであることに変わりはなかった。もっと腰を落として行けば、より一層有効なダメージをミンチに与えられたはずだ、そう思うのはいまさらながらの後知恵にほかならない。腰高のタックルは、けれど30kgの体重差を考えるとまずまずの出来と言ってよかった。なにか饐えた臭いのする柔らかなものに包まれたかと思ったら、その奥に固く凝ったミンチの本体があった。緩衝装置にそっと押し戻されるようにぼくは退けられたが、予測していた痛みはどこにもなかった。

ぼくは3歩後戻りして、そのまま尻餅をついた。ミンチは大きく身体を傾げたが、赤松に手を掛けかろうじて転倒を免れていた。

「お前……」

ぼくを見下ろすミンチの目には、どこか疲れたような色があった。彼はすでに倦んでいたのだ。暴力にも、そして自分が傷つけた人間を見ることにも。彼にとってぼくは超過勤務を強いる半端仕事であり、飽食の果ての追加料理だった。

それでもミンチは体勢を立て直すとぼくに向かってきた。何に対してなのかは分からないけれど、とにかく彼は忠実な人間だった。

ぼくは彼から逃れようと後退ったが、すぐにゴミの山に退路を断たれた。ミンチが荒い息を吐きながらぼくの目の前に迫ってきた。不意打ちのアドバンテージを失った今、ぼくに勝機はなかった。無理に奮い起こした闘志など、とっくに萎れて枯れていた。けれど、ラブゲームで負けることだけはぼくの自負心が許さなかった。ぼくは、後ろに回した手で得物になりそうなものを探していた。何かが触れ、とりあえずそれを掴んだ。ミンチがぼくの胸のあたりに狙いをつけて足蹴りを放った。横に転がりかろうじて避けると、ぼくは手にした得物を彼に向けて突き出した。

それは、古びて変色したシャワーヘッドだった。

ぼくはたちまち憂鬱になった。シャワーヘッドで何をしろと言うのだ？　これはかなり気の利いたジョークにもなり得たが、ミンチは少しも笑わなかった。もちろん、ぼくも笑わなかった。そしてまた目に涙が滲んできた。

ミンチがもたついた仕草で角度を修正し、次の蹴りを放とうとしたその瞬間、およそ現実とは思えないような唐突さで花梨が現れた。彼女はぼくらのあいだに割って入り、そして手にしたモップの柄でミンチの太ももをぶっ叩いた。充分に腰の入ったみごとなスイングだった。粘度の高い湿った音が響き、ミンチが叫び声を上げた。彼は片足跳びで後退ると、赤松の木に背を預け荒い息を吐いた。

「ミンチ、お前佑司になにをした⁉」

彼女はモップの柄でミンチを威嚇しながら視線を土の上にうずくまる佑司に向けた。

「別に」とミンチはつまらなそうに答えた。「何も」

彼は大きく息を吐くと身体を起こし、すでに事は終わったのだというように、その場から去ろうとした。

「おい！」

花梨の声に振り返り、眠たげな視線を寄越す。

「ただ、出会い頭に衝突しただけだよ。コツンとね」

それだけ言うと、彼は太ももをさすりながら、うねる径の向こうへと消えていった。

花梨はミンチを追おうとはせず、手にしたモップを放り出すと佑司に駆け寄った。

「佑司、大丈夫か？」

花梨に上体を抱き起こされた佑司は、激しく咳き込んだ。

「……大丈夫。それより……トラッシュ」

そのときにはすでにぼくがトラッシュを草むらから抱き上げていた。トラッシュはむく毛の奥から悲しそうな目でぼくを見上げていた。「ヒュー？」と弱々しい声で何度もぼくに訊くので、「大丈夫だよ」と応えてやった。けれど、少しも大丈夫ではなさそうなことにぼくは気付いていた。彼は赤松の幹に下半身を強く打ち付けていた。後脚が奇妙な形に折れ曲がっていたし、腰を覆うむく毛には赤い血が滲んでいた。

ぼくはトラッシュを抱きかかえたまま、佑司のもとに歩いていった。地面にひざをつき、トラッシュの頭を佑司の顔の高さに合わせた。

「トラッシュ、大丈夫？」

佑司はその小さな手でトラッシュの顎の下をさすった。トラッシュは、あいかわらず「ヒュー、ヒュー？」と囁くような声でぼくらに訊ねていた。（どうして、どうして、どうして？）

佑司が再び激しく咳き込み、それからいきなり嘔吐した。吐瀉物が花梨のアーミーコートの腕や胸に飛び散った。彼女はひどく不安そうな表情になって佑司の背中をそっとさすった。

「大丈夫か？」

うん、と佑司が涙目で頷いた。

「ミンチにおなかを蹴られたんだ。それでさっきから……気持ち悪くて」

ゴメン、と彼が謝った。

「汚しちゃった」

「汚くなんかないよ、少しも」

実際、花梨は少しも気にしている様子はなかった。

「佑司のもので汚いものなんて何もない」

彼女は続けた。

「汚いってのは、あいつらの身体ん中に流れている血のことを言うんだよ」

佑司が悪寒におそわれたように、ぶるっと身体を震わせた。

「花梨」と彼は彼女に声をかけた。

「なに？」

「仕返しは駄目だよ」

花梨の表情が歪んだ。

「佑司がこんな目に遭わされて……それに……それに、トラッシュがどうなっているのか、見えてるだろ？」

トラッシュが自分の名前が呼ばれたことに気付いて、再びすきま風のような音を響かせた。ヒュー？

わかってる、と佑司は言った。

「でも、駄目だ。暴力はもううんざりだ。こんなに嫌なもんだとは知らなかったよ」

彼は口の端についた吐瀉物を腕で拭った。

「きみたちには、こんなことをさせたくはないんだ。わかってよ」

花梨が何かを問うような目でぼくを見た。ぼくは黙って頷き、それを答えとした。

「オーケー、わかった」

花梨は言った。

「暴力はこれで終わりだ」

彼女の言葉に佑司がほっとしたように表情をゆるめた。

「さあ」

花梨は怒りを抑え、柔らかな声で佑司に訊ねた。

「動けるか？　とにかく急いで病院に行こう」

佑司は手を地面について自分の力で起き上がろうとした。だが、そのとたんに顔を歪め口をOの字に開けて声にならない悲鳴を上げた。それを見て花梨が言った。

「智史、頼めるか？」

「いいよ」

ぼくは頷いた。

「じゃあ、トラッシュをお願いするよ」

「うん。あたしじゃ力不足だ」

ぼくはトラッシュを花梨に任せると、ゆっくりと慎重に佑司を背負い上げた。それから静かに歩き出した。

「ごめんね」

佑司がぼくの背中で言った。酸味の強い甘ったるい匂いが鼻腔（びこう）を刺激する。

「いや」とぼくは応えた。

「気にしないで。なんについて言ってるのかよく分からないけど」

「うん」

花梨はトラッシュを両腕に抱えて、ぼくらの隣を歩いていた。

「何があったのさ？」と彼女が訊いた。

「ミンチの言ったとおりだよ」

佑司が弱々しい声で彼女に答えた。

「出会い頭の衝突。ミンチのスパイクとぼくのお腹のさ」

佑司の精一杯のユーモアに、けれどぼくらは笑う余裕はなかった。

「いつもは、あんな場所まで来ることはないのに」

ぼくが言うと、佑司がしばらく考えてから答えた。

「きっと、いつもショートカットしていたのがばれたんだと思うよ。そのペナルティーであんな遠くまで走らされたんだ」

「気付かなかったの？」

「まさかあんなところまで来るとは思っていなかったからね」

それに気に入ったゴミを観察しているときの佑司は、周りのことなど目に入らなくなる。彼は耳を折ったウサギも同然だった。

「痛むかい？」

しばらく歩いてからぼくは訊いてみた。

「少しね」と佑司は答えた。

「それより、トラッシュが心配だよ。骨が折れているみたいだ」

「大丈夫だよ。きっと治る」

佑司は沈黙する。彼が求めているものは気休めではなく真実なのだ。それから彼は、急に気分を変えるようにぼくに言った。

「智史、すごい勇ましかったね。さっそうと現れてさ、すごく嬉しかったよ」

「でも、ぜんぜん様にならなかった。慣れないことをするもんじゃないよね。ぼくはあくまでも花梨が登場するまでのつなぎだったんだよ」

「そんなことないって」

花梨がぼくらに割り込んだ。

「智史、格好良くって見直したよ」

何たって、と彼女は言って、にやりと笑った。

「手にした武器がシャワーヘッドなんだから」

え、何それ？　と佑司が訊ねた。

「ぼくには見えなかった」

「最高の武器だよ。シャワービーム！」

ぼくは顔を赤くして俯いた。

「いいんだ、どうせぼくは前座のコミックバンドなんだから」

「いや、でもさ」と花梨は真面目な声に戻って、

「ほんとに格好良かったよ。なんか、胸の奥が熱くなったもん」

「それは、それは」

照れ隠しで素っ気なく言ったが、実はとても嬉しかった。他の誰でもない、花梨に認めてもらえたことが嬉しかったのだ。

「嘘じゃないって。信じてよ」

「うん、信じるよ、ありがとう」

「どういたしまして」

そんなふうに言葉を交わし合いながら、ぼくらは慰め合い、気休めの言葉にすがり続けた。

けれど――やっぱり真実はどうしようもなく厳しいものだった。

佑司の怪我（けが）は大したことはなかった。打ち身と擦（す）り傷。胃のむかつきも吐いてしまったら、それで治まった。

大したことになっていたのはトラッシュのほうだった。

腰の骨が折れていた。骨盤が複雑なパズルのように砕けて、全てのピースがばらばらになっていた。後脚の骨も折れていたし、内臓にも少なからぬダメージがあった。おまけに、かなり進行した白内障を患っていて、全身いたるところが膿皮症（のうひしょう）にやられていることまで明らかになった。ぼくらが駆け込んだ動物病院の先生は、「申しぶんないね」と言って鼻を鳴らした。「申しぶんないほど、全身いかれている」

治療のために体中の毛を刈り取られたトラッシュは、何だか別の生き物のようだった。むく犬の着ぐるみを脱がされた彼は、素顔を見られた道化師のように、ひどくばつの悪そうな顔をしていた。ぼくらにしても、なんだか見てはいけないものを見てしまったような気持ちになって、なかなか彼を直視することができなかった。

トラッシュは下半身をギプスで固定され、いろんな注射を打たれ、塗り薬を全身にすり込まれた。大事を取ってしばらくのあいだ入院していたが、いつ見舞いに訪れても、彼の口から出るのは「ヒュー？」という溜息ばかりで、その先の「ウィック」をぼくらが耳にすることはなかった。かなり高額な治療費を請求されたみたいだけど、それはぼくと佑司が知らない間に、花梨によって精算されていた。

退院したのちは、佑司が自分のうちに引き取ることになった。トラッシュの下半身はもう動くことはなく、佑司がゴミ捨て場から拾ってきたショッピングカートが彼の新しい脚となった。すっかり毛も生えそろった頃から、トラッシュはこのカートに乗って、再びあの緑とゴミの世界へと復帰してきた。彼は元気を取り戻し、それとともに、失われていた言葉の後ろ半分も取り戻した。

「ヒューウィック？」

まだ彼は答えを手にしていないらしい。

「身勝手で傲慢（ごうまん）な人間が、いい思いをする世の中じゃいけないんだ」

ある日、花梨がぼくとふたりだけの時にそんなことを言った。

「うん」とぼくは答えた。

「だから？」

ぼくらは水の涸れた水路のヒューム管の中に並んで座っていた。管と交差するように農道が走っていて、時折ぼくらの頭の上をトラクターが通り過ぎる音が聞こえた。

「罪は罰せられなければならない。誰かを苦しめたなら、同じだけそいつも苦しまなくちゃ。それが公平ってもんだろ？」

すぐに察しがついて、ぼくは不安になった。

「佑司と約束したよね。憶えてる？」

「憶えているよ。あたしはこう言ったんだ。『暴力はこれで終わりだ』って」

「うん、そうだったね」

「だから」と彼女は言って、ぼくに顔を近づけた。耳元で囁くように言う。ぼくの背中を大急ぎで何かが駆け上った。

「あたしは、指一本ミンチに触れたりはしない」

その日の夜、ぼくは自転車でミンチの家へと向かった。花梨はひとりでやると言ったけど、彼女を夜の闇の中にひとりきりで置いておくわけにはいかなかった。

月の明るい夜だった。晩秋の空気は冷たくて、ぼくの昂揚して火照った頬にはちょうど良かった。少し手前で自転車を降り、そこからは歩いていった。ミンチの家の隣はススキの生えた大きな空き地になっていた。ぼくはそこに足を踏み入れると、小さな声で彼女を呼んでみた。

「花梨？」

思ったよりもすぐ近くのススキが揺れて、そこから彼女が現れた。月の青白い光に照らされて、彼女の顔がつやつやと輝いていた。

「来てくれたんだ」

心なしか彼女の声は嬉しそうだった。少しだけ笑顔を見せ、それから下唇を噛むようにして表情を引き締めた。歯列矯正器が鈍い光を放っていた。

「うん」とぼくは応えた。

「前座のコミックバンドがいないとね」

そう言ってぼくは両目をつむった。ウィンクをしようとしたのだが、うまくいかなかったのだ。

「花梨も調子が出ないかと思ってさ」

ああ、そうだね、と言って彼女はぼくの手を取った。冷たい手だった。彼女はぼくをススキの中へと導いた。ちょうど人間2人分ぐらいの空間がそこにはあった。まわりをぐるりと背の高いススキに囲まれ、見上げれば、魚の鱗の形に切り取られた星空があった。

　ぼくらは草の上に並んで座った。

「で？」とぼくは訊いた。

「手を触れずに、ミンチを苦しめるって言ったよね」

　ぼくは彼女の顔をじっと見つめた。

「どうやるのさ？」

　花梨は人差し指を立て、「まあ、見てなよ」って感じに揺らしてみせた。それから、両手で頬をさすり、唇を舐め、「グウウウルフッ」と喉を鳴らした。彼女はなんだか、納得のいかない様子で、今度は自分の首を絞めるような仕草をして、再び喉から音を出した。「ヒュウウウルフッ」

　花梨は大きく頷き、喉にあった手を口元に移すとラッパの形に広げた。

　行くよ、と横目でぼくに合図をし、彼女は頬に力を入れた。

「ヒューウィック？」

　ぼくはびっくりして、思わず後ろを見た。いないことは分かっているのに、そうせずにはいられなかったのだ。だって、その声はまさにトラッシュそのものだったから。

「ヒューウィック？」

　再び花梨が鳴いてみせた。

　ガラリと音を立て、ミンチの家の2階の窓が開いた。見まごう方なき80kgの巨体がそこにはあった。どこか怯(おび)えているような忙(せわ)しない仕草で彼は辺りを見回していた。闇に隠れたぼくらの姿が見えるはずはなかったけれど、それでも花梨はぴったりとぼくに身を寄せ、できるだけふたりのシルエットが小さくなるようにしていた。ぼくの顎の下に彼女の小さな頭が置かれていた。ぼくの心臓の鼓動が彼女には聞こえていたはずだけれど、花梨は何も言わなかった。

　ミンチはしばらく耳を澄ませて様子をうかがっていたが、やがて首を傾げ、諦めたようにアルミサッシの窓を閉めた。

　花梨はぼくの胸に頭を預けるようにして寄りかかりながら、くすくすと笑っていた。

「あの顔見た？」

「うん。見たよ」

「ミンチはね、トラッシュが死んだと思ってるんだ」

　ちょっとね、と彼女は言った。

「偽(にせ)の情報を流しておいたんだ」

「じゃあ、ミンチは幽霊の声を聞いたと思ったんだね？」

「そういうこと」

彼女は身を起こし、振り返ってぼくを見た。

「この幽霊はちょっとしつこいよ」

なるほど、とぼくは言った。

「ミンチも少しは痩せるかもしれないね」


実際には「少し」ではなかった。どう少なめに見積もっても、彼は確実に8kg以上は痩せたと思う。つまり彼という人間の10%が消えてなくなったわけだ。「10分の1の抹殺」と花梨は言っていた。そこにどのような意味があったのか、実のところよくは分かっていなかったのだけれど、ぼくらはその言葉の響きに大いに満足していた。

幽霊はしつこかった。ぼくらは3カ月もの長きにわたって、ミンチの部屋の窓の下に通い続けた。我々がうたうセレナーデは、ミンチの身を細らせ、彼に後悔の念を植え付けた。暴力とはタダではなく、その代償を払わされる割に合わない行為なのだということを知らしめた。

毎日通ったのは最初の1週間だけだった。それからはランダムに、気の向いたときだけぼくらは出掛けていった。

「毎日行く必要はないんだ」と花梨は言った。

「前と後ろを与えてやれば、あいだはミンチが勝手に補ってくれる」

知覚的補完。ない音も聞こえてくるという例のあれだ。風の音を聞いても彼にはそれがトラッシュの鳴き声に聞こえてしまう。そうやって在りもしない幽霊の声に怯えながら、彼は少しずつ、少しずつ自分の質量を失い続けた。

このことは佑司には秘密にしておいた。たしかに暴力ではなかった。それでもぼくらがやっていることを佑司が良くは思わないだろうということは容易に想像できた。彼はどんな形にせよ、誰かが苦しむことを望まない。たとえそれが自分を傷つけた相手であっても。

佑司がぼくらの工作活動に気付く気配はまったくなかった。彼は少しも疑わず、ミンチがひとサイズ縮んでしまったことにさえ気付いていなかった。ぼくと花梨は夕方になると『リビング』を後にして、それからまた夜の遅い時間にススキヶ原で落ち合った。

そんなふうにして3カ月が過ぎたある日、花梨がぼくに言った。

「罪は罰せられた」

彼女は人差し指でぼくの頬を弾いた。

「指一本触れずにね」

それから、最後にもう一度だけ彼女は高らかに鳴いてみせた。

「ヒューウィック?」

それは我々のささやかな勝利だった。けれど、このたぐいの勝利がおおむね不毛であるという事実が、結局のところぼくらを敗者のような気持ちにさせた。

「だからって」と花梨は言った。

「トラッシュが以前の姿に戻れるわけじゃないんだよね」

「でも、ミンチがむく犬を傷つけることは二度とないはずだよ」

「うん」

花梨は彼女らしくない、弱気な表情をぼくに見せた。

「まあ、その事実にはけっこう慰められるけどね」

つまりはそういうことだ。ぼくらが3カ月かかって得たものは、勝利の旗ではなく、胸ポケットに入るぐらいの小さな慰めでしかなかった。

たしかにトラッシュが以前の姿に戻ることはなかったけれど、以前よりも不幸な顔をしていたかと言えば、実はそうでもなかったようにも思う。

かなりの老境にあって、すでに自分の脚で歩くことも覚束ない状態だったから、代わりに与えられた四輪の移動機関を彼はけっこう気に入っていた。

佑司は学校が終わると一度家に戻り、それからトラッシュをショッピングカートに乗せて、いつもの『リビング』にやってきた。トラッシュはカートの縁に前脚を掛け、視力の弱った目で、興味深げに辺りを見回していた。

ときには、みんなで『リビング』を離れ、かなり遠くまで歩きに行くこともあった。一番前がカートに乗ったトラッシュで、それを押す佑司、その後ろにぼくと花梨が続き、この小さなキャラバンは当て所のない遠征を繰り返した。我々が立ち止まるところは決まっていた。つまり、ゴミか水のある場所。ゴミ山を見つけると、佑司はしばらくそこから動かなかったし、水のある場所では、こんどはぼくがそこに自生している水草をとことん観察するまで動こうとしなかった。

花梨はいつでも何も言わずに辛抱強くつき合ってくれた。草の上に腰を下ろすと、アーミーコートのポケットから本を取り出し、静かにページをめくっていた。

トラッシュはどんなときだって倦むということを知らず、どの場所にいても自分を囲む世界を好奇に満ちた眼差しで見つめていた。鼻先をかすめて飛ぶ蝶を目で追い、地を這う蟻の行列を学究者の情熱で眺め、それから振り返って、おもむろに訊ねるのだった。

「ヒューウィック？」

＊

「ヒューウィック？」

花梨が鳴いた。そして、どう？　という顔でぼくを見た。

それはまさしくトラッシュの声そのものだった。彼女の喉はまったく衰えていなかった。

「うん」とぼくは言った。

「トラッシュだ」

「そうね」と花梨が言った。

「もう15年も昔の話よ」

いまさらながらに気付いたことだが、トラッシュはもうこの世にはいない。この瞬間まで、そんなこと考えたこともなかった。信じられないけれど、それは80年前の老人がいまは天国の住人であるのと同じぐらい確かな事実だ。

「さあ」と彼女が言った。

「もう寝ましょ。積もる話はこれから先いくらでもできるわ」

そうだね、とぼくは頷いた。

「しばらくはここにいるんだよね」

花梨はゆっくり瞬きすると、眠たそうな目でぼくを見た。

「ええ、そう言ったでしょ？　大丈夫よ、もういきなり地球の裏側に行ったりはしないから」

「ああ、それは助かるね。住所間違いの手紙を書くのはもうやだからね。行き違いはこりごりだ」

花梨は少し考えてからぼくに言った。

「ロミオとジュリエットみたいに？」

ぼくはにやりと笑い、耳に手を当て彼女に訊ねた。

「誰と誰だって？」

花梨は、おやまあ！　といった表情でぼくを見た。シニカルな微笑を浮かべ、「いいえ」と首を振る。そして、パズルの最後のピースを置くようにそっと囁いた。

「何でもないわ」

7

なるほど、とだけ夏目くんは言った。彼らしいシンプルな反応だった。

「驚かないの？」とぼくが訊くと、彼は「いや、驚いてますよ」と言った。

「充分に」

ああ、そう。

ぼくらは宅配便で届けられた水草の選り分け作業をしていた。

夏目くんが続けた。

「あれほどの美人を幼なじみに持ちながら、再会しても気付かなかった店長に何よりも驚いてます」

「いや」

だからさ。

「15年も会ってなかったんだよ」

「ふつう、それでも気が付きますけど」

「彼女もそう言ってた」

「つまり多数意見ということですね」

「うん」

そして、ぼくは少数派に属する大間抜け野郎なのだろう。3日も鏡を見なければ、自分の顔さえ忘れてしまうような。

いや、実際そうなのかもしれない。初恋の相手であり、初めてのキスの相手であり、ずっと探していた女性なのに、それに気付けなかったなんて。いまだにブロッコリーとカリフラワーを間違うし、きっと脳の中のチップが何個か足りないのかもしれない。

「いずれにせよ」と夏目くんは言った。

「花梨さんがこの15年でずいぶん変わっていたということは確かなのでしょう」

彼の気遣いは嬉しかったが、それはたとえば、九九ができなくて居残りさせられている生徒に、クリアした連中が帰り支度しながら「うん、7の段がきびしいのは確かだよね」と声をかけるのと同じで、実のところ、あまり慰めにはなっていなかった。

「まあね」とぼくは言った。

「髪の長さやアーミーコートはきっとクリアできていたと思うんだ」

「はい」

「でも、歯並びが――」

「歯並びがなんですって?」

びくっと肩を竦め振り返ると、花梨がベーカリーの袋を抱えて立っていた。

「私の口元になにか不満でもあるの?」

「いや」とぼくはかぶりを振った。

「最高だよ、きみの口元。歯磨き粉の妖精みたい。白い歯ばんざぁい!」

それからいきなりショコラデニッシュを口の中に突っ込まれた。

「ムム……」

「ひどいわよね」と花梨はぼくを横目で睨みながら夏目くんに声をかけた。

「これでも私のファーストキスの相手なのよ」

夏目くんの顔から表情が失せて、完全にニュートラルになるのをぼくは見た。こんどこそ彼は本当に驚いていた。

「こうやって、苦労して探し当てて訪ねてきてあげたのに」

彼女はぼくの口から突き出たショコラデニッシュをむしり取った。それを見事な歯並びの前歯でかじりながら続けた。

「ちょっと前髪が長くなっていたぐらいで、私が誰か気付かないいんだから」

さあ、と彼女は手にしたベーカリーの袋を掲げた。

「お昼ご飯よ。今日もおいしいショコラデニッシュがたくさんあるから」

そして、ぼくらを残しさっさと店内に入っていってしまった。

夏目くんがぼくの目を見ながら、ほんとうに？　という顔をした。だからぼくも、ほんとうだよ、という顔で応えた。ほんとうに彼女のファーストキスの相手はこのぼくなのだ。

彼は、信じられないというふうに首を振りながら、店の中に消えていった。

確かに、そうだ。

このぼくだって信じられないのだから。

＊

夜は久しぶりに父さんのマンションで晩ご飯を食べた。

メニューはいつもと変わらぬ「煮込みうどん」だった。春夏秋冬、彼はこればかり食べている。ただ季節によって中に入る具は変わる。今夜はタケノコが入っていた。

ぼくは煮込みすぎてぐったりしているタケノコを頬張りながら言った。

「だからさ、花梨はすごい有名人だったってわけ」

「森川鈴音なら、私も知っていたよ」

父さんが言った。

「たしかミネラルウォーターのコマーシャルに出ていたんじゃないか？」

基本的に暇なのでTVにはけっこう詳しい。

「でも、彼女があの花梨さんだったなんてまったく気付かなかったよ」

おそらく父さんの脳の中も、大事なチップが何個か欠けているのだろう。それでこそ親子だ。

「たしかに」と父さんは記憶を手繰るように宙を見つめた。

「当時の花梨さんも、充分すぎるほどの美少女だった。少年のような装いをしていたが、隠しきれるもんじゃない」

「花梨は自分が美人だってことを隠していたのかな?」

「だろう?」

「でもなんでさ」

「いろいろとやっかいなのさ。美しさというのはつねに人を惑わす」

ふむ。

「せっかくお前のところにいるのなら、今度会いに行かないとね」

「うん、来てよ。花梨もきっと喜ぶから」

むかしむかし、と言ってもほんの15年ほど前、父さんは歳不相応な速さを保つスプリンターだった。400mを60秒台の中程で走るしぶとさが身上のアスリートで、その頃はぼくもまだ父さんにはかなわなかった。おそらくマスターズの大会に出ていれば、そこそこの成績を残していたんじゃないかと思う。けれど、父さんの目標はただひとつ、母校の大学で行われる陸上部OB会の親交試合だった。半世紀近くにもわたってライバルであり続けた男との年に一度の真剣勝負。本来は互いの健康を確認し合い、あるいは肉体の衰えを笑いの種にして旧交を温める、そんな趣旨の試合だったはずだ。なのに父さんとそのライバルである「サクジ」(どんな字を書くか忘れてしまった。ほら、脳の中のチップが）のふたりだけは、まわりの連中も白けるほどの闘志をたぎらせて、この日に臨むのだった。

ちょうどアメリカ大統領選における共和党と民主党のように、ふたりの勝負は拮抗（きっこう）していた。それが余計に火を煽（あお）っていたんだと思う。勝てば勝ったで、次の年に負けないように練習に励むし、負けたときはもちろん、雪辱を果たすべくより一層トレーニングに力が入る。「きっといまごろサクジのやつ」というのが父さんの口癖だった。敵が自分以上にハードなトレーニングを積んでいるに違いないという妄想に取り憑（つ）かれ、息を抜くことができないのだ。

10歳を過ぎた頃から、週末になるとぼくは父さんの練習につき合わされるようになった。近くの学校のグラウンドに行き、ひたすら走らされる。まずぼくがひとりで走り出し、それから10秒ほど経（た）ってから父さんがスタートする。ぼくは哀れなラビットであり、憎むべき仮想敵だった。

200mのトラックを2周するのだが、2周目のバックストレート付近で、必ず父さんにつかまった。あの、背後から近付いてくる気配の恐怖。荒い息とスパイクが土を蹴る乾いた音。ときには、抜きざまに父さんが唸（うな）るように声を絞り出すこともあった。

「サクジのやつ！」

こんなこと好きになれるはずがなかった。つらいし恐ろしいし、だいいち時間がもったいない。よそのおじさんに見立てて罵(ののし)られるより、水辺に出掛けて魚や水草を眺めていたほうがよっぽど楽しい。

けれど、そんなことを繰り返していくうちに、やがてぼく自身の走力が向上し始めた。ちょうど背が大きく伸び、いままでつるつるだった場所に覚束ない姿の産毛が現れ始めたあたりからだ。400mのタイムがぐっと縮まってきたのだ。

ときにはゴールまで抜かれずに走り切れるようにもなった。父さんは首を捻(ひね)りながら、ふたりのスタートの間隔を詰める。けれど、しばらくするとまたぼくが逃げ切る。そしてまた、父さんが首を捻る。ラビットは以前ほど哀れでもないし、のろまでもなくなっていた。そうなると俄然(がぜん)トレーニングが楽しくなってくる。

中学に上がって、あの水と森の町に引っ越すと、今度は川の土手が練習場となった。上流に向かって200m走り、橋を渡って今度は下流に向かって200m戻ってくる。橋の部分でスピードが落ちてしまうという欠点はあったが、ここならばいつでも練習ができる。学校のグラウンドは週末でもどこかしらの運動部が使っていて、なかなか自由にならなかったのだ。

14歳の頃には、ふたりのスタート時間の差はほんの2秒にまで縮まっていた。

ぼくらが土手で練習をしていることを知ると、花梨も佑司もそれにつき合ってくれるようになった。スタート地点に花梨、そして橋に佑司が立ち、それぞれが手にしたストップウォッチでタイムを読み上げてくれるのだ。

父さんは花梨のヒーローだった。

「おじさん凄いよ」と花梨は目を輝かせていた。

「だって、この智史よりも速いなんて」

この言葉は我々親子の鼻をおおいに膨らませた。「この智史よりも」っていう部分には、ぼく自身がそうとうに優れた走り手であるという意味が込められていたし、それよりも速い父さんは、そうとう以上のスプリンターであるということになるのだから。

練習が終わると必ず父さんはぼくら3人を喫茶店に連れて行き、フルーツパフェを食べさせてくれた。走った後に食べる生クリームのおいしかったこと！

この習慣は、結局ぼくらがこの町を去るまで続いた。

「サクジにな」と父さんが言った。

「まもなく、ひ孫が出来るそうだよ」

400m走での張り合いは5年ほど前に「サクジ」がひざを悪くして終わりを迎えたが、人生のレースではふたりはいまだに競い合っている。これに関しては、父さんは2回りぐらい周回遅れを喰らっていた。ひ孫はおろか孫さえもまだ見込みがつかないのだから。父さん自身の晩婚が躓(つまず)きの始まりだったが、その連鎖は息子のぼくにも引き継がれていた。どうやら「奥手」の遺伝子というものがあるらしい。

「それは良かったね」とぼくは言った。それ以外にどんな言葉がある？　言外のほのめかしには気付かないふりをするしかない。なんとなく言い出せなくて、結婚紹介システムのことも美咲さんのことも、父さんには報告していなかった。

「まあ、いいさ」

父さんは80を間近にして、いまだ豊かなままの白髪を掻き上げた。

「お前だってもうすぐ30だ」

「だから？」

「だから？」

「そう、だから？」

「まあ、だから、そろそろだってことさ」

ああ、とぼくは「ようやく気が付いたよ、勘が鈍くてゴメンね」とばかりに大きく頷いてみせた。どうして子供って、こうも親の前では素直になれないのだろう。

「まあ、そろそろだよね。考えておくよ」

ちなみに、と父さんは何気なさを装いぼくに訊く。

「花梨さんは、なんでいまごろわざわざ――」

「原点回帰」

父さんにいらぬ期待をさせないよう、はっきりと言っておく。

「我が身の来し方を振り返るイベントのひとつだってさ、ぼくに会いに来たのは」

「つまり？」

「つまり？」

「いや、つまり、それはどういう意味なのだろう」

「意味はないよ。言葉のままさ。思い出探し、レトロスペクティブ、それだけ」

なるほど、と父さんは言って、それきりこの話題に触れることはなかった。

実は父さんも母さんとは子供の頃からの知り合いだった。と言ってもぼくらとは違い、7つも歳が離れていたから、早い時期からお互いを恋愛の対象として意識するということはあまりなかったはずだ。彼らがそれを意識したのはふたりとも充分に大人になってからのことだった。父さんは折あるごとに、息子であるぼくに自分たちの恋愛を語って聞かせてくれた。それはつまり「ぼく」という人間の前史であり、ささやかなる物語の序章でもあった。

「大きな戦争があってね」と父さんは言った。

「気付いたら青春はもう私よりも若い人間たちのものになっていたんだ」

私は大学を卒業するとすぐに徴兵され、戦場に送られた。

我々は生きていくことだけで精一杯だったからね。我々というのは、父さんと父さんの母親（お前の祖母だ）と弟3人に妹2人のことだよ。私の父親（お前の祖父だ）は、明日で戦争が終わるという最後の空襲のときに、幼い末娘を抱えて逃げる途中、運悪く釘を踏み抜いてしまい、それがもとで破傷風を患い死んでしまった。なんとも運のない人だった。

その頃私は南の空の下で、ひもじいお腹を抱えて、それを満たすことだけを考えていたんだ。そして、戦争が終わり、家に戻ってみると、自分よりも腹を空かせた家族が口を開けてそこで待っていたというわけさ。

彼らの空腹を満たすため、私はけんめいに働いた。いくつかの仕事を渡り歩いたが、20代の終わりに親戚の口利きでとある商社で働くことになって、それが終生の勤め先となった。その頃には次男と長女が働き始めていたが、長男である私は、まだ気を緩められなかった。

「あと、3人残ってる」

そう思ったんだ。

結局、一番下の妹が（釘を踏み抜いたときに私の父親が抱えていた例の幼子だよ。お前も知っている奈緒子叔母さんのことさ）、高校を卒業して繊維会社の経理課に就職したときには、私はすでに30代も半ばに達していた。

私はこのときまだ独り身だった。ろくに女性とつき合ったこともなく、これから先もあまり縁はなさそうだった。

兄弟の何人かはすでに結婚し、子供をもうけていた。一族の新しい命、小さな新参者を私は心から歓迎した。私は甥や姪たちの名付け親になり、後見役になり、そしてサンタクロースにもなった。窯は違うが、子供たちの4分の1は私と同じ土で出来ているんだ。その徴はいたるところに見ることができた。襟足の毛がくるりと丸まっているところとか、真一文字の眉とか、あるいはタフな心臓とかね。とにかく可愛くて仕方なかった。

やがて、私はこう思うようになっていった。

「やっぱり結婚したい。妻をめとって、自分の子供をこの腕に抱きたい」

遅ればせながらの春だった。私は自分の母親に言った。

「お母ちゃん（私はお前のお祖母さんのことをこう呼んでいたんだよ）、オレ結婚したいんだ」

これを聞いた母親はてっきり決まった相手がいるのだと勘違いした。だから「どんな子だい?」と私に訊ねた。

「違うよお母ちゃん」

私は言った。

「それをお母ちゃんに見つけてもらいたいんだ」

いまから思えば、大した甘えん坊ぶりだと思う。

母親はいろいろ思案したあげく、終戦前に住んでいた町の隣組で、いまだに年賀状をやりとりしている、ある一家のことを思い出した。今年の年賀状に「娘がすっかり行き遅れてしまい」という言葉があった気がする。おとなしく控えめな女の子だった。美和子という名前だったか。面立ちは地味だったが、うちの息子だって贅沢(ぜいたく)を言えるご面相じゃない。7歳離れているが、それを言えば私だって夫より6つも年下だった。

そのようなことを考えたかどうか知らないが、とにかくお見合いの席が用意され、私は母さんと実に15年ぶりの再会を果たすことになった。

一目惚(ひとめぼ)れだったよ。

運命的な再会だった。あの小さな女の子が、こんな魅力的な女性になっているなんて、信じられない思いだった。何が男と女を結びつけるのか、それはいまもって謎だがね。とにかく地味な奥手同士、互いの中にきらめく何かを見いだし、ふたりは結婚するに至ったんだ。

彼女は親元を離れ、小さな輿入れの荷とともに私の家にやってきた。当時はまだこの家に私の母親も弟や妹もいたから、かなりの大所帯だった。あまり身体が丈夫でなかった彼女は私の家族から大事にされ、嫁というよりは一家の箱入り娘のように扱われたんだ。

同じ部屋に寝ていたんだが、どうやって彼女の布団に入り込んだらいいのか分からなくて、初夜を迎えたのは3週間も過ぎてからだった。（父さんは、この手のことを息子のぼくに隠そうともせず、いつもフランクに語ってくれた）

口づけをするにも度胸が要ったよ。何度やっても慣れなくて、次の時にはまた振り出しに戻って、おずおずと彼女の顔を窺ったもんだ。

そうこうしているうちに、最初の子を彼女は宿したが、生来の身体の弱さが原因となったのか、7カ月を過ぎたところで流産してしまった。母体にも大きな負担がかかり、彼女はそれから半年近く床に臥せることになった。それを見て、私は子供を諦めた。何よりも大事なのは彼女の身体だった。

なに、私の血を継いだ子供なら、甥や姪がたくさんいる。これで充分じゃないか。

愛する妻とふたり、手を取り合って生きていけばいい。

私はそんなふうに考えることにした。彼女はもともとあまり自分の意見を口にする女性ではなかったから、ただ黙って私の言葉に従うだけだった。けれど、10年ののちにはそんな彼女も一本気な気質を露わにして、お前をこの世界に産み落とすことになる。その1年ほど前に私の母親が亡くなり、彼女は実の母親を失ったとき以上に深い悲しみに囚われていた。私も甘えん坊の長男だったから、その悲しみは並大抵のものじゃなかった。

母さんだけが私の慰めだった。彼女にしてもそれは同じことさ。まあ、その頃には兄弟すべてが巣立っていたから、家に私たちふたりだけになったというのもあったんだがね。とにかく、一緒にいるときはいつも肌を合わせて慰め合っていた。

避妊具もいまほど信頼できるものじゃなかった。

我々の隙を衝いて、お前はこの世に生を享けたんだ。なかなかのすばしっこさだったよ。

私は反対だった。もちろん母さんの身体を思ってのことだ。彼女はすでに40歳を過ぎていた。でも、彼女は譲らなかった。

「いままでで一番体調もいい。いまならばきっと産める。この赤ちゃんはあなたのお母さんの生まれ変わりなんだから」

そう言って、私を説得した。

ひどく不安だったが、最後には折れた。お前はまだその時、ウズラの卵ほどの大きさて、おそらくシラミほどにも、ものを考えちゃいなかっただろうが、それでも私はすでに愛し始めていたんだよ。だから、反対しきれなかった。

そして難産の末、お前が生まれた。亡くなった私の母親の11人目の孫だった。

そこからは、前にも増して時の流れは速くなった。人生の残り時間のことを考えるとね、小さな命を一人前にするまでには、どうあっても足りないような気がしたんだ。

ふたりは懸命に赤ん坊を育てた。50歳の新米パパと43歳の新米ママだ。ふたりの半分ほどの年齢の親たちに混じって、私たちは奮闘し続けた。

でも、何もかもが楽しかった。彼女とふたりで百貨店に行って、お前の肌着を買うのも、スーパーで粉ミルクを買うのも、乳母車を押して公園に散歩に行くのも、何もかもが楽しくて仕方なかった。

彼女が母親になるのを見るのも私の喜びだった。彼女がお前にお乳を飲ませている姿は、神々しいばかりに美しかった。彼女はすごく綺麗だった。

やがて、お前は成長してゆき、学校に通い始めるようになる。

私たちは時間と体調の許す限り、ほとんどの学校行事に駆けつけた。お前が嫌がっているのは知っていたが、これだけは親の特権だからね。譲るわけにはいかない。高校の入学式にも夫婦揃って出席した。あのときはなんとも晴れがましい気分だったよ（そのとき父さんはすでに65歳になっていたが、それでも、父兄の中で誰よりもまっすぐに背筋を立てて父兄席に座っていた)。ふたりでこっそりと手を握り合ったんだ。ここまでよく漕ぎ着けたなって。嬉しかったよ。

その2年後に彼女は人生の幕を下ろした。

まあ、とにかく悔いのないようにやってきた。歳を取ってからの結婚だったし、母さんもあのように病弱だったからね。一秒たりともおろそかにできない気がした。それでもどうにか27年一緒にいることができた。運のいい男だと思うよ。愛する人と、これだけ寄り添って生きてこられたんだから。

彼女の最期の言葉は、「あなた、ほら……」だった。きっと何かを見て、それを私に知らせたかったのだろう。

楽しみだよ。きっときれいなものなんだろう。ふたりで散歩しているとき、よく彼女はそう言って私に見せてくれたものだ。道端に咲くカタバミの花だとか、夜空に浮かぶ弓張月(ゆみはりづき)だとかをね。いつか、あのとき何を見たのか、彼女に訊いてみるさ。

そして、今日もまた、父さんは眠りに就く前に母さんに語りかけるのだろう。そっちはどうだい？　って。

＊

ショップに戻ると、まだ花梨はカウンターでプログラミングの作業を続けていた。

ぼくに気付き顔を上げ、「どうだった、お父さん」と訊く。

「うん、懐かしがってたよ。今度会いに来るってさ」

「嬉しいわ、お父さん格好良かったもん」

「そうかな？　そんなこと言うの花梨だけだよ」

彼女はキーボードの上の手を止め、例の姉のような目をしてぼくを見た。

「なに？」

ぼくが訊ねると、彼女はゆっくりとかぶりを振った。

「あなたはクラシカルで正統的なマザコン少年だったもんね」

「なにそれ。全然違うよ」

「ほら」と彼女が言ってぼくに人差し指を向けた。

「そうやってむきになって否定するのも、クラシカルで正統的なマザコン少年の典型的反応よ」

彼女はくすくすと笑いながら続けた。

「最新版のマザコン少年たちはもっと屈折しているわ」

ぼくは意味もなく上げかけていた腕を下ろし、肩から力を抜いた。

「わかったよ」

ぼくは言った。

「それで？」

「それであなたはお父さんをいつもライバル視してしまう」

「ああ、フロイトか」

それぐらいならぼくでも知っている。

「かもね」とぼくは言った。

「だからぼくはいまだに父さんの前だと素直になれないんだ」

「でしょ？」

彼女はノートパソコンの液晶蓋を閉じた。

「お母さん、亡くなっていたのね」

ポットからマグカップにハーブティーを注ぎながら彼女が言った。

「最後の手紙の後のことよね？」

「そう。あれから3カ月ぐらい後だったかな。その前からずっと具合はよくなかったし」

彼女はカウンターから出てきて、ぼくにマグカップを渡してくれた。香りをかぐと、馴染みのない匂いがした。

「紅茶とハーブティーのブレンドだって。ベーカリーで買ってきたの」

「なんて名前？」

「117」

「え？」

「117よ。新製品は全部名前が番号なのよ」

「ふうん」

しばらく、ぼくらは並んで立ったまま、無言で「117」を味わった。だからって別に時計みたいな味がするわけではない。（時計がどんな味だかは知らないけれど）

「お母さん、優しい人だったわよね」

ほうっと息を吐いて、花梨が静かに言った。

「うん。花梨はでも、3度ぐらいしか会ってないよね」

「ええ、そうね。智史の家に行ったのがそのぐらいだから」

「佑司はよく来てたよ」

「だって、彼はあなたのお母さんに夢中だったから」

「うん、そうだった」

佑司はぼくの母親にすっかりなついていた。彼の母親から見れば、さらにその母親と言ってもいいぐらいの年齢だったけど、佑司はぼくの母親のことが好きで好きでたまらないみたいだった。母さんもそんな佑司が可愛くて仕方ないらしく、深く細やかな情を込めて彼に接していた。服の襟を整え、こわくて真っ黒いぼさぼさの髪をブラシで梳き、頬についた汚れをハンカチに唾をつけて拭ってあげていた。ぼくらは兄弟みたいにテーブルに並んで座り、母さんが作ったスイートポテトを食べた。ときには、ぼくがいないときでも佑司はひとりで母さんを訪ね、ふたり居間のソファーに並んで座り、TVのワイドショーを見ていることもあった。

「母さんも懐かしがっていたよ。会いたいなあって、最期まで言ってた」

「佑司――」

花梨は両手でマグカップを包み、そこに顔を寄せるようにしながらそっと言った。

「自分のお母さんに、ちゃんと会えたのかしら？」

「きっとね」とぼくは言った。

「会えたと思うよ」

「そうね」そうよね。

そう言って花梨は小さく頷いた。

「何だか、全てが夢のようね」

折りたたみベッドを広げて寝床をしつらえた花梨は、その上にあぐらをかいて座り、ぼんやりと自分の鼻先を見つめていた。

「夢？」

ぼくはいつもの階段に腰を下ろし、そんな花梨を静かに眺めていた。

「そう、夢よ。全ては夢まぼろし。ほんとうに彼らはあの場所にいたのかしら？」

「彼らって？」

「14歳の花梨、そして智史と佑司、トラッシュ、あなたのお父さんやお母さん、それから佑司のお父さん、ああ、ついでににっくきミンチとその仲間たちもね」

「みんないたよ、確かに」

「ええ、そうね」

でも、と花梨は何かを考えるように視線を落とし、顔にかかった長い髪を手で掻き上げた。

「あの頃のすべてが、すごく幸せな夢だったとしても、べつに不思議ではないわ」

ぼくは黙って頷いた。肯定ではなくただ先をうながすためのサインとして。

「あるいは、この瞬間だって。ほんとうの私は90の老婆で、ただ幸福な夢を見続けているだけなのかもしれない」

「あるいは、ぼくらは花の上で羽を休めている蝶が見た、束の間の夢の住人なのかも」

「荘子ね？」

ぼくは頷いた。こんどは肯定のサインとして。

「できるなら」

花梨は小さく呟くように言った。

「14歳のあの1年をいつまでもずっと繰り返していたかった」

「そう？」

「ええ。そして反復記号のすぐ手前には、私たちのあの不器用なキスがいつもあるのよね」

不器用なキス——始まりはいつだって、そんなものだ。だからこそ、忘れられない思い出となる。33回目のキスは忘れても、1度目のキスは忘れない。誰もが1度目のキスの記憶を携(たずさ)えて、天国の門をくぐっていく。きっと、そうだと思う。

*

それは、つまるところ別離にまつわる最後にして最大のイベントだった。

年が明けてすぐに、その報はもたらされた。

父さんの上司が、またもやサイコロを振ったのだ。今度はやたらと大きな目が出て、ぼくら一家は1200㎞も離れた土地へと飛ばされることになった。

　覚悟はしていたけれど、今回の別れはつらすぎた。ぼくひとりでこの町に残れないかと、その手段をいろいろと考えたりもした。佑司の家に居候してもいい。生活費を毎月佑司のお父さんに預けて、ぼくは佑司と兄弟のようにして暮らす。でも、実際にはそんなこと無理に決まっていた。すでにこの頃から床に臥せることの多くなっていた母さんと離れるわけにはいかなかったし、まだヒナ毛を残しているこのぼくが、結局のところ両親と別れて暮らしていけるはずもなかったのだ。

　ぼくと花梨と佑司は引き離されることが決まった三つ子の仔犬(こいぬ)のように、じっと身を寄り添わせてその日を待っていた。この年の初めから別れの3月まで、たいていの放課後はヒューム管の中にいた。そうでなければ、ススキの茂みの中に作った段ボールの部屋に。この季節にゴミ山の『リビング』は寒すぎた。誰かの家に寄り付く気にもなれず、ぼくら3人と1匹はぴったりと身を寄せ合い、互いの温もりで寒さをしのぎながら、冬の午後を過ごしていた。

　どんなことをしゃべっていたのか、よくは憶えていない。ただ、風の音ばかりが耳に残っている。麦の葉のざわめき、送電線のうなり声、あるいは我々が肩を寄せ合うヒューム管の中を吹き抜けていく巨人の溜息。

川は水位を低くして、ほとんど淀(よど)みのようになっていた。そこから引き込まれる水路は堰（せき）が閉じられ枯れていた。水気のあるところはあまねく凍り付き、子供たちがゴムの長靴を履いてスケートの真似（まね）をしていた。水草は姿を消し、ゴミ山を囲む森の木々も葉を落として、寒々しい姿をさらしていた。

それが、ぼくがあの町で過ごした1度目の、そして最後の冬の光景だった。


別れの日はあっけないほどすぐにやってきた。

その日、ぼくはひとりでこの町から旅立つことになった。父さんはすでに仕事の都合で一足先に転任先へと向かっていた。あと1年で2度目の定年を迎える歳になっていたから、おそらくこれが最後の任地となるはずだった。遅れてぼくと母さんが父さんを追うことになっていた。ところが、予定日前日になって急に母さんが体調を崩してしまった。１２００㎞の長旅には耐えられそうにない。ぼくは向こうの学校で新学期を迎えることになっていて、その日はもう3日後に迫っていた。電話で父さんと相談した結果、母さんを残し、ぼくひとりで新しい町へと向かうことになった。母さんの看病は知り合いの女性にお願いして、頃合いを計り父さんが迎えに戻る。

と言うわけで、この日、駅舎の中で電車を待つぼくは、すでに半泣きの状態だった。花梨や佑司と別れるつらさ、病身の母さんを残していく不安、さらには１２００㎞の距離をひとりで旅する心細さ、そんなもろもろの感情が涙となって両の目の縁に溜まっていた。

「お母さんの様子は毎日見に行くから」

佑司が言った。すでに彼も涙目になって鼻を啜っていた。大きな眼鏡の下から人差し指を差し込み目頭を拭った。トラッシュはいつもと変わらずショッピングカートのガードに前脚を掛け、興味深げに駅舎の中を見回している。

「うん、よろしく頼むよ。母さんも喜ぶと思うし」

「まかせておいて」

それから佑司はショッピングカートの中に手を突っ込み、近所のスーパーマーケットの紙袋を取り出した。

「これ持って行ってよ」

手渡され中を見ると、そこには画用紙を丸めた筒があった。袋から出して広げてみる。

「ああ、これ――」

「智史の部屋から見えていた景色だよ」

佑司が言った。

「初めてゴミ以外のものを描いてみたんだ」

ぼくの部屋の窓から見えていた世界。もちろん、佑司のあの大きな眼鏡を通して見た世界だから歪んで波打っている。けれど、細部はどこまでも緻密でリアルに描かれてあった。

庭木があり、隣家の屋根の瓦が見えて、その向こうに広大な田園風景が広がっている。用水路とあぜ道で区切られた格子模様の田圃、それを縁取る緑地帯、空に浮かぶ雲、それらすべてが佑司の執拗で妥協のない線によって画用紙に焼き付けられていた。

「ありがとう」とぼくは言った。

「大事にするよ」

「ひとりで智史の部屋にいるときに描いたんだ。この町のこと、忘れないでいて欲しいから」

「忘れるわけないよ」

「うん。それにぼくらのこともね」

「絶対に忘れるわけないさ」

「ヒューウィック？」とトラッシュが訊いた。

「もちろん」とぼくは言った。

「きみのことも忘れないよ」

花梨は初めからずっと不機嫌そうな顔で、ぼくらから少し離れて立っていた。目が合うと、彼女はそっけなく頷いてみせた。

「向こうでも早く友達が出来るといいね」

佑司が言った。

なんでだろう？　その言葉で、ぼくの我慢は限界を超えてしまった。涙が零れ出す。

「友達なんていらないよ。佑司と花梨だけがぼくの友達なんだから」

「そんなこと言っちゃ駄目だよ。智史には新しい生活が待っているんだから」

「そうだけど――」

佑司は小さな手で眼鏡を外すと、ぼくのシャツの胸に額を付けた。

「大丈夫だ。ぼくらはいつでも一緒だから」

彼の声はびりびりとした振動となって、ぼくの心臓を震わせた。

「どんなに離れていても、ぼくらは繋がっているんだ。いつでもきみのことを考えているよ」

佑司は離れると、剝き出しになった大きな黒い瞳でぼくを見上げた。

「大事なのはそれだけさ。距離は問題じゃない」

ぼくはシャツの袖で涙を拭い、ついでに鼻も拭った。

「ああ、そうだね。ぼくらは一緒だ」

「新しい町にもきっと水辺はあるだろうね」

「それにゴミの山も」

「うん。きっとまたそこで智史は水草を毎日眺めて暮らすんだろうな」

「ああ、きっとそうするよ」

「その町にも、ぼくみたいに小さくて絵の大好きな少年がいるかもしれない」

「うん」

「そうしたら、友達になってあげて欲しい。きみならきっといい友達になれると思う」

「うん、そうだね」

「ぼくはずっとひとりだったけど」と佑司は言った。

「花梨や智史と出会って、友達がいる素晴らしさを知ったんだ」

「うん」

「だから、遠い町のどこかにいる彼にもそれを教えてあげて欲しいんだ」

「わかった」

佑司はトレーナーの袖で濡(ぬ)れた目を拭い、再び眼鏡をかけ直した。ズボンの腿(もも)で両手を擦(こす)ると、ぼくに差し出した。

「握手をしよう」

「うん」

ぼくらは両手を握り合った。佑司の手はいつだって温かく、そして少しだけ汗ばんでいた。

電車の到着を伝えるアナウンスが流れた。ぼくらはそれでもまだ、手を放さなかった。

「絵は描き続けるんだよ」

ぼくは言った。

「毎日、毎日、つらいことや悲しいことがあった日でも」

「うん、描くよ。毎日、毎日、お腹が痛くても、頭が痛くても」

約束するよ、と佑司は言った。

再びアナウンスが流れた。いまだに改札を抜けようとしないこのぼくに、その声は少し苛立って(いらだ)いるようにも聞こえた。

「行かなくちゃ」

「そうだね」

そして、ぼくらは手を放した。でも、大丈夫だ。ぼくらは繋がっている。距離は問題じゃない。

「さよなら、佑司」

「うん」

それからぼくはショッピングカートの中のトラッシュにも声をかけた。

「さよなら、トラッシュ」

彼は不得要領な様子で首を傾(かし)げていた。この状況をよく分かっていないみたいだった。ぼくは駅舎の壁に寄りかかり、腕を組んで立っている花梨に視線を向けた。

「さよなら、花梨」

「ああ」と彼女は面倒くさそうに低く呟(つぶや)いた。

「これきりってわけじゃない」

つまり、さよならは言わないということだ。

ぼくは足下に置いてあった大きなナイロンバッグを手に持った。

「じゃあ」

みんなを見回し、頷(うなず)き合い、それから改札を抜けホームに向かった。互いの視野から消える前に、もう一度だけ振り返り視線を合わせる。

「ヒューウィック？」と突然思い出したようにトラッシュが鳴いた。

「智史、元気でね！」と佑司が叫ぶように言った。

「みんなもね！」

ぼくは大きく手を振って、彼らに最後の別れのシグナルを送った。

(さよなら、きみたちがすきだ)

そしてくるりと前に向き直り、ぼくは再び歩き出した。また涙が出そうになったが、喉（のど）に力を入れて、ぐっとこらえた。

電車がホームにゆっくり滑り込んでくる。ぼくは鼻を啜り、手に持ったバッグを小さく揺らしてその重さを確かめた。ホームに人影はほとんどなかった。春の空のはるか上のほうで、ヒバリが「ピーチリリィ」と忙（せわ）しなく鳴いていた。電車はその身のほとんどをホームに収めようとしていた。まもなく速度0となる。

そのとき、ぼくの視野の端でカーキ色の布地が舞うのが見えた。

花梨だった。つややかな白い頬（ほお）を輝かせて彼女が走っていた。一歩ごとに蜂蜜（はちみつ）色の髪が大きく揺れ、彼女の広い額があらわになった。眉（まゆ）に力を入れ、コートの裾（すそ）を翻（ひるがえ）し、懸命な表情で駆けてくる。

電車が止まり、ドアが開くと同時に花梨がぼくに追いついた。数人の乗客がホームに降り立った。

「智史」と花梨が息を弾ませながら言った。

「あたしとキスがしたいか？」

ぼくは驚いて彼女の目を見た。明るい色彩の瞳がぼくを見ていた。おそろしく真剣な眼差（まなざ）しだった。

「したい」とぼくはすぐに答えた。時間はわずかしかない。

「手はそのままに！」と彼女が言った。だからぼくは手をそのままにして立っていた。

彼女はぼくの首に両手を回し、踵を持ち上げた。花梨は背の高い女の子だったけど、それでもぼくとは10㎝ぐらいの身長差があった。ぼくも手を上げかけたが、彼女の言葉を思い出しそこで止めた。

花梨が腕に力を込めた。走ってきたばかりの彼女は、すごく荒い息をしていた。

ハァ、ハァ、ハァッ、

激しくあえぎながら、彼女は大急ぎで唇を近づけてきた。ちょっと軌道がそれて、まず鼻がぶつかり、それから彼女の下唇とぼくの上唇が触れ合った。

花梨は目を閉じていた。長くて量たっぷりの睫毛がすぐ間近に見えた。睫毛は少しだけ上向きにカールしていた。

ぼくは少し顔を下にずらして、唇の位置を調整した。こんどは互いの唇がぴったりと合わさった。けれど、すぐに花梨がこらえきれなくなって、口を大きく開き息を吸い込んだ。そして吐き出す。彼女の息がぼくの唇や鼻にかかった。なぜだか彼女の息はソーダ水みたいな匂いがした。それからもう一度唇が合わさる。閉じきらない花梨の唇の内側にぼくの舌が触れ、ぼくは彼女の濡れた部分に味があることを知った。あるいはそれは彼女の歯列矯正器から遊離したイオンの味だったのかもしれない。ぼくは風邪を引いたときにお医者さんが口に突っ込んでくる、例のぴかぴか光るステンレス製のヘラの味を思い出した。

突然、電車の発車を告げるチャイムが鳴り出す。

彼女がびくっと身体を強ばらせ、バランスを崩しかけた。慌てたぼくはバッグを放し、彼女の腕を掴まえようとした。しかし、互いの身体が近付きすぎていたせいで、手は完全に上がりきらず、ぼくが掴んだのは花梨の腕ではなくアーミーコートに覆われている胸の膨らみだった。

「バカヤロウ！」と彼女がぼくを突き飛ばした。ぼくは一歩退き、ふたりの身体が離れた。花梨は荒い息を吐きながら、開いた両脚で自分の身体をしっかりと支えていた。

ぼくは半ば放心した状態で彼女を見つめていた。

驚いていた。花梨の胸があんなに豊かだったなんて――

彼女が先に気付いて、ホームのタイルの上に落ちているバッグを拾い上げた。

「ほら、智史」

「ああ」

ぼくは彼女から鞄を受け取り、急いで電車に飛び乗った。

「いつかな」と花梨が言った。

「また、いつかな！」

ふいにチャイムが鳴りやみ静寂がおとずれた。そして息を吐くような音を立てドアが閉まった。

「いつかって――」

　しかし、その先を問う間もなく、ぼくと花梨は鉄とガラスの仕切で完全に隔てられてしまった。電車が動き出す。

　花梨はその場に立ち尽くしたまま、怒ったような目でじっとぼくを見ていた。

「いつかって」とぼくはもう一度言ってみた。花梨の姿が少しずつ遠ざかっていく。

「いつかって、何のことだよ？」

　電車はどんどんとスピードを上げ、ぼくをこの町の重力圏から放り出そうとしていた。花梨はもう表情も分からないくらい遠くになっていた。火星に向かう宇宙飛行士も、きっとこんなふうに地球のことを眺めるのだろう。この気持ちは、ぼくらにしか分からない。

　やがて電車が左に大きくカーブし始めた。ぼくは窓ガラスにぴったりと顔を押しつけ、視界の外に消えようとするカーキ色の小さな点を追いかけた。けれど、それはあっというまにぴかぴか光る電車の横っぱらの向こうに消えていってしまった。

　初めてのキスの余韻と、そして手のひらに、彼女の柔らかな胸の感触だけを残して。

＊

　ぼくは階段に座りじっと自分の手を見つめていた。そう、ちょうどこの手に収まるぐらいの——

「なによ、その手は？」

「いや、べつに」

「ふうん」と彼女は妙に嬉しそうな声を出す。

「いまは、もっと立派になったわよ」

ここまで見事に見透かされるというのも、男としてどうなのだろう？

「それはそれは」

「まあ、あなたには関係のないことね」

「まあ、ぼくには関係のないことだね」

そして、おやすみなさいと言って、彼女がシャツのボタンに手を掛けた。それを合図にぼくは立ち上がり、自分の部屋に引き上げた。

＊

小さな物音を聞きつけて目が覚めた。

何か夢を見ていたような気がする。幸福な夢。

ぼくは寝返りを打つと、再び夢の世界に戻ろうとした。けれど、しばらく経ったところで、また階下から物音が聞こえてきた。枕元の時計を見る。1時を少しまわったところだ。ぼくはベッドから出ると、寝間着のまま（つまりトラッシュのTシャツとコットン１００％のスウェットパンツ）で階段を下りた。半分まで下りたところで、１階に明かりが灯っていることに気付いた。カウンターの仄(ほの)かな間接照明だった。

「あら、どうしたの？」

花梨はカウンターのスツールに座り、ノートパソコンに向かっていた。

「いや、ちょっと音が――」

「ああ、ごめん。起こしちゃったのね。気を付けていたんだけど」

「いや、いいけどさ」

ぼくは頭をぽりぽりと掻(か)きながら彼女に訊(き)いた。

「眠れないの？」

「うん、まあそんなところね」

彼女はどことなく落ち着かない面持(おもも)ちでそう答えた。立ち上がり、カップにハーブティーを注ぐ。

「あなたは？」

「うん、いまはいい」

「そう」

髪を掻き上げカップを口に運ぶ花梨は、いつもよりもちょっとナーバスになっているように見えた。彼女はぼくと同じようにプリントTシャツにスウェットパンツという姿だった。胸のイラストは記号。3つのドットと3つのダッシュ、そしてまた3つのドット。左右にあるドットの中央がちょうど彼女の胸の頂と重なっている。

「それなに？」とぼくは指さし訊いてみた。

「中身のこと？　それとも外側のこと？」

「おそらく」とぼくは言った。

「中身ではないと思うよ」

それは残念という顔で彼女が首を揺らした。

「トントントン、ツーツーツー、トントントン」

彼女はそう言いながら、人差し指でボタンを叩くような仕草をした。

「ああ、モールス信号かあ」

「そう、SOS。『save our soul』」

「SOSって、そんな意味だったの？」

「さあ、あとからのこじつけだって聞いたこともあるけど」

「それは花梨の心の声？」

なんとはなしに、そんなことを訊いてみた。

「だったら、あなたは助けてくれる？」

花梨は挑むような目でぼくを見ながら言った。

もちろん、とぼくはすぐに答えた。

一瞬、花梨は驚いたような顔になり、それからすぐに表情を戻すと静かにかぶりを振った。

「そんな安請け合いをしてはダメよ」

「安請け合い？」

花梨は、でしょ？　というように首を傾けた。

「ひとりの男性は、ふつうふたりの女性の魂を救うことはできないのよ」

なるほど、そういうことか。

「でも、ぼくはきみの親友だよ」

「そうね。でも人はいつまでも14歳のままではいられないわ」

「つまり？」

「さあ」

自分で考えてみてと、軽く突き放された。

「私が沈みゆくタイタニックだったとしても、あなたは駆けつけることのできない遠い洋上にいるのよ」

「これほど近くにいても？」

「ええ、これほど近くにいても」

すっかり考え込んでしまったぼくを見て、彼女がけらけらと笑った。

「大丈夫よ、気にしないで」

「でも」

「ほんとに。冗談をすぐ真に受けるんだから、まったく困った坊やね」

「ぼくのほうが年上だってこと忘れるなよ」

「たった43日じゃない。30年も生きてきたら誤差のうちよ」

ふむ。

「大丈夫？」とぼくは訊いてみた。

「ええ、大丈夫よ。早くおやすみなさい」

坊や、と言い添えてにっこり笑う。

ぼくは無言のまま彼女に向かって「憶（おぼ）えていろよ」というふうに人差し指を突き立て、それから階段を上った。

冗談めかした寸劇で、ぼくらは束の間の陽気さを取り戻した。

でも、部屋に戻ったぼくは少しも陽気ではいられなかった。花梨のことが気になる。

彼女は眠っていない。小人の靴屋の正体はおそらく彼女なのだろう。隠れるようにして飲んでいる錠剤、それと何か関係があるのだろうか。

ふと、子供の頃に聞いた彼女のうわさ話を思い出す。教室でいつもうつらうつらしていたという花梨。病院から出てくる彼女を見たと言うクラスメートもいた。

彼女には何か秘密がある。苦しみを抱え、助けを求めている。

save our soul
彼女に言わせれば、このぼくは遠い洋上にいるカルパチア号なのかもしれないけれど、それでもやっぱり駆けつけずにはいられない。

彼女が何か苦しみを抱えているのなら、そこから救い出してあげたいと思う。

けれど、14歳でないぼくらは、心のままに振る舞うことを許されてはいない。そのことを思うと、ぼくはなんだか手足に枷をはめられたまま、深い海の中を泳いでいるような気分になる。

8

さっそく次の日に父さんがショップにやってきた。こういうことに関してはまるで17歳の男子のようにフットワークが軽い。

ちょうど昼時だったので、夏目くんに店番をお願いして、ぼくらは坂の下にあるべトナム料理の店に生春巻きを食べに行った。

花梨は父さんのことを少しも変わってないと言い、父さんは花梨にきみは変わりすぎたと言い、花梨は例によって、変わったのは前髪ぐらいよと反論した。

じゃあ、鮮やかに輝いていたあの細いうなじはどこに消えたんだ？　と訊いてみたかったが、口にする前からすでに気分が萎えてしまった。一種の防御反応だ。

3人がひとつの席に会したことによる化学作用で、ずっと忘れていた記憶が次々と蘇ってきた。（つまるところ、それはほんの15年前の話なのだ。びっくりするほど昔ってわけじゃない）

夏の宵、コバルトブルーに染まった空を、一方の地平からもう一方の地平まで流れ星が弧を描いて飛んでいったこと。あとから考えればあれは人工衛星だったのかもしれないけれど、そのときのぼくらは必死になって願い事を唱えていた。さすがに何を願ったのかまでは忘れてしまった。

父さんは「もちろん私はきみたちの幸福を願ったよ」と言い、花梨は憶えているけど教えないと言った。

「14歳の女の子の願い事なんて、レベルAのトップシークレットなんだから」

あるいは、冬の夕暮れに風とともに運ばれてきた手紙付きの風船を拾ったこと。

手紙にはこう書かれてあった。

『ぼくは無事です。心配しないで』

花梨は鼻で笑ったけど、佑司はひどく興奮していた。

「誰かが、閉じこめられた部屋からこれを飛ばしたんだ！」

「これはそこらの中学生のいたずらだよ」と花梨は言った。

「そう都合よく部屋の中に風船があるか？　だいいち、そうだとしたら文面がおかしいよ。署名だってないし」

「ならば、どこかの無人島からかも」

「なあ、無人島のどこにヘリウムガスがあるっていうんだ？」

3人の思い出話は尽きることがなかった。それは花梨のニキビから黄昏時(たそがれどき)に飛び交うコウモリまでを繋ぐ、広汎(こうはん)で脈絡のない連想ゲームだった。

ぼくらは夏目くんのことを思って、あまり長居をする前に店に戻ることにした。

続きはまた今度。そう言って父さんは自分のマンションに帰っていった。

後ろ姿を見送りながら、ぼくは隣に立つ花梨に言った。

「ところで、レベルAのトップシークレットなんだけど」

「なに？」

「そろそろ公開する時期じゃないのかな？　情報公開法ってものもあるんだし」

「冗談でしょ」と彼女は言った。

「私の頭の中は独裁政権よ。秘密主義が基本なの」

なるほど。

＊

この週もおおむね前の週と同じように過ぎていった。

予備校生の奥田くんはやっぱりいつもの時間にやってきて、何も買わずに帰っていった。森川鈴音よりも少しだけ太くて、少しだけ胸の小さな女性スタッフを気にして、彼はこのところ少しだけ落ち着きをなくしている。新しい生徒を見つけた大学教授は、週1回というインターバルを崩して、最近は3日おきにやってくる。花梨はたちまちクリプトコリネのエキスパートになった。

ぼくらは117だか177だかのお茶を飲み、水草を梱包し、ショコラデニッシュを食べ、それからまた水草を梱包して毎日を過ごした。

あの夜からぼくは注意して下の様子を窺うようになった。

真夜中にそっと階段を途中まで下りて、目を凝（こ）らし耳を澄ます。

どの夜も、やはりカウンターの明かりは灯っていた。マグカップとポットがぶつかる音や彼女が気紛（きまぐ）れに叩くキーボードの音をぼくは聞いた。そして、ときには花梨がカウンターの中を移動するときにつくる影法師を見ることもあった。

彼女は眠っていない。あるいはほんの少ししか眠っていない（未明の彼女は不明だ）。

いわゆる不眠症というやつだろうか？　だとしたら、あの錠剤は睡眠薬という可能性もある。

花梨を気遣うことが美咲さんを裏切ることになるはずがない。少なくとも表面だけを見れば、ぼくは幼なじみの女性を心配しているよき友でしかないのだから。もし、そこに何かしらの問題があるとすれば、それは結局のところぼく自身の心の在りようなのだろう。ぼくがやましいと感じたなら、その行為はすでにやましいのだ。

だから、ぼくは自分自身に訊（たず）ねてみる。これはまだＯＫ？

でも、すでにぼくは悩み始めている。それゆえ曖昧（あいまい）で力のない返事しか返すことができない。

うん、たぶんＯＫ。でも、保証書はなし。

＊

週末のデートは、ぼくが美咲さんをアロマショップまで迎えに行くことになった。彼女の仕事が突然シフトしてしまい、昼まで抜け出せなくなったのだ。

その店は、静かで品の良い住宅街のマンションの1階にあった。ここを訪れるのは初めてだった。あまりにも控えめな店構えだったので、気付かずに通り過ぎてしまいそうになる。非合法の商品を扱う店だって、もうちょっと目立つ構えにするだろう。店の名が書かれたプレートはポストカードぐらいの大きさしかなかった。

『aromahouse euphoria』

店内もすごく狭かった。ちょっとした家庭のクローゼットルームぐらいの広さしかない。壁一面にアロマオイルの小瓶が並び、その一番奥に小さなカウンターがある。美咲さんはその中にいた。彼女が小柄なわけが何だか分かったような気がした。

「いらっしゃい」と美咲さんは言った。

「あと30分で終わりますから、そこの椅子に座って待っていてください」

ぼくは言われるままに脚の長い木製の椅子に腰を下ろした。ぼくが店内を見回していると、美咲さんが弁解するような口調で言った。

「すごく狭いでしょ？　でも、お家賃とか考えるとこれが精一杯なんですって」

「うん、それは分かります。広ければいいってもんじゃないし」

それに、とぼくは両手を広げて、ぐるりと身体を回した。

「充分すぎるほど商品は充実しているじゃないですか。すごくいい匂いだ」

「100種類はあります。オーナーである私の叔母がヨーロッパに直接買い付けに行ってるの」

「へえ、美咲さんも一緒に行くことはあるんですか？」

「一度だけ」と彼女は言った。

「イギリス、フランス、それから東ヨーロッパもまわりました」

「それは、すごいね」

遠山さんは？　と彼女が訊いた。

「海外はどこか行かれたことあるんですか？」

まさか、とぼくはかぶりを振った。

「飛行機が大嫌いなんです。あんな鉄のかたまりが空を飛ぶなんて信じられない。まだ、ペンギンは空を飛ぶんだよって言われたほうが信じられます」

彼女はくすくすと笑い、手にしたボールペンの頭を鼻に当てて少し考えてからさらに訊ねた。

「でも、どうしても海外に行かなくちゃならないことになったら、どうします？」

新婚旅行とか、と早口で言い添える。最後の部分は気付かなかったふりをして、ぼくは愛想よく答える。

「そうだな、そのときはチルド輸送で向こうに送ってもらおうかな」

彼女は声を立てて笑い、「それはいいアイデアですね」と言った。

どことなく作り物めいた明るさが漂い始めていた。こういうのはよくない傾向だ。それぞれが自分を演じる下手くそな役者みたいになってしまう。出だしはいつだってこんなふうにぎこちない。

「そう言えば」と思い出したように美咲さんが言った。

「やっぱり、鈴音さんが花梨さんで間違いなかったの？」

ほんとは、真っ先にこれを訊ねたかったはずだ。分かっていたんだけど、ぼくもすぐには切り出せずにいた。

そうです、とぼくは頷いた。

彼女は困惑の表情を顔に浮かべる。ある意味すごく率直だ。

「じゃあ、なんで花梨さんは突然いまごろ――」

「なんか、仕事を離れて、自分の来し方を振り返ってみようと思ったって、そう言ってたけど」

「何かあったのかしら？」

「何かって？」

「だって、仕事を辞めてしまったわけですよね？　そして自分の人生を振り返るように、昔の友人を訪ねるなんて——」

美咲さんは宙を見つめ、少し考えてから先を続けた。

「何か余程のことがあったんじゃないのかしら？　だって、女優の仕事だってすごくうまく行ってて、これからって時だったのに」

「うん、そうですよね」

花梨が眠っていないことは言わないでおく。それはあまりフェアでないやり方で知った事実だし、すごく個人的な問題だし、なによりも、ここで口にするには不適切な事柄のように思えたから。

「花梨さん」と彼女は言った。

「ずっと自分のこと遠山さんには黙ったままでいるつもりだったのかしら？」

「それは、なかったようですよ。ぼくが気付かないんで意地になってたって、そう言ってたから」

「ああ、そうなんですか……」

そこで、彼女は再び考え込む。

美咲さんの困惑はよく分かる。いままでは、正直に話してしまったことを後悔もしている。どこまでを伝えて、どこまでを秘めておくべきなのか、その匙加減はとても難しい。ぼくは策士と言うよりは、明らかにそれに踊らされる血の巡りの悪い一群に属している。だから、この手のことに関しては、いつだって赤ん坊の伝い歩きのように危なっかしくて覚束ないままだ。

ほんとはぼくの店に新しい女性スタッフが入ったということだって、言わずにおけば良かったのだ。けれど、花梨がバラの匂いが好きだって言うものだから、美咲さんとの電話でふいに沈黙が訪れたとき、そこから逃れようとしてつい教えてしまったのだ。そうなると、その先はもう隠し事はほとんど不可能となる。美咲さんが「新しい女性のスタッフの方に」ってバラのオイルを手渡してくれたときに「ああ、そう言えばなんてお名前なんですか？」って彼女が訊いて、森川鈴音って正直に答えると、「あの森川鈴音⁉」って驚くから、ぼくも調子に乗って「そう、あの森川鈴音がうちにいるんです」って自慢げに言ってしまった（さすがに寝泊まりしていることまでは黙っていたけど）。しかもその後、彼女にいつもの昔話をしている最中に鈴音イコール花梨という図式に思い当たり、興奮してその場でべらべらとありのままを伝えてしまった。

あれはまずかったのでは？　と気付いたのは、その夜ベッドに入ってからだった。

電気パルスの代わりに小人が伝言ゲームで神経情報を伝達しているのかもしれない。

きっといまお腹が空いてるのだって、昨日の空腹の分なのだろう。我ながら感心してしまう。

美咲さんは、どんなふうに考えているのだろう?

彼女の視点から見れば、ぼくは「彼」ということになる。

彼は結婚紹介システムで知り合った3歳年上の男性だ。どのようなマッチングシステムによって選び出されたのかは分からないけど、とにかく4万5000人の会員の中からコンピューターが、「この人!」と言って推薦してきた男性なのだ。

2度目のデートまでは互いに相手の顔よりも喫茶店のテーブルの木目ばかり見つめていた。けれど3度目のデートで彼が古い友人との思い出を語り始めた頃から、急速にふたりの距離が小さくなっていった。いよいよ、恋が始まるのかもしれない——(いや、これは、あのときぼくが思ったことだ。でも、彼女もそう思っていたと思いたい)。

ところが、この辺りからちょっと様子がおかしくなってくる。

彼が経営するアクアショップに、ひとりの女性がスタッフとして雇い入れられる。女性の名前を訊ねると彼は「森川鈴音」だって答える。あの森川鈴音? ミネラルウォーターとパーソナルコンピューターのCMに出ていたあの女優の? しかも、彼はデートの終わりが近付いた頃、突然興奮してべらべらとしゃべり出す。その女優であり、いまは彼のショップのスタッフである森川鈴音が、実は彼が語っていた思い出話の中の古い友人だったのだと。彼もいまようやく気付いたようで、すごく興奮している。しかも、なんだかとても嬉しそうだ。

そして今日。

カウンターに収まり、ボールペンの頭を鼻に当てながら考え事をしている美咲さんの表情は重い。翻ってみれば、その気持ちは容易に推測できる。もし彼女のもとに、突然幼なじみの男性が現れて、しかもその男のランクがトリプルAだったりしたら、ぼくだって心穏やかではいられない。ぼくらはそういう運命的な出会いとはもう縁がないと思ったからこそ、コンピューターに相手選びを委託したのだ。そして二進法の神が引き合わせてくれた相手を将来の伴侶と見据えて、真面目にゆっくりとその関係を進めてきた。ぼくらはまだ始まったばかりなのだ。

「ねえ」と顔を上げて美咲さんが言った。

「今日、このあと、遠山さんのお店に行ってみたいんですけど」

「うちの？」

ええ、と彼女は頷いた。それから視線を逸らし、壁の棚に並ぶ遮光瓶を見つめる。

「だって、こうやって私が働いているお店を遠山さんが見たんだから、こんどは私が遠山さんのお店を見てみたいです」

なるほど。でも、そんな理由じゃないことはふたりとも知っている。知っているけれど、そのことには触れないでおく。

ぼくは少し驚いていた。美咲さんがこんなふうに行動を起こすことのできる女性だったってことに。なんて言うか、もっと控えめで受け身的な女性だと思っていた（おそらく彼女の本質はそうなのだろう）。でも、今日の彼女は勇気を出そうとしていた。そして、それ故に彼女は一段と魅力的に見えた。

ぼくはもっと美咲さんを好きになりたかった。彼女こそ、ぼくがずっと探し求めていた、たったひとりの女性だったんだって思えるくらいに。ぼくは、おそらく救いようのないくらいの奥手でロマンチストなのかもしれないけれど（いや、そもそも救いようのないロマンチストだったからこそ、結果として奥手になってしまったのだ）、夢を見るのはぼくの自由だし、その夢を現実にしようと努力をすることだって、ぼくの自由なはずだ。非ロマンティックで実利的な人間には好きに言わせておけばいい。

無味乾燥なマッチングシステムが選び出した組み合わせだとしても、ぼくは彼女との出会いを運命的なものなのだと思いたかった。運命という言葉は、ぼくらの意志を超えた大いなる力の存在を感じさせるけど、ふたりにとっては、それがたまたまシリコンチップに焼き付けられた配線パターンだったというだけのことだ。

そうやって運命が導いてくれた女性に、ぼくは誠実でありたいと思うし、責任のようなものも感じている。他の誰でもない、このぼくが彼女のパートナーに選ばれたのだということに。だから、心を惑わせてはいけない。まあ、すでにかなり動揺してはいるけど、これは一種のアクシデントなのだから、不可抗力だと認めて欲しい。とにかく、ぼくは——

「このお店ですか？」

考え事をしているあいだに帰り着いてしまった。一種のスキップ再生みたいなものだ。

「そうです、ここがぼくのお店、『トラッシュ』です」

「すごく可愛らしくて素敵！」

「嬉しいです。そう言われたのは初めてだ」

「そう？」

「ええ。ずいぶん狭いんだね、とはよく言われるけど」

「でも、うちに比べたら」

「ああ、それはそうですけど」

ぼくは中に入りますか？　と彼女に目で訊ねた。彼女はこくりと頷き、お願いします、と目で答えた。一瞬、ぼくらのあいだに微かな共鳴が生じた。ふたりとも、事の成り行きに不安を感じていたから、あるいはそのせいだったのかもしれない。

ドアを開け、横によけて美咲さんに道を譲る。彼女はゆっくりと、慎重な物腰で店の中へ入っていった。

あとから続くと、彼女は入ってすぐにある180㎝のディスプレイ水槽の前に立ち尽くし、両手で口を覆っていた。

「これが、遠山さんの言ってた水草なの?」

そうです、とぼくは頷いた。

「全然、想像と違ってました。こんなに綺麗だったなんて……」

「みんなそう言います。やっぱり、見てみないとね」

「ええ、分からないものですね」

彼女はしばらく水槽の前から動こうとせず、緑あふれる水の空間をじっと見つめていた。

「ゆらめく光が綺麗……」

彼女が溜息(ためいき)のように言った。

「リズムが」

「そう、水の揺らぎって独特のリズムがありますよね」

「ええ、きっと湖の底から水面を見上げていたら、こんな気持ちになるんでしょうね」

「ああ、そうかもしれない。水草のしとねに横たわりながら――」

ヤッホーイと呼ぶ声が聞こえて、奥を見ると花梨がカウンターの中で手を振っていた。

「お茶をいれようと思うんだけど」と彼女は言った。

なんとなくばつの悪い思いがあって、ぼくは必要以上に大きく頷いた。

「ああ、うん。お願いするよ。177だよね」

花梨はぼくらのところまで歩いてくると、上品な笑みを浮かべた。おそろしく優しい口調で訂正する。

「そうじゃないわ。117だって前に教えてあげたでしょ？」

ああ、そうだった。

「で？」と花梨はぼくに訊ねた。

「お隣の女性は誰ですか、店長？」

ぼくのことを店長だなんて一度だって呼んだことないのに。

「ああ、ええと」と、なんとか態勢を立て直し美咲さんの背中に手を添えた。彼女はすっかり大人しくなってしまっている。

「柴田美咲さん」とぼくは言った。

「そして、こっちが花梨、滝川花梨」

なんで私だけ呼び捨てなのよ、と目で抗議しながら彼女は美咲さんに手を差し出した。

「初めまして」とにっこり微笑(ほほえ)む。

「ブルガリアローズ、どうもありがとう」

いいえ、別にそんな、とか美咲さんが口の中で小さく呟いている間に、花梨が彼女の手を取って優しく握りしめていた（「よろしく、智史の友達なら——」ってやつは、なしだった）。

ふたりが並んでいる姿を見ると、その差異にあらためて驚かされる。とくに身長の違いは圧倒的だ。美咲さんは花梨の口元ぐらいまでしかない。手の大きさだってずいぶん違う。怯(おび)えている美咲さんの表情だけを見ていると、まるで花梨が彼女を襲っているみたいだ。

美咲さんはそのすべてが柔らかな曲線でつくられている。けれど、花梨の印象はとても鋭角的だ。アール・ヌーボーとアール・デコの競演といった感じ。

「待っててね、いま、お茶をいれてくるから」

カウンターに戻る花梨の後ろ姿を見つめながら、美咲さんが、ふうと息を吐いた。

「圧倒されちゃった。いつもＴＶで見ていた森川鈴音さんが目の前にいるんだもん」

ぼくはＴＶの花梨を知らないから、こういった気持ちはよく分からない。

「きれいな人ですね。なんか、生身の女性って言うより、お人形さんみたい」

「ずいぶん、大きな人形ですけど」

「ええ、そうですね。あんな背の高いひとだったなんて。TVじゃ分からないものですね」

「それに、男勝りの性格もCMじゃあ分からないしね」

「ああ、そうですよね。彼女は、あの花梨さんなんですよね」

「そういうこと」

ねえ、とカウンターから花梨がぼくらを呼んだ。

「こっちに来てよ。そっちじゃカップを置く場所もないから」

ぼくらは顔を見合わせ頷き合い、奥へと移動した。

「そこに座って」と花梨が促す。スツールが2脚置かれていた。

ぼくと美咲さんはカウンターを挟んで花梨と向かい合うようにして座った。

「さあ、どうぞ」と花梨がカップを差し出す。

いただきます、と言って美咲さんがカップを口に運んだ。一口飲んで、ぱっと顔を上げる。

「おいしい！」

「でしょ？」と嬉しそうに花梨が身を乗り出した。

「スリランカ紅茶とローズヒップのブレンドなの」

「それに、ハイビスカスも入っているみたい」

「そうなの？　すごい、さすがね」

「いえ、仕事ですから」

「アロマショップなんですってね。素敵な仕事よね」

「そんな」

「私も憧れてたの」

「ほんとですか？」

「ほんとよ、ほんと。だって、気持ちのいい香りと可愛らしいガラス瓶に囲まれて暮らすなんて、私の理想だもん」

なんだか、ふたりは出だしから打ち解け合っているように見えた。女同士ってこんなもんなんだろうか？　ひとしきりアロマの話で盛り上がる。すごく自然だ。美咲さんもくつろいでいる。ぼくは読み間違えたのか？　緊迫した探り合いや、難解なアルゴリズムを駆使した当てこすりの応酬、そんなものを予測して緊張していたのだが、どうやらそれは心気症的先読みに過ぎなかったらしい。

「ねえ花梨さんは、遠山さんと中学の時、ずっと一緒だったんですよね？」

すっかり表情の和らいだ美咲さんが、花梨にそう訊ねた。

「ええ、そうよ」

「遠山さんて、どんな男の子だったんですか？」

「どんなって――」

花梨はぼくの顔をじっと見つめ、それからふいに笑い出した。

「どんなもこんなも、このままだったわ。全然変わってないの。びっくりするくらい」

「遠山さんも自分でそう言ってました」

「よく自覚してるわ。偉いじゃない」

すでに彼女はこの言葉で地金を出しかかっていたが、本人は気付いていないみたいだった。

「髪型もこのままよ」と花梨は続けた。

「変なクセがあって、うねってる髪を変なところで分けてるの」

「変な変なってどこがだよ？」

彼女はそれに答えず、美咲さんの顔を見て、ね？　と首を傾げた。美咲さんもちょっと悩んだ後、ええまあ、と頷いた。

「ほら」と花梨がぼくに言う。

「ああ分かったよ。多数意見だ」

ふたりでくすくす笑い合うのを見てると、なんだか不思議な気持ちになる。つまり、この場の妙に親密な空気が。

「なんか不思議です」

美咲さんの言葉にはっと顔を上げる。ささやかな共時性。

「だって」と彼女は続けた。

「遠山さんが、こんなにくつろいで自然に話をしているの初めて見たから。ちょっと乱暴な口をきくところとか、新鮮に聞こえます」

「そうかな？」

「智史は人と慣れるまでにすごく時間のかかる人間だから、きっとまだドアの辺りでもたついてるんでしょう」

「中学の時も？」と美咲さんが訊いた。

「ええ、そうよ。第一印象はすごく取っ付き悪かったもん。私てっきり嫌われてるんだと思った」

「それは、言い過ぎだよ」

「そんなことないわよ。なんだこの女？って顔してたもん」

「いや、それは――」

「なんか暗い少年だったわよね」

「まあ、ご陽気ではないって程度にはね」

「背ばっかり高くて」

「そうなんですか？」

「ええ、学年で私よりも背の高い男子って、彼とあと数人しかいなかったから」

ひょろひょろで、青白くてと花梨は続けた。

「おまけにいつも中耳炎患っていて」

「水草が好きで？」

美咲さんが訊いた。

「そう、暇さえあれば水の中覗き込んでるの。知らない人が見たら異様な光景よ。排水溝だろうが水溜まりだろうが、とにかく水っ気があるとそこに顔くっつけて、じっと観察してるの」

花梨は眉あいにしわを寄せ、溜息を吐いた。

「私と佑司でつねづね言ってたのよ。ほんと智史って変人だよねって」

思わず吹き出してしまう。（もちろん、誇張法的表現ではあるけれど）

「きみたちだけには」とぼくは花梨の鼻先に指を突きつけた。

「言われたくないね、絶対に」

「だけには、って何よ」

「あれ？　気付いてなかったのかい」

「何を？」

「つまり、佑司がキウイで、きみがペンギンだってことだよ」

「何それ？」

「別に」

美咲さんがくすくす笑っている。

「なんか、中学の頃のふたりが見えるみたい」

その言葉でぐぐっとブレーキが掛かる。歩速を合わせることが大事なのに、ぼくが突っ走ってどうする。花梨を見ると、彼女も強ばった笑みを見せ、固く口を結んでいる。

「今度は」と美咲さんが言った。

「褒めてください、14歳の遠山さんを」

ふいに胸が痛くなる。美咲さんの誠実さに。彼女は良きパートナーであろうとしている。このぼくの。こんなぼくの。

「うん」と花梨が言った。軽く咳払いをしたあと、神妙な面持ちで続ける。

「ここは智史を褒める場面なのよね。それが私の役目だ」

それから花梨はぼくの顔を真剣な表情で見つめた。そのままで何秒か過ぎる。さらにもう何秒か。

「ええと」とようやく彼女が口を開いた。

「まあ、いいやつよ、とにかく」

「思いつかなかったな」

ぼくが言うと、花梨は器用に左の眉だけ吊り上げた。

「違うわ。難しいのよ、褒めるのって。なんだか――」

「照れてしまうとか？」

美咲さんが訊ねた。驚いたような表情で花梨が彼女を見た。微かに――ほんの微かに花梨の頬が色づいた。

「そんなんじゃないって。ただ、言葉がほら、見つからないのよ」

美咲さんが鷹揚に頷いた。3歳年下で、はるかに小さな彼女に花梨が押されているようにも見える。

「わかった」と花梨はぼくらに両手のひらを向けた。

「ちゃんと言います。具体的に」

花梨は上唇を舐め、まず、と人差し指を立てた。

「14歳の智史は走るのがすごく速かった」

「走る？」

「そう、彼速いのよ、とっても」

「知りませんでした。そのこと」

まだ話してなかったの？という目で花梨がぼくを見たので、まあね、と目で返す。

「青草の茂る土手を飛ぶように駆けていくの」

花梨が言った。

「シュッシュッて水切りの石みたいに土の上を跳ねながら」

花梨は小さく首を揺らし、女優っぽい笑顔を見せた。

「いまでも走っていたら、美咲さんに格好良いところ見せられたのにね」

「いまでも走っているよ」

うそ、という目で花梨がぼくを見た。それから「うそ」と言う。

「だって、一度も練習しているところ見たことないわよ」

「うん。いまはオフシーズンだから」

ぼくは言った。

「秋の記録会がぼくのメインレースなんだ。だから、本格的にトレーニングを始めるのは梅雨が明けてからだよ」

花梨は無言のままぼくを見ている。

「見に来てよ。美人ふたりに応援されたら、きっといい記録出せると思うからさ」

「行きます」と美咲さんが熱のこもった声で言った。

花梨も、「そうね」とこちらは妙に温度の低い声で応じた。

「ふたりで応援してあげる。ポンポン持って、白いハイソックス履いて」

ありがとう、とぼくは言って会釈してみせる。

「心強いよ」

花梨は耳の両脇で、夏みかんほどの大きさの架空のポンポンを振りながら、ヤァヤァヤァと気のない応援をしてみせた。それが大して面白く感じられなかったのか、ふいに真顔に戻って視線を落とす。

「まあ、なんていうか」

彼女はさらに温度を下げたおざなりな調子で先を続けた。

「そこそこいい男だったわよ。あの頃の智史は」

顔を上げ、美咲さんに微笑んでみせる。

「走ることと以外はたいていが平均よりは下だったけど、その要領の悪さみたいなところも含めてね」

そこで彼女は空になった3つのカップに気付き、立ち上がって奥のポットを取りに行った。ぼくらに背を向けながら続ける。

「智史のいいところは、しっかりと自分というものを持っていたってことよね。たった14歳なのに」

ぼくの隣で美咲さんが小さく頷く。

「全然孤立することを恐れていなかった。人と同じようにしようなんて、そんな気まったくないの。自分だけを信じて、少しもゆるぐことがなかった」

花梨は新たにお湯を足したポットを持って戻ってきた。少し薄いかも、と言いながらカップに注ぐ。

「でね」と彼女は続けた。

「それでいて、まったく肩に力が入ってないのよ。自然体なの。とことん無自覚でリラックスしている」

花梨はそこで視線を落とし、カップを口に運んだ。一口飲んで、はぁ、と溜息を吐く。

「羨(うらや)ましかったわ」

彼女は独り言のように呟いた。

「私にはとても真似(まね)のできないことだった。あの頃の私は過剰なまでに自分というものを装って自家中毒に陥っていたから」

だから、と彼女は間を置かずに言葉を継いだ。

「憧れてた。目を逸らすことができなかった。一緒にいることで同化したかったの」

そこまで言うと、花梨はさっさと自分の言葉の後ろに退いてしまった。自分が迷走したことすら気付いていないような、ひどく無頓着（むとんちゃく）な表情をしていた。

　おそろしく気詰まりな沈黙が訪れた。

　この瞬間、ぼくが口にするに相応（ふさわ）しい言葉というものがあったのかもしれないけれど、100年かかってもそれを見つけることはできそうになかった。

　憧れていたって？　花梨がこのぼくに？　信じられない。そんなことって、あるんだろうか。彼女こそが憧れの的であって、自信たっぷりのゆるぎない存在であって、最高に格好いい14歳だと思っていたのに。

　横を見ると、ぼく以上に美咲さんはショックを受けているようだった。

　この店は美咲さんにとって仮想の戦場だった。彼女は仮想のブービートラップを避けながら進む仮想の女性兵士だった。それでも彼女はみごとに尊厳を保ちながらきちんと自分をコントロールしていた。ぼくらが行き過ぎたときも、ちゃんと（笑みさえ浮かべながら）方向を修正してくれた。

　けれど、いまの彼女は進むべき方向を見失っていた。どう見ても退路はなかった。

　美咲さんは、おそらく微笑もうとしていたんだと思う。それがいまの状況に一番相応しい表情なのだと思って。でも、少しもうまくいってなかった。彼女の強ばった笑顔は、どこか痛々しげだった。

「なんにしても」と花梨が言った。

「15年も昔の話よ」

髪を掻き上げ、美咲さんに微笑む。

「だから、心配しないで」

マッチポンプとまでは言わないが、どこか矛盾のある言動だった。それが意図したことかどうかは分からないけど、いずれにしても花梨らしくなかった。

「時は過ぎてゆくもの。1秒にきっちり1秒ずつ。それは、私も智史も同じ」

15年よ、と花梨は繰り返した。

「たしかに、友情はいまでも続いているけど、それ以上のものは何もないわ」

ね？　と同意を求められ、反射的に頷く。この場面であらためて自分の心をじっくりと覗いてみる気にもなれない。

「別に言うほどのことでもないと思ったんだけど、ちょっと変なこと口走っちゃったから」

花梨は言った。

「だから、念のため」

ぼくらふたりの顔を順に見て、固い笑みを見せる。それでもぼくらが次の言葉を見つけ出せずにいると、花梨はさらに先を続けた。

「それに、いずれ私はここから離れて、ちょっと遠いところに行く予定になってるし」

え？　とぼくは思わず声を上げていた。

「しばらくはここにいるって言ってたよね？」

「ええ。だから、すぐってわけじゃないのよ。まあ、いずれ時機が来たら」

「遠いところって、どこへ行かれるんですか？」

美咲さんが訊ねた。

「また地球の裏側とか？」

ちょっと不安になって訊いてみる。

「まさか。生まれ育った町に戻るだけ」

「あの町に？」

「ええ。まさしく原点回帰よね」

この答えに、ぼくは少しほっとした。

「そんなわけだから、美咲さん」

そう言って花梨は美咲さんに向けて、わずかに身を乗り出した。

「智史をよろしくね」

美咲さんは戸惑うような表情で、花梨とぼくの顔を交互に見比べていた。

「智史が幸せになれるかどうか、それが気がかりなの。なんと言っても、古い友達だから」

「ええ――」

「それを確かめるためにここに来たっていうのもあるの。ほら、このひとちょっと人づき合いが上手にできないってところがあるでしょ?」

お節介かもしれないけど、と彼女は言った。

「気になっちゃうのよね。友達として」


ぼくは美咲さんを駅まで送っていった。

道中ふたりは当たり障りのない会話に終始した。基本的にぼくらは率直さというものに慣れていない。緩叙法や婉曲的な言い回しこそが、ぼくらの共通言語なのだ。もうちょっと時間を置いてからでないと、今日の午後のことは語り合えそうにない。

彼女を改札の外で見送り、店に戻ろうとしたところで夏目くんと鉢合わせになった。

彼は駅向こうのDIYショップに買い物に行った帰りだった。

「いまの女性が例の紹介システムのひとですか」

夏目くんが訊いた。彼は小さな革のリュックサックを背負い、深紅のロードレーサーにまたがっていた。つい最近購入したイタリア製のカーボンモノコックフレーム。

実は密かにぼくもこれに憧れている。どれだけの水草を売ったら手に入れることができるのだろう？　それを考えただけで意識が一瞬遠のきそうになる。

「うん、そうだよ」とぼくは答えた。

「美咲さんていうんだ」

「後ろ姿だけしか見えなかったけど、可愛らしい感じの女性じゃないですか」

「そう思う？」

「はい」

「それは、一般論で言って？」

うーん、と珍しく夏目くんが考え込む。

「どうでしょう。いや——」

「別に悩まなくても」

「まあ、そうなんですけど」

今日は誰もが調子をおかしくする日なのかもしれない。

そう言えば今夜は満月だ。

＊

ケヤキの葉の隙間から、銀色の月が見えていた。やけに大きな月で、目を凝らせば水のない海にはためく星条旗すら見えてきそうだった。

花梨はどことなく上機嫌でぼくの隣を歩いている。ふたりでベトナム料理を食べた帰りだった。

「おいしい春巻きだった」

彼女が言った。

「花梨はあれが好きだね？」

「ええ、大好きよ。あとどれくらい食べられるかしら？」

「それは花梨がいつ旅立つかによるね」

ああ、と言って彼女は視線を落とした。

「そうね」

「ほんとに行くの？」とぼくは訊ねてみた。

「ええ、ほんとよ。それが旅の終わり」

「原点回帰の旅だ」

そう、と花梨が頷いた。

「正直ショックだったよ」とぼくは言った。

「なんか、花梨があの店にずっといるように勝手に思い込んでいたから」

花梨は嬉しそうに笑った。

「15年離れていても大丈夫だったんだから、今度も大丈夫よ」

「大丈夫？」

「私たちの友情」

ああ、そうだね。

花梨がさりげなくそっと腕を絡めてきた。ぼくの左側が柔らかな感触に包まれた。

「あなたの言ったとおりね」

花梨が言った。

「何が？」

「小さくて、柔らかくて、愛らしい」

「ああ、美咲さんか」

「それに強いところもある」

「うん」

「安心した」

「そう？」

「しっかり者だわ。私のほうがよほど弱虫よ」

「そんなことはないだろ？」

彼女はかぶりを振り、長い髪を掻き上げた。

「ほら、今日のことって突然だったでしょ？　心の準備が出来てなくて」

「たしかに急だったけど」

「スワット並みの急襲よね。おかげでこっちは大暴走」

「つまり、花梨はあのとき取り乱してたってわけ？」

「ええ、そうとも言えるわね」

「でもなぜ？」

さあ、と花梨はしらばくれた。

「とにかく焦っちゃったわけ。だからあることないこと――」

「ないこと？」

「まあ、まったくないというわけじゃないけど、50パーセント増しぐらいに話を膨らませてしまったかも」

「なるほど」とぼくは言った。

「やけにどこかの誰かが格好良すぎると思ったよ」

彼女は嬉しそうに喉をくっくと鳴らした。身を震わせる彼女の重みを腕に感じる。

「主観的評価なんてそんなものよ」

「憧れていたんだってね」

「あたりまえじゃない」

ことさら強腰の口調で言う。

「そうじゃなきゃ、キスしようなんて思わないでしょ？」

「どうだろう？」とぼくは首を傾げた。

「同情票的なキスもある」

「まあ、そう思うのはあなたの勝手だけど」

「慣れてないんだよ、こういうのに」

「そう言って、あなたはたくさんの女の子を傷つけてきたのかもよ。鈍感というのも、ある意味罪よね」

ふむ。

「いずれにしても15年も前の話よ。ろくに毛も生えそろっていない頃のお伽噺（とぎばなし）」

「えっ、そうだったの？」

組んでいる腕の肘（ひじ）で、思い切り脇腹を小突かれた。

「いまは私たちも大人になったって話でしょ？」

「なるほど」

ぼくは寄り添う彼女の温もりを意識しながら、春の夜空を仰ぎ見た。満月はぼくらの歩みに合わせて、並木の梢（こずえ）の上をゆっくりと移動していた。

「あの町に戻って、そのあとは」

ふと思い出して、ぼくは訊いてみた。

「どこへ行くつもり？」

さあ、と花梨は他人事のように気のない返事を返した。

「どこに行こうかしらね」

「決めていないの？」

「そうね。ちょっと長い休暇を取ろうと思って。あとはそれから」

「どこか具合が悪いわけじゃないよね？」

小さな動揺が触れた肌を通して伝わった。

「なぜ、そう思うの？」

抑揚のない声で彼女がそう訊ね返す。そこでぼくは悟った。やっぱり彼女は何かしらの問題を抱えている。

「眠ってないからさ。それに薬みたいなの飲んでるし」

正直にぼくは答えた。それが真実に近付くための方法だと信じて。

花梨は何も言わない。ただ黙って自分の爪先(つまさき)を見つめながら歩いている。

ぼくは自分がすでに引き返せない場所にいることに気付いた。知っているということを知られてしまったのだから、あとはもう手持ちのカードを一枚ずつ開けていくしかない。

「何日か続けて下の様子を見てたんだ」

ぼくは言った。

「真夜中になっても花梨は眠っていないよね？　コンピューターを調べたら、データの更新時間が明け方近くになってたし」

彼女は小さく頷いた。肯定というより、「聞いてるわよ」というサインみたいな頷き方だった。

「何か悩みがあって眠れないとか？」

今度は花梨は首を傾げた。否定というより、自分でも分からないというような素振りだった。

「結局、モデルの仕事を辞めて原点回帰の旅に出たのだって、何かがあったからってことなんだろう？」

花梨が立ち止まった。腕を解き、両手で髪を掻き上げ、銀色の月を見上げる。

「勘が悪いクセに」と花梨は言った。

「なんでこういう時だけ、こうも頭が回るのかしらね？」

彼女は指で目の縁を擦り、それからぼくを見た。

「まったく眠ってないってわけじゃないわ」

彼女は言った。

「少しずつ眠るようにはしてるのよ」

　穏やかな口調だった。

「それでもやっぱり疲れるからサプリメントを摂って、それで体調を維持しているの」

　珍しくぼくの勘は冴え渡っていた。彼女が言うとおりだ。あるいは満月が及ぼした作用なのかもしれない。だから、すぐに気付いた。花梨は真実を語っていない。

「モデルや女優の仕事って、そりゃもう大変なのよ」

　考えてもみて、と花梨は言った。

「この国のどれだけのひとが私の顔を知ってると思う？」

　10代から30代の男性の80%は知っている、と夏目くんは言っていた。考えてみたら、とんでもない数だ。しかも、花梨を知っている人間のそのほとんどすべてを彼女は知らないのだ。

「そのプレッシャーってなかなかなものよ。それで、みんなが言うわけよ。最近森川鈴音は、ちょっと太ったんじゃないか？　って。1000万の人間が、私が3日間エクササイズをさぼった結果を気にしてくれるわけ。嬉しくて涙が出るわ」

　うん、とぼくは頷く。

「まあ、とにかくすべてがそんな感じなのよ。大きいことから小さいことまでいろいろあって。で、私の繊細な心はそれに耐えきれなくなっちゃったってわけ」

なるほど。まるで本当の話みたいだ。そこで花梨は大きな溜息を吐いた。助演女優賞クラスのリアルな溜息だった。でも、ぼくが信じたいのは、彼女がぼくに見せまいと堪(こら)えていた涙のほうだった。あそこにこそ彼女の真実があるはずだ。

ふーん、とぼくは頷いた。

なによ? という顔で彼女がぼくを見る。別に、という目でぼくは彼女を見返す。

「ま、いいけど」とぼくは言う。

「どういう意味?」

「ま、いいけどって意味じゃないの?」

花梨がじっとぼくの顔を見ている。ぼくは平然とその視線を受け止める。

「言いたいことがあるなら言ってよ」

「ないよ」

ぼくは愛想よく答える。

「いまはね」

ふん、と彼女は鼻を鳴らし、それから乱暴にまた腕を絡ませた。

「帰ろう」

「そうだね」

言いたくないなら、構わない。でも、ぼくは花梨を見捨てる気はないし、いずれ彼女に真実を話してもらえる日が来ると信じている。

だからいまは、ここでお終い。

＊

その次の日、バックヤードでふたりきりになったときに夏目くんが奇妙なことを言った。

「店長、花梨さんのことなんですが」

ぼくらは水草を詰めたビニールの袋にエアーを注入する作業をしていた。

「うん、なんだろう？」

「彼女、薬を飲んでますよね」

「ああ、夏目くんも気付いた？」

はい、と彼は頷いた。

「あの薬なんですけど——」

そこで、彼はカウンターにいる花梨の様子を窺う素振りを見せた。耳を澄ませ、彼女がキーボードを叩いている音を確かめると、夏目くんは声を潜めて言った。

「ちょっと、あまり良くない噂も聞いているので」

　え？　と声を上げ、すぐに自分の口を手で塞（ふさ）いだ。水草の青っぽい匂いがした。

「なんの薬だか分かったの？」と今度は囁（ささや）くように訊ねる。

「はい。昨日花梨さんが手にしているところを見ちゃって、それでなんとなく気にかかっていて、夜帰ってから調べてみたんですが、あれって、多分興奮剤の一種だと思います」

「興奮剤？」

「はい。バンコクに行ったときに、向こうのスタッフのパーティーに呼ばれて、そこで見たことがあったんです。記憶が曖昧だったんで、もう一度調べてみたら、やっぱりそうでした」

「でも、なんで花梨が――」

「いや、もともとはあの薬、睡眠発作の治療薬として開発されたものなんです。だから、あるいは花梨さんも、本来的な目的で服用しているのかもしれませんけど」

「睡眠発作？」

「ようするに、突然眠ってしまう病気です」

「眠る――」

　何かが繋がった気がした。クラスメートたちの噂。そして、奇妙なほど精気に満ちていた放課後の花梨。薬が彼女の活力を生み出していたという可能性はある。けれど、ならばなぜ彼女は夜も眠らずにいるのだろう？　夜、ベッドの中で眠ることには、なんの不都合もないはずなのに。何か、彼女だけの特殊な事情があるのだろうか？

「夏目くん」とぼくは言った。

「はい」

「このことは、とりあえずぼくらふたりだけの話ということにしておいて」

「はい、そのつもりです」

「いずれ、花梨が教えてくれると思うから、それまでは――」

「わかりました」

夏目くんはそう言って、静かに頷いた。

9

カウンターの上に置かれた電話が鳴った。取ったのは夏目くんだった。2、3度頷いたあと、彼は顔を上げぼくを呼んだ。

「店長、電話です。都内の病院だそうです」

すぐに父さんの顔が頭に浮かんだ。胸に不安の痛みが走る。高齢な親を持つ子供のごく一般的な反応だ。それでも表面は冷静を装い、夏目くんから受話器を受け取った。もしもし、と言うと、電話の相手が再び病院の名と所在を告げた。続けて「遠山さんですか？」と訊ねる。

「はい、そうです」

「つかぬことをお伺いしますが、五十嵐さんという男性をご存じですか？」

父さんとは関係のない電話だと分かり、ほっとした。そして意識を五十嵐という名前に集中する。

「五十嵐佑司さんという方なんですが」

「ああ」

五十嵐とだけ言うから気付かなかった。そう、五十嵐は佑司の名字だった。

「知ってます。ぼくは彼の友人です」と答えた。

「それはよかった」と先方は言った。

「実は五十嵐さんがこちらの病院に入院なさっているのですが、ご家族がいらっしゃらないようで、どなたに連絡を取ったら良いのかと頭を悩ましていたのです」

「入院？」

あらたな不安が胸に注ぎ込まれる。

「はい」

相手は束の間言いよどみ、それから努めて事務的な口調で先を続けた。

「率直に申しますと、五十嵐さんは現在意識不明の状態です。一昨日、救急車で運ばれて、手術は成功したんですが――」

意識不明――

突然、鮮明に15年前の情景が蘇る。ミンチに腹を蹴られて地面に倒れていた佑司の姿。ぼくが声をかけても、彼はまったく動こうとしなかった。

電話の相手は、一方的に向こうの状況を伝え続けている。ぼくは過去の光景に囚われたまま、ただ、自律反射的に返事を繰り返していた。

「お越し願えますか?」

そう言われて、現実に引き戻された。

「はい?」

「あるいは、五十嵐さんのお身内の方に連絡を取っていただけないでしょうか? 今後のこともご相談したいので、ぜひお願いしたいのですが」

少し考えてから、「分かりました。とりあえず伺います」と答え、ぼくは静かに受話器を置いた。

カウンターの中でコンピューターに向かっていた花梨が、顔を上げ不安そうな目でぼくを見ていた。その隣に立つ夏目くんも黙ってぼくの言葉を待っている。

「行かなくちゃ」とぼくは言った。

「佑司が意識不明で入院している」

すでに予測していたのか、花梨が大きな声を上げることはなかった。青みがかった白い顔でぼくを見つめ、ゆっくりと頷く。

「分かった」と彼女は言った。

「私も一緒に行くわ」

様々な再会を幾度となく思い描いてきたが、意識不明の佑司のもとに花梨とふたりで向かうというストーリーを考えたことはただの一度もなかった。よほどのペシミストでなければ、そんなこと思いもしないだろう。なんと言ってもぼくらはまだ若い。あとわずかで30歳になるとは言え、いまのところはまだ20代のグループに身を置いているのだから。はるか人垣の向こうを見渡せば、ようやくこの集団の仲間入りをしたばかりという、幼い顔をした連中の姿も見える。あの桜色の頬をした若者たちと比べたら、こちらも少々くたびれてきてはいるけれど、統計的な数字を信じるなら、ぼくらはまだ人生の折り返しにも達していないのだ。命にかかわるような病とは遠く距離があると信じていた。

病院に向かう電車の中で、花梨とぼくはほとんど口を開かなかった。すでに気持ちはベッドに横たわる佑司のもとに在って、ぼくらはそれをあとから追いかける入れ物に過ぎないような気がしていた。ぼくはまだ、この状況にうまく順応できていなかった。あまりにも突然すぎて、こういうときに思うであろうことを思うことができずにいた。

病院は思っていたよりもずいぶんと小さかった。古びて安っぽい印象だ。クリーム色の壁にはいくつもの亀裂（きれつ）が走り、灰色の補修剤がそれをなぞっていた。受付で訊ねると、ひとりの医師のもとに案内された。見たところ30代の男性医師は、花梨を見て少し驚いた表情をした。けれど咳払い一つで冷静な医師の顔に戻り、ぼくらに状況を説明してくれた。

道を歩いている最中に脳の血管が破れてこの病院に運び込まれた。手術そのものは成功したが、いまだに意識は戻っていない。今後どのような経緯を辿（たど）るのか、そこには最良から最悪までいくつもの道があり、こうと断定することはできない。我々はできる限りの手を尽くしてはいるが、それでも力の及ばない可能性はある。あとは、患者本人の生命力次第なのだ、云々（うんぬん）。

「顔を見ることはできますか」と訊ねると、病室に入ることはできないが、外からなら見ることは可能だと言われた。3階にある病室まで案内してもらい、ぼくらは15年ぶりの再会を果たした。

ベッドの上の佑司は記憶の中の佑司とほとんど変わっていなかった。コードとチューブからなるサイバーパンク的な装飾をまとってはいたけれど、そこにいたのは間違いなく佑司だった。彼だけが知っている秘密のショートカットを使って、たった3日であの場所からここまで来てしまったのかと思えるぐらい幼い顔のままだった。眼鏡を外し目をごしごしと擦っていたときのあの顔が、少しも時の浸食を受けることなく、そこにあった。

こうやってその表情だけを見ていると、彼がいま重篤な状態にあるとは少しも思えなかった。心地よい夢を見ながら眠っているような印象だった。

「佑司」とぼくの隣で花梨が小さく呼びかけた。

「頑張って」

そして彼女は両手を組んで額に押しつけ、きつく目を閉じた。誰かに祈っているのだろうか？　この世界の幸福（あるいは不幸）の偏在ぶりを見る限り、公平無私な神などいやしないということは自明だった。あるいは、ひどく偏私で気紛れな神ならばいるかもしれない。ならば、そいつに祈ろう。依怙贔屓でもなんでもいいから、花梨の祈りを受け止めてやってくれって。

佑司、佑司と花梨は何度も繰り返した。彼の耳元で囁きかけてるみたいに、低く小さな声で。

「これをご覧ください」と医師がぼくに耳打ちした。手渡されたのは、二つ折りにされ、よれよれになった葉書だった。

「五十嵐さんのジャケットの内ポケットにあったんです」

広げてみると表にはぼくの住所と名前が記されてあった。裏返してみる。「五十嵐佑司展」と手書きのレタリング文字があり、その下に「打ち捨てられた者たち」と副題が添えてある。ギャラリーの住所とこれも手書きの地図が続き、一番下には開催期日が書かれてあった。それは3カ月も前の日付だった。

なぜ、佑司はこれを投函せずにいたんだろう？　それに、ぼくの住所を知っているなら、なぜ連絡を寄越さなかったのか？

もう一度表を見ると、差出人のところに五十嵐佑司という名前と彼の住所があった。

「その住所から電話番号を調べてかけてみたのですが、どうもひとり暮らしのようで誰も出ないのです」

医師が言った。住所は都内だった。ぼくは花梨にそっと声をかけた。

「花梨、ちょっといいかい？」

彼女はきつく唇を噛みしめたまま、ぼくの顔を見た。目の縁を赤く染め瞳を潤ませている。

「佑司のアパートに行ってみないか？」

そう言って花梨に葉書を差し出した。受け取った彼女は、真剣な眼差しでじっと葉書の文字を追っていた。

「佑司、絵を描き続けていたのね」

顔を上げて花梨が言った。

「そうだね。彼は、ぼくらとの約束をちゃんと守っていたんだ」

行きましょう、と花梨は言った。

「佑司のアパートへ」


病院から30分ほどの距離にアパートはあった。入院手続きや支払いに関する説明を聞くのにかなり時間がかかってしまい、着いた頃にはもうかなり日が傾いていた。

「ずいぶん古びたアパートだなあ」

「こんなところに佑司はいたのね」

２０２と住所にはあったので、階段を上る。手すりの塗装は剝げ落ち、いたるところが錆び付いていた。塩ビの屋根はもとの色が分からないくらい褪せて硬化していた。

２階に部屋は３つ。その真ん中が２０２号室だった。部屋のドアの隣には小振りの洗濯機が置かれていた。その上で猫が丸くなっていたが、ぼくらが近付くと向こうへ行ってしまった。ドアには白い小さなプレートが貼り付けられていて、そこには「五十嵐」という文字があった。

「ここだ。ここで佑司は暮らしていたんだ」

「間違いないみたいね」

ひとり暮らしのようだ、と病院で聞いていたけど、それでも念のためドアをノックしてみる。

「佑司のお父さんはどうしているのかしら？　一緒じゃないのかな」

中の反応を窺いながら花梨が言った。

「病気で倒れたって言ってたよね？」

「ええ、確かやっぱり脳の血管の病気だったと思う」

「じゃあ、これって遺伝性の病気？」

「さあ、どうかしら」

予想していたとおり中からの反応はなかった。もう一度ノックしてみるが、それは何も期待しない、ほぼ無意識の行為だった。

「さて、ここまでは予想どおり。次は？」

「なんとかお父さんと連絡が取れないかしら？」

「中に入ることができれば、おそらくその手段が摑めると思うよ」

「やっぱり、それしかないわよね」

　実際、そのためにここにぼくらは来たのだ。佑司を見守り励ますことのできる人間をひとりでも多く見つけ出すこと。あんな寂しい場所にひとりきりなんて、あまりにもやりきれない。

「管理している不動産屋か、あるいは大家さんかな」

　ぼくは言った。

「そのどちらかが鍵を持っているはずだよ」

「貸してくれるかしら？」

「状況が状況だからね。きっと大丈夫だよ」

「どうやって調べる？」

　だいたい、こんな感じのアパートはいつも入居者募集中で、その看板が敷地内のどこかに立っていることが多い。手すりに手を掛け下を見ると、それらしき看板が見えた。

「あそこに書いてあるかもしれない」

　そう言って、ぼくは階下に向かった。花梨も後に続く。地上に降り立ち、フェンスに括り付けられている看板を確かめてみる。

「やっぱりそうだ。不動産屋の住所と電話番号が書かれているよ」

「この住所だと駅前ね。たいした距離じゃないわ」

ぼくらは往きに来た道を戻るように歩き出した。10mほど進んだところで、ひとりの女性とすれ違った。俯いてもくもくと歩くその女性は、長い髪を後ろで一本に編んでいた。着ている服はフォークロア風とでも言うんだろうか、一見古着のように見えるくすんだ色の生地を何枚も重ね着して、腰の辺りには革を編んだベルトを巻いていた。気になって振り返ってみると、彼女はぼくらがいま出てきたアパートの塀の向こうに消えていった。カンカンカンと階段を上る音が聞こえる。

「花梨、いますれ違った女の人、佑司のアパートの住人だよ」

「え、そうなの？」

花梨も振り返り、彼女の行方を目で追う。

「ちょっと彼女に訊いてみようか？」

「ええ、そのほうがいいかも」

ぼくらは急ぎ足でアパートに戻り、階段を駆け上がった。彼女は自分の部屋のドアの鍵を開けているところだった。２０３号室の住人だ。

「ちょっと」と声をかけた。

彼女がぼくらを見た。切れ長の猫のような目だった。

「何？」

低いがよく通る澄んだ声で彼女が訊いた。

「ぼくら、202号室の五十嵐佑司の友人なんだ」

ふいに彼女の表情が変わった。

「彼、いまどこにいるの？」

固い口調で彼女が訊ねた。

「入院している」

「入院？」

ぼくは頷いた。

「身内の人に連絡が取りたいんだ。知ってるかな？」

彼女は小さくかぶりを振った。

「誰もいないわ。佑司はひとりぼっちよ」

「モモカ」と彼女は言った。桃の香りで桃香。ぼくらもそれに応(こた)えて名前を告げる。

あなたたちの名前はよく知っていると彼女は言った。

「花梨さんて、森川鈴音によく似てるわね」

彼女はそう言って笑った。力のない笑みだった。花梨はただ黙って頷いた。

佑司の部屋には簡単に入れた。洗濯機の下に鍵が隠してあった。

「私が使って勝手に入り込むことがあるから」と彼女は説明した。「置いといてくれるの」

部屋の中はいたってシンプルだった。1K、バストイレ付き。簡素なパイプベッドとカラーボックス。木製の古びたテーブルが一つ。その上にはガラスペンやインク壺、数枚のケント紙が置かれてあった。襖を外した押入には数枚のシャツやズボンが吊されていた。

テーブルを挟んで彼女と向かい合って座った。ぼくの隣に花梨が並ぶ。

「入院しているって……」

ぼくは頷き、病院の名前を彼女に伝えた。それから、慎重に言葉を選びながら、彼の現在の状況を伝えた。「意識不明」という言葉を聞いて、彼女は一瞬身体を強ばらせて息を止めた。口元を手で覆い、幾度も目を瞬かせる。

「だから言ったのに」と彼女は吐き捨てるように言った。「絶対、いつか身体壊すって思ってた」

知り合って2年ぐらいになる。

そんな言葉で彼女の話は始まった。

「彼はもっと前からこのアパートにいたみたい」

桃香はテーブルに視線を落とし、指でインク壺の蓋に触れた。

「私は、駅ビルの中にある小さな輸入雑貨の店で働いているの。ハンドクラフトの刺繍とかアクセサリーとかヨーロッパ系のエスニック雑貨を売ってるお店」

歳は25、と彼女は言った。

「佑司と初めて会ったときは、絶対彼を年下だと思った。小っちゃくて可愛いの。でも、中身は頑固。おじいさんみたいな人なの」

彼女の話では佑司は定職には就いていなかったらしい。いろんなアルバイトをしてそれで生計を立てていたと言う。

「ぼくは絵を描くことが仕事なんだっていつも言ってた。で、空いている時間はいつも描いてた。毎日毎日、一日も欠かさずに」

彼女は顔を上げ、ぼくを見た。

「友達と約束したんだとも言ってた。あなたのことだと思う。あとで見せてあげる。すごい量なの。押入の奥に仕舞ってあるんだけど、どれもこれもゴミの絵ばかり。変なひとでしょ？　どうして？　って訊いたら、ゴミが好きだからって言ってた。自分でもよく分からないけどって。紙に顔をくっつけるようにして何時間でも描き続けるの。で、最後はひどい頭痛になって――いつも薬を飲んでしのいでいた。あれも良くなかったのかもしれない」

彼女はそこで言葉を止め、ふっと目を細めた。

「でも、絵が売れたことは一度もなかった。いろんなところに売り込みに行ってたみたいだけど……」

基本的に運がないひとなの、と彼女は言った。

「素人の私が見ても、すごく上手なのに。うちのお店に置いてあげたこともあったんだけど、買う人はいなかったし。ゴミっていうのが問題なのかしら？　部屋の壁にゴミを置きたがるひとはいないものね」

ぼくは桃香に佑司の父親のことを訊ねてみた。

「聞いてる」と彼女は言った。

「彼が18の時に病気で亡くなったんだって。さっき教えてくれた彼の症状とよく似ている。親子って、こんなところまで似るものなのね」

花梨を見ると彼女もぼくを見ていた。ぼくが頷くと彼女は弱々しくかぶりを振った。

「それからの彼は」と桃香は続けた。

「ずっと独りだった。兄弟のように一緒に暮らしていた犬――トラッシュだったたっけ？　も、その頃死んじゃったんだって。高校を出てすぐに働き始めて、面倒を見てくれていた親戚の家を出て、それからはずっとひとり暮らし。ただ、ひたすら絵を描き続けてここまで来たの。決して売れることのない絵を」

彼女は唇を嚙み、鼻筋にしわを寄せた。

「こういうふうに要約しちゃうと、なんだかやりきれない人生のように思えるでしょう？　でも、そんなふうには見えなかった。彼は輝いていた。夢があるって素晴らしいわよね。できれば、一生ずっと彼には夢を見続けていさせてあげたかった」

ぼくらが押し黙ったままでいると、彼女は身を乗り出すようにしてさらに言葉を続けた。

「で、ある日ね、彼がものすごい上機嫌で私にこう言ったの。ほら、やっぱり夢はかなうんだ。見てよ、って。彼が手にしていたのはアクアリウムの雑誌。分かるでしょ？」

ぼくは大きく頷いた。

「分かるよ」

「そう、あなたのお店が紹介されてたの。ほら、アクアショップを紹介するコーナーがあるじゃない。彼はいつもそれをチェックしていたみたい。あなたがいつか必ず自分のお店を持つ日が来るはずだって信じてたんだと思う。そのはしゃぎようといったら大変なものだった。あんなに浮かれている彼を見たの初めて。だから、私も一緒にお酒を飲んで祝ってあげたの。嬉しそうだったな……」

ねえ、と彼女は言った。

「あなたはいいことをしたのよ。彼をあんなに喜ばせることのできるひとって、そうそういるもんじゃないんだから」

なんと言っていいのか分からなかったので、ぼくは少しだけ微笑んで、それから軽く肩をすくめて見せた。意味のない仕草だったが、桃香はなんとなく納得したみたいだった。

「でもなぜ」とぼくは言った。

「なぜ佑司は、そのときぼくに連絡をくれなかったんだろう？」

桃香は、小さく2度ほど頷いた。

「私も同じことを言った。ねえ、会いに行けばって。そしたら彼が実は、って私に打ち明けたの。個展を開くことができるかもしれないって。だから、そこにあなたを招待する形で華々しく再会を演出したいんだって」

彼女は黒真珠みたいにきらきら光る瞳でぼくを見た。

「ねえ、その話を持ちかけたのが誰だか分かる？」

皆目見当もつかず、ぼくは隣の花梨を見た。彼女は、「さあ」というふうに首を傾げてみせた。

「分かるわけないか。そうよね」

桃香はそこで一息ついてから、投げ捨てるように言った。

「佑司のお母さんよ」

ああ、とぼくは思わず声を漏らした。

「彼を捨てて家を出てったきり音信不通だったひと」

桃香はあきらかに佑司の母親を嫌っている様子だった。

「どこでふたりが再会したのか知らないけれど、いつの間にかそんな話になっていたの。お母さんのいまの恋人とかいう男が佑司の絵を気に入ったんだって。それで、いろいろ手筈を整えて、かなり有名なギャラリーに彼の絵を展示して、一気に売りさばこうってことになったの」

「すごい話だね」

ぼくが言うと、桃香は腹立たしげに頷いた。

「もう、彼は有頂天だった。その気持ち分かるでしょ？　報われるってことは嬉しいものだから。認められるってことも。お母さんは彼を見捨てたわけじゃなかった。ちゃんと彼を見守ってて、ここぞというところで手を差し伸べてくれた。そう思えることって大事でしょ？　ひとが生きていく上で」

ぼくが同意のしるしに頷くと、彼女はそこで少し声の調子を落とした。

「彼は幸福だったの。よく憶えてる。この机の上。そこであなた宛の個展の案内状を書いてた。何がいいかなあ？　ってしきりに私に訊いて。『五十嵐佑司展』の次に付ける文句をどうしようかって。『ゴミ』って言葉はストレートすぎるよねって言って。『打ち捨てられた』って文句に行き着くまでにけっこう時間がかかった。そのあとに続く『もの』って言葉をどっちの漢字にするかでも、長いこと迷ってた。黙ってたけど、それって佑司のことじゃないって、ずっと心の中で唱えてた。『打ち捨てられた者』って。ね？」

どうやら、自分が口にした言葉に同意を求めるのが桃香のクセらしかったが、その実、彼女はたいして相手の反応を見ているわけではなかった。ぼくが答えを探しあぐねているうちに、彼女はさっさと先に行ってしまった。

「あんまり幸福すぎて頭がどうかしていたのかも」

桃香は言った。

「彼、私に結婚を申し込んだの。いいわよって答えてあげた。本当はどうだか分からない。でも、いいじゃない？　幸福な人間に水を差すような真似はしたくなかったし。それに、いまとなっては、そんなこと彼も忘れちゃってると思う」

彼女はたいして可笑（おか）しくもなさそうに笑い声を立てた。

「様子がおかしくなってきたのは、それからずいぶん経ってからだった」

「おかしくなる？」

ええ、と彼女は頷いた。

「個展の話が流れて、駄目になったの」

私が知ったときにはもうすべて終わってた。彼女はそう言ってきつい眼差しを自分の指先に向けた。

「どうして？　って訊いても、よく分からないって。それよりももっと驚いたのは、彼がお母さんにかなりのお金を渡していたってこと。ほら、彼女の恋人ってひとがいたでしょ？　そのひとから言われて、準備資金？　そういうのが必要だって。たいした額だった。だって、彼はそのために借金したんだから。なんか怪しいところから。もともと蓄えなんかなかったし、定職を持ってないから銀行なんか相手にしてくれないし。で、ごっそり持って行かれちゃった。私ならそのお金で1年は食べていける。だから、彼に言ったの。これは詐欺だって。彼は違うって言った。私はしつこく『絶対詐欺だ』って繰り返した。それでも彼は違うって。１００回ぐらい繰り返したかしら。私蛇みたいにしつこいの。そしたら彼が根負けして言ったの。仮に詐欺だったとしても、ぼくは構わないって。母さんのためになることをしたんだから、あのお金で母さんがあの男とうまく行くんだったら、それでいいんだって。私にはとても理解できない言葉だった。何言ってるんだか分からない。子供が承知の上で親にお金を渡したんだから、これは詐欺じゃないんだって。でも、私はそんなの納得できない。だから、彼のお母さんを探し出してお金を取り返して来ようとも思ったの。でも、時すでに遅し。ふたりはもうどこかに行っちゃった後だった」

そこまで一気に言いつのると、彼女はそこで息を継いだ。

どう？　って顔でぼくらを見るので、うん、それはきみのほうが正しいよ、って顔で頷いてみせた。佑司のひとが好すぎるところは、ぼくから見れば明らかに致命的な急所だった。彼は胸に的を貼り付けて歩いている鴨同然だった。

「それから彼は一枚も絵を描いていないの」

桃香は疲れのにじんだ声で言った。

「紙をこうやってここに並べているだけ。あなたに会うってことも考えられなかったみたい。少なくとももう少し時間が過ぎるまでは。それに、実際彼忙しかったの。借金返すためにアルバイトを昼夜めいっぱい入れていたから。そんな生活していたら、絶対どうにかなっちゃうって、ずっと言っていたのに聞かなかった。基本的に頑固なひとだから。自暴自棄って言うの？　そんなふうになっていたのかもしれない。ここ何日か彼が帰って来てる様子がなかったから心配していたのよ。いやな予感がずっとしてた。こうなるんじゃないかって、そう思ってた……」

桃香は、いまから病院に行きたいと言った。

「今日はお店お休みだから。明日になっちゃうとまた仕事で夜まで抜け出せないから」

ぼくらは頷き、立ち上がった。

「ああ、ほら行く前に見てって、彼の絵を」

そう言って彼女は押入に吊されたシャツの奥から大きな段ボール箱を取り出した。

「これはまだほんの一部。こんな箱がいくつもあるの」

開けてみると、ぷーんとインクの匂いがした。ケント紙に描かれた「打ち捨てられた者たち」。もちろん初めて見る絵だったけど、どれもひどく懐かしく感じられた。まったく変わっていない。同じ描き方。同じ対象物。緻密（ちみつ）で、少しだけ歪（ゆが）んでいる。当時と同じ眼鏡をかけていたとは思えないから、この歪みは実は佑司の目そのものに原因があったのかもしれない。弦の切れたギター、骨組みだけになったオートバイ、翼の折れた模型飛行機。そこに読み取るべきアレゴリーなどないはずなのに、佑司のこれまでの人生を知ったいま、ぼくはどうしても彼らを結びつける言葉を探そうとしてしまう。花梨もぼくと同じ思いなのか、なにか探し物をしているような表情で、じっと絵を見つめている。

「そろそろ行きましょうか」

桃香の言葉で、ぼくらは手にした絵を箱に戻した。

外に出ると、すでに日は完全に暮れ落ちていた。３人で同じ電車に乗り、ターミナル駅まで一緒に行く。そこから、ぼくらは自分たちの街へ、桃香は佑司が眠り続ける病院へと、それぞれが別の路線に乗り換えることになった。

「じゃあ、よろしくお願いね」

花梨が言った。病院から探すように言われていた書類を桃香に託したのだ。

「明日にはまた顔を出してみるから」

ええ、と桃香が頷いた。

「心強いわ、あなたたちがいて」

「きっといつか目を覚ますよ」

ぼくは言った。

「それまでがんばろう」

「ええ、そうね」

そして、桃香はきびすを返し、コンコースの雑踏の中に消えていった。

「佑司のお父さん、ずいぶん前に亡くなっていたのね」

車窓の外を行き過ぎる街の灯り(あかり)を見つめながら花梨が言った。

「病気で倒れてあの町を出て、1年後ぐらいかな」

「そうね。結局、あれから治ることなくそのまま……」

佑司の父親の声が耳元によみがえる。低く良く通る声で、いつでも穏やかな口調でぼくらに語りかけていた。ぼくはその言葉の半分も理解できなかったけれど、彼の話を聞いているのは楽しかった。豊かな黒い髪を掻き上げ、眼鏡の奥から優しい眼差しをぼくらに注ぎながら彼は話してくれた。星の名前、1000年も昔に書かれた愛の物語、海の底に眠るいにしえの都。佑司の父親は、あらゆることに精通した博覧強記のひとだった。

「小説は完成できたのかな？」

「『内的プロセス』のその先？」

「そう、それだよ」

どうかしらね、と花梨は言った。

「私が知る限りでは、原稿用紙が文字で埋められたことは一度もなかったわ」

こういうのをアイロニーと言うんだろうか。何も書かなかった小説家の父と、量り売りできるほどの絵を描き続けながら「画家」の称号を得られなかった息子。

「お母さんの気持ちも分からなくはないわ」

「佑司のお母さん？」

ええ、と彼女は頷いた。

「ひとは誰でも幸福を求めるものよ」

「でも、それが誰かの不幸の上に成り立つのだとしたら――」

そうじゃない幸福なんてあるのかしら。自分自身に問いかけるように、彼女はそんな言葉を呟いた。ぼくは何も言葉を返さずに、ただ黙って彼女と同じ夜の風景を眺めていた。

幸福が少なすぎるから、とぼくは心の中で言い立てていた。だから取り合いになるんだ。もっと神様が気前よく幸福を大盤振る舞いしてくれたなら、花梨があんな呟きを漏らすこともないのに。幸福の余剰。使い切れないほどの幸福。そんなものを夢見る人間は、所詮おめでたいオプティミストと言われるだけなのだろうか。

「佑司は」と花梨が言った。駅をいくつか通り越した後だった。

「あなたのお店知っていたのね」

「うん。だからあの案内状」

「出すことのなかった案内状ね」

「こうなる前にぜひ会っておきたかった」

水くさいよ、とぼくは言った。

「声をかけてくれれば、手助けすることもできたのに」

「彼は頑固だから。苦しみは自分で抱え込んじゃうひとなのよ」

「きみのことは知らなかったみたいだね」

　ぼくは桃香が花梨を見て「森川鈴音に似ている」と言ったことを思い出した。佑司がもしTVで森川鈴音を見て、それが花梨だと気付いていれば、きっと桃香にも教えていただろう。

「ええ。私宛の案内状はなかったし」

　それからぼくの目を見て、少し戯(ふざ)けた表情を見せた。

「どうして、私のまわりにいる男たちはこうも鈍いんでしょうね？　あなたもあなたのお父さんも佑司も」

「花梨がきれいになりすぎたんだよ」

　ぼくが言うと、花梨はすごく奇妙な顔をした。目元は怒っているのに、閉じられた口はちょっと笑いかけているような、そんな複雑な表情だ。

「ほらまた」と彼女は言った。

「それに騙(だま)されちゃうのよね」

「騙す？　そんな気は全然ないよ。きれいだと思うからきれいだって言ってるんだ」

　彼女は顎(あご)を上げて、高圧的な視線をぼくに向けた。ぼくは余裕の態度でその視線を受け止めた。

「ま、いいけど」と彼女が言った。

「どういう意味だい？」

「ま、いいけどって意味なんじゃないの？」

なるほど。

ショップに戻ると、父さんがいた。

「夕飯一緒に食べようと思って来たんだ。そしたら夏目くんが教えてくれた」

ぼくが彼を探して視線を店の奥に走らせると、父さんが首を振った。

「いや、彼はもう帰ったよ。私が留守番しているから帰りなさいって言ったんだ」

頷いて視線を戻すと、「それで？」と父さんに訊かれた。

「佑司くんの容態は？」

ぼくは病院で知った事実をそのまま父さんに伝えた。話を聞き終えると父さんは両手で頬を擦り、小さな溜息を吐いた。

「そうか……」とだけ呟き、また黙り込んでしまった。

「ねえ、まだ開いていると思うからグエンさんのお店へ行って春巻き食べようよ」

ぼくがそう言うと、父さんは「そうだな」と頷いた。花梨を見ると、彼女も「それでいいわよ」と言ってくれた。

「じゃあ、行こう」

そう言ってぼくは店の灯りを消した。

店はまだ開いていた。ぼくらはいつものテーブルに腰を落ち着けると、生春巻きと鶏飯とスープを注文した。

「明日は私も行ってみるよ」

メニューを置くと父さんが言った。

「私もまた行ってみるわ」

「分かった。じゃあぼくはその次の日に行くことにする」

「みんなで励ませば、彼だって目を覚ますだろう」

ことさら楽観的な口調を装いながら父さんが言った。ぼくもそれに便乗する形で、場を賑（にぎ）やかそうと桃香の存在を父さんに教えてあげた。

「ほう、そんな女性が佑司くんにね」

「結婚を申し込まれたって彼女言ってたよ」

「結婚！」

父さんは大仰に驚いてみせた。

「それは素晴らしい。お前も頑張らないとな」

やぶ蛇だった。花梨がくすくす笑う。

「桃香さんってひとは、どんな女性なんだ？」

美人だよ、とぼくは答えた。

「お前に女性のことを訊ねるとかならず『美人だよ』って答えるからなあ」

「そうなんですか?」

花梨が興味深げな表情で父さんに訊ねた。

「ああ、昔からそうだよ。学生だった頃も、席替えのたびに私が訊ねるわけさ、『今度の隣の席のお嬢さんはどんな子だい?』って。そうすると智史はいつも――」

「美人だよ」

花梨がぼくの口まねをした。父さんは大きく頷きながら人差し指を振った。

「じゃあ、智史から美人だって褒められても、鵜呑みにしちゃいけないってことですね」

そう言いながらぼくを横目で見る。父さんが肯定の笑みを見せた。

「言わせてもらうけど」とぼくは自己弁護の口火を切った。

「ぼくは一度も嘘は言っちゃいない。それにぼくの審美眼には少しの濁りも歪みもないんだ。ぼくが美人だって言う女性は、どんな男だって、そうだって頷くはずさ」

「そう?」

「そうとも。なんの巡り合わせか知らないけれど、ぼくのまわりにいる女性たちはいつだって美人ばかりだったんだ。だから、ぼくは正直に答えてきただけさ」

ふん、と鼻の穴から息を吐き出し、ぼくは椅子の背もたれに寄りかかった。そんなぼくを見て父さんが嘆くように呟いた。

「不憫な子だ」

どういうことだよ？　ぼくらふたりが目を向けると、父さんは悲しそうにかぶりを振った。

「高品位の舌もある。そして上等な果実も自分のまわりにごろごろと転がっている。なのに私の息子は味わい方を知らないんだ」

それには花梨も大喜びだった。そうですよねえ、と何度も繰り返す。このふたりがコンビを組むと、いつだってぼくは道化扱いだ。とりあえず憤慨しているふりをしてみせたけど、実は内心はそうでもなかった。花梨と父さんが仲良くしている姿を見るのは嫌いじゃない。ぼくはあくまでも与えられた役を演じるだけだ。

食事が運ばれて、ぼくらはひとしきり食べることに集中した。ずいぶんと動き回ったし時間も遅かったから、すごくおなかが空いていた。

「ふと思い出したんだが」と箸を止めて父さんが言った。

「あの町を出るとき、母さんだけが残っただろう？」

「うん、行く間際になって具合が悪くなったんだ」

「それで1週間遅れで私が母さんを迎えに行った」

「そうだったね」

「あのとき、ドアを開けて家の中に入った私を真っ先に迎えてくれたのは、佑司くんだった」

父さんは箸の先につまんだ生春巻きを宙に止めたまま、じっと記憶を手繰(たぐ)っている。

「彼はかいがいしく美和子の世話をしてくれていたよ。実の息子のお前だってあそこまではできないだろう。あの子は美和子のことが本当に好きだったんだろうね」

その話は母さんからも聞いていた。ぼくが去り、父さんが迎えに来るまでの1週間、彼は毎日母さんを見舞いに訪れていた。身の回りの世話のほとんどは近所の女性にお願いしていたから、佑司は、ただ母さんと同じ部屋にいて彼女の話し相手をするためだけに通っていたようなものだ。本を読んで聞かせたり、あるいはＴＶのワイドショーを一緒に見たり、ふたりでスイートポテトを食べたり、そんな何気ない時をともにするために。

「母さんにお願いしよう」

父さんが言った。

「美和子は佑司くんのことがとても好きだった。彼女がきっとなんとかしてくれるさ」

「ああ、そうだね」

いまだにやっぱりぼくは父さんの子供なのだ。こうやって彼が口にする言葉が、ぼくの不安を和らげていく。寄る辺となる大人がいることで、ぼくの背負う荷がずいぶんと軽くなるのを感じる。

「さあ、さっさと食べてしまおう。グエンが欠伸をしているよ」

そう言えば昔、喫茶店でぼくらがフルーツパフェを食べていたときも、父さんはやっぱりこんなふうに急かしたものだ。さあ、さっさと食べてしまおう。もう日が暮れてコウモリが飛び始めるよ（花梨が大嫌いだったのだ）。こんなことを思い出すと、あの頃と何も変わっていないんだと思えるときもある。けれど、もう母さんはいない。佑司の父親も。そしてトラッシュも。15年という月日は確実に流れている。

＊

ぼくらは代わる代わる佑司のもとに通い続けた。毎日誰かが彼に向かい「がんばれ、さあ、目を覚ませ」と呼びかけていた。桃香も仕事の合間を縫って、2度ほど病院を訪れていた。

花梨が見舞ったことによって、佑司はあの病院の「特別な患者」となった。別に待遇が変わったわけじゃない。ただ、誰もが彼のことを注目するようになった。あの毎日のようにやってくる女性は森川鈴音に違いない。だとすれば、彼女が見舞っているた。

あの男性は何者なのだろう？　恋人なのか？　ならば、もうひとりのエキゾチックな美人は誰なんだ？　そんなひそひそ話が暇をもてあます入院患者の間で交わされていた。

やがて父さんに直接訊ねる者がいて、ぼくらの知るところとなった。何て答えたの？　と訊くと、「彼はすごく有名な画家なんだ」と答えたと言っていた。

「別にいいだろ？　いずれ真実になるんだから」

そしてふたりの女性はどうやら彼の専属モデルということになったらしい。

ぼくは佑司を見舞うと、いつもその寝顔に話しかけていた。とりとめのない昔話だ。一緒にひょうたん池で魚捕りをしたことや、『リビング』で繰り広げたチェスの攻防（大人になって知ったが、ぼくらは完全に駒（こま）の動かし方を間違えていた）。3人と1匹で眺めた信じられないほど大きな赤い落陽。土手の上で何度も取り合った相撲。もちろん、一番強かったのは花梨だ。彼女にぼくらが勝てたことは一度もなかった。

楽しかったよね、佑司。ぼくらは最強のトリオだった。

なあ、早く目を覚ましてくれよ。せっかくこうやってまた3人が巡り会えたんだ。またあの頃みたいに、愉快にやろうよ。花梨もきみの目覚めを待っている。すごくきれいになったんだよ。早く目を覚まして、彼女の顔を見てごらん。驚くぜ、きっと。

ぼくなんか、花梨だって気付くことができずにいたもんだから、彼女からさんざん嫌味を言われてしまったよ。

やっぱり、彼女は最高だった。ぼくらふたりの憧れのひとさ。ねえ、また3人で肩寄せ合って、ヒューム管の中で夢を語り合おうよ。

けれど、その呼びかけに、佑司は何も答えてくれない。睫毛ひとつ動かすことなく、彼は深い眠りの底をさまよっていた。ぼくは夕刻が迫ると、その白い顔に別れの言葉を告げ、重い足を引きずるようにして病院を後にした。

そんなことが幾度か繰り返され、やがてまた次の週末がやってきた。

10

何か大きな物音で目が覚めた。下の階だ。時計を見ると午前2時を少し過ぎた辺りだった。ぼくは目を擦り、ベッドから起きあがるとスリッパを履いて部屋を出た。階段を下り、店に降り立つ。案の定花梨はまだ起きていた。ぼくを見て、何かを取り繕おうとするような意味のない仕草をしてみせた。

「ごめん」と彼女は言った。

「ポット落としちゃった。うるさかったね」

ぼくは頭を掻きながらかぶりを振った。

「また眠ってないんだね」

その言葉に花梨は叱られた子供みたいな顔をした。よく見ると、彼女の目には涙があった。ずきんと胸に痛みが走る。

「泣いているの？」

花梨は唇をきつく閉じ、小さく首を振った。髪を掻き上げ額に手を置く。

「お茶飲む？」と彼女は訊いた。それからこくりと涙を飲み込む。

「ああ、お願いするよ。117だよね」

「203よ。新しく変わったの」

「へえ、そう」

彼女は手にしたポットを調べ、どこにも問題のないことを確認した。

「大丈夫。ずいぶん零しちゃったけど、2人分ぐらいは残ってると思う」

カップに「203」を注ぎ、ひとつをぼくに手渡す。ぼくらは幅の狭い階段に肩を並べて座った。ふたり押し黙ったまま、カップを口に運ぶ動作を繰り返す。水槽にエアーを送るポンプのポコポコという音が空間を満たしていた。雨上がりのような水の匂いと、ハーブの香り、そして花梨からもなにかミルクのような甘い匂いが感じられた。カウンターの小さな灯りが、ぼくらの胸にある、痩せこけた犬と『save our soul』という呼びかけを照らしていた。

「おいしいね、この——203も」

「でしょ？」

そこでまた会話は途切れてしまう。ぼくは急がず待つことにする。夜明けまではまだずいぶんと時間がある。それにもうベッドに戻っても眠れそうになかった。涙に濡れたあの目を見てしまった後では。

「わたし」とやがて彼女が口を開いた。飲み干したカップを足下に置く。

「そろそろ行くことにする」

そんな気がしてた。でも、いざその言葉を彼女から聞かされると、ぼくは急にそわそわと落ち着かなくなった。何かをしなくてはいけないのに、何をすればいいのか分からない。そんな感じだ。

「まだ、しばらくいるって言ってたのに」

拗ねた子供みたいな言葉しか出てこない。

「そうね。でも、予定が変わったの」

「なんで？」

「一身上の都合。辞表にはそう書けばいいかしら？」

彼女のはぐらかしにぼくは少しいらつく。真実が知りたい。真実を知らなければ、何をすることもできない。

「それじゃあ辞めさせるわけにはいかないよ。きちんとした理由を聞かないと」

「まったく個人的な都合なのよ。わかって」

「佑司のことだってある」

少々卑怯な言い分だったが、ぼくも必死だった。

「あいつを残して行くっていうのかい？」

花梨はそれには答えず、何かを考えるように暗い水槽を見つめている。

「せめて」とぼくは言葉を継いだ。

「佑司が目を覚ますまでは──」

駄目よ、と花梨が先の言葉を遮った。

「それじゃ遅いのよ」

「遅い？」

花梨は黙ってぼくのひざの上にある手を握った。冷たい感触が伝わる。細く繊細な指だった。微かに震えているのが分かる。

「お願い」

彼女が言った。

ていた。

「これ以上何も訊かずに行かせて」

それでも、ぼくは訊かずにはいられなかった。胸の内にある不安がぼくを急きたてていた。

「病気なんだろ？」

訊ねるというより、断定するような口調になった。

「よく分からないけどさ。どこか悪いところがあって、それで苦しんでるんだろ？」

花梨は俯き、小さくかぶりを振った。何か言葉を漏らしたが、ぼくはそれを聞き逃した。

「少しでも手助けがしたいんだよ。花梨のためにぼくができることがあるなら、それをさせて欲しいんだ」

それだけ言うと、ぼくは息を潜めて彼女の言葉を待った。花梨はゆっくりと顔を上げ、繋いでいるぼくらの手の辺りに視線を置いた。

あの時も、と彼女は囁くように言った。

「智史、ずっと私を見守ってくれていたよね……」

「あの時？」

「ススキヶ原に通い続けた夜のことよ。いつも智史、私のそばで守ってくれていた」

「ああ、あの時――」

「嬉しかったよ、すごく。智史は分かってなかったかもしれないけれど、嬉しかったんだ」

いまもね、と言って花梨はぼくの肩に頭を預けた。甘いミルクの匂いが霧のようにぼくを包む。

「すごく嬉しい。ああ、守られてるなあって感じる」

だからもうこれで充分。花梨はそう言って、繋いだ指に力を込めた。

「たしかに、抱えている問題はあるわ。でも、それは誰にもどうすることもできないものなの」

「じゃあ……」

「そんな深刻な顔しないで。あなたが思うほどひどいことじゃないから。私がつらいのは、ここを去らなくちゃいけないということだけよ」

「だったらさ」

彼女が首を振り、その感触が肩に伝わった。

「私だって行きたくはない。でも、結局早いか遅いかの違いだけで、いずれは行くんだし」

「いつ？」

「もうすぐシステムが出来上がるわ。だからそしたら。おそらく明日の夜に」

「早いんだね」

「ええ、早ければ早いほどいいのよ」

「きみの身体のために？」

　花梨は少し考えてから答えた。

「ええ、そしてみんなのためにも」

　それで終わりだった。ぼくに残された言葉は何もなかった。少なくとも分別のある大人の男としての言葉はもう残っていなかった。だだをこね、自分の欲求だけを押しつける子供のように振る舞いたいなら話は別だ。それなら１００だって言いたいことはある。でも、それはあまりに無責任な行為だし、誠実さをひどく欠いている。傷つく人間がいるし、傷つける原因となった人間もまた傷つくのだ。感情のままに行動することが許される子供時代はとっくの昔に終わっていた。だから、ぼくは何も訊ねなかった。望みを押しつけるような言葉も吐かなかった。

　やがて花梨が「もう少し眠れるわ、おやすみなさい」と言った。ぼくは頷き、立ち上がると階段を上り自分の部屋に戻った。眠るためではなく、なにか馬鹿なことを彼女に言い出さないために。

11

朝、ショップに下りてみると、花梨はすでにコンピューターに向かっていた。

「無理をしないほうがいいよ」

ぼくが言うと、花梨は明るい表情で応えた。

「全然平気よ。もうすぐ終わるわ」

「うん、それにしてもさ」

「ねえ、それより、今日も美咲さんと会うんでしょ？」

「そう約束している」

「だったら、またここに来ない？　智史のお父さんとかも呼んでさ、みんなで食事するのはどう？」

結局それが花梨の送別会になるのだろう。彼女が望むのならそれも構わない。

「いいけど」

「私はこれが終わったら、佑司の病院に行って午後には帰ってくるから、遅い昼食っていうのはどう？　また、グエンさんの店の春巻きにする？」

「いや、だったらライナスのところに行こう。あそこのランチは評判がいいし」

「へえ、そうなの？　私はケーキしか食べてないから知らなかったわ」

「おいしいよ。父さんにも連絡しておくよ」

「ええ、そうね。お願い」

彼女はきっと今日一日をこんな感じで終始させるつもりなのだろう。きわめて実務的、限りなく低い湿度。どこまでこれで通せるか分からないけど、ぼくもそれにつき合うことにした。父さんと美咲さんが同じ席に並ぶということも、いまのぼくにはたいした問題でないように思えた。心にフィルターが掛かり、思考がネズミ並みに鈍くなっていた。トラップに掛からずにチーズを取る方法すら思いつかない。頭にあったのはただ、花梨が今日でいなくなってしまうということだけだった。

軽く朝食を摂っていると、夏目くんが出勤してきた。今日は光沢のあるグレーのスーツを着ている。「おはようございます」といつもと変わらぬ挨拶をして、彼はカウンターのフックに掛かっているエプロンを取った。

「夏目くん」と花梨が彼に声をかけた。

「はい、なんでしょう？」

「もうちょっとで、システムの方、終わりそうなの。そしたら、そこから先はよろしくね？」

彼が怪訝そうな顔をすると、花梨が説明した。

「私、今日一杯でこの街出ることにしたから」

「それはずいぶん急ですね」

「うん、ちょっと状況が変わっちゃったもんだから。ごめんね、ほんとは動き始めた後のメンテナンスもできれば良かったんだけど」

「それは構いませんけど、寂しくなりますね」

「うん、私も寂しいわ。あなたみたいないい男を毎日見るのは楽しかったもの」

夏目くんは洗練された上品な笑みを浮かべた。１０００回も同じような言葉を受けて、そのたびに繰り返してきた笑みなのだろう。

「ぼくも花梨さんみたいな美しい女性と毎日会えるというのは喜びでした」

ありがとう、と花梨が微笑んだ。ぼくには決して見せることのないノーブルな微笑だった。

やがてオープンの時間が来て、いつもと変わらぬ日曜日が始まった。最初に飛び込んできた客はやっぱり奥田くんだった。花梨をちらちらと気にしながら水槽を眺め、15分ほど店内をうろつくと、やっぱり何も買わずに帰っていった。そうこうしているうちに仕入れていた水草が宅配便で届き、ぼくと夏目くんはその搬入作業に取りかかった。それが終わると次は水草の梱包作業が待っていた。時間は瞬く間に過ぎてゆき、デートの時間が迫ってきた。ぼくはふたりに店を任せると美咲さんとの約束の場所に向かった。


いつもの駅のいつものコンコースに美咲さんはいた。いままで着てきたことのない、プリント柄のTシャツに黒いデニムパンツという姿だった。

「こんにちは」と美咲さんがちょっとはにかむような表情を見せながら言った。

「こんにちは」とぼくも返して、それから「その服はどうしたの？」と言うように両手を彼女に差し出してみせた。

「ええ、ちょっと気分を変えて」と彼女は自分の胸元を見下ろした。

「おかしいですか？」

「いや、似合ってますよ。すごく活発な女の子に見える」

「そうですか？　これ、幸運を呼ぶスズランの花のプリントなんです」

「ああ、たしかにスズランだ。可愛らしいね」

照れたように彼女がへへ、と笑った。そんな笑い方を見たのも初めてだったので、なんだかすごく不思議な気がした。ぼくらは古い友人同士のようにくつろいで言葉を交わし合っていた。それもまた不思議だった。

「今日は、どこへ行くんですか？」

美咲さんがそう訊ねた。何か印象が違うな、と思っていたら、彼女は髪を少しだけ切っていた。

「実は、花梨が今日一杯で店を辞めることになって、その送別会を兼ねてみんなでランチを食べようかと思ってるんだけど」

え？ と彼女が驚いたような顔をした。それから「今日？」と訊いた。

「そうです。彼女は今日限りで店を辞めるんです」

「でも、どうしてです？ まだしばらくはいると思っていたのに」

分からない、とぼくは答えた。

「昨日急に言われたんだ。でも――」

「でも？」

「彼女の体調と関係あるような気がする。何か問題を抱えていることは確かだから」

そうなんですか、と彼女は言って俯いた。襟のない服を着ているので初めて気付いたけれど、彼女の首の後ろには3つのほくろが縦に並んであった。トン・トン・トンとぼくは心の中で呟いた。「SOS」の「S」。あるいは柴田美咲の「S」。

「それで？」としばらく経ってから美咲さんが顔を上げて訊いた。

「それで？」

「そのあとは？」

「ああ、聞いてはいないけど、ほら、あのとき『生まれ育った町に戻る』って言ってたよね」

ええ、と美咲さんは頷き、「遠山さんは？」と再び訊ねた。

「ぼく？」

「はい。遠山さんはそれでいいんですか？」

まったく予想していなかった問いかけにぼくは戸惑った。美咲さんはとくに構えた様子もなく、穏やかな表情でぼくの答えを待っている。

「どうだろう？」とぼくはとりあえず言ってみた。

「彼女が決めたことだからね」

ぼくの答えに彼女は「ふーん」とだけ言った。まるで小学生の女の子みたいな口調だった。でも、すごく自然で愛らしく見えた。

「ねえ、ランチまではまだ時間がありますよね？」

突然、彼女が勢い付いてぼくに訊ねた。

「うん、かなり遅めのランチの予定だから」

だったら、と美咲さんは両手を合わせた。

「このあいだ行った自然公園にまた連れてってください。また行きたい」

「池のある？」

「そう、杉皮の小径があるあの公園です」

＊

自然公園は待ち合わせ場所とぼくが住む街のちょうど中間にあった。駅からは距離があったけれど、シャトルバスが30分おきに運行されていた。それに公園前からは、ぼくの街に直接向かうバスも出ていた。

「じゃあ、いまも花梨さんは病院の方へ？」

「うん、ちょうど着いた頃じゃないかな。ぼくよりは後に店を出たから」

「でも、こんな形の再会になるなんて、つらいですね」

ぼくは黙って頷いた。ふたりは池の外周に沿ってつくられた遊歩道を歩いていた。人影は少なく、アヒルたちがガーガーと気持ちよさそうに鳴いていた。

「はやく回復するように祈ってます」

美咲さんが言った。

「それで、3人組復活してください。私のあこがれの3人組」

「あこがれなの？　あんな変わり者の集まりなのに？」

「はい、すごく格好いいです」

へえ、とぼくが言うと、彼女がまた、へへと笑った。きっとこれが美咲さん本来の笑い方なのだろう。いまになってようやく彼女の素顔が見えてきたような気がする。

道はやがて深い木々の懐に入った。足下のチップは湿り気を帯び、一層その香を強くしていた。彼女がくんくんと鼻を鳴らし、「いい匂い」と言った。

「サイプレス」

ぼくがそう言うと、彼女が嬉しそうな顔をしてぼくを見上げた。

「憶えていたんですか？」

「うん、なんか印象的な名前だったし」

「私も憶えてますよ」

彼女はそう言って人差し指を立てた。

「ミズユキノシタでしょ？　それにカワヂシャ、あとヤナギモ」

「すごいね、よくそれだけ憶えていたね」

例の笑いを見せて、彼女はちろっと舌を出した。

「実は家に帰って復習したんです。水草の図鑑買ってきて」

「へえ……」

理由を自覚し得ない胸の痛みがあった。彼女の素振り、言葉、そのすべてがなぜかぼくの心を痛くしていた。

「ねえ」と彼女が言った。

うん？　と視線をつなぐと、思いのほか真摯な眼差しがそこにあった。

「あのとき、私が言ったサイプレスの学名の意味憶えていますか？」

「憶えてるよ。たしか『永久に生きる』だったよね」

はい、と彼女は頷いた。足下の杉皮を拾い上げ、自分の鼻に運ぶ。ぼくの顔先にも差し出すから香りをかいでみた。

「うん、やっぱり落ちつくね」

彼女は意味ありげに杉皮を揺らし、それをそのままデニムパンツのバックポケットに仕舞った。

「じゃあ、今度は私から訊ねます」

彼女はそう言って、コホンと咳払いの真似をした。

「遠山さんは、永久に生きてみたいと思いますか？」

ああ、そうだ、ぼくもこうやってあのとき彼女に訊ねたのだ。彼女はあのとき何と答えた？

「ぼくは……」

そう言ってから、またしばらく考え込んだ。真剣に答えるべきだと思ったから。

「ぼくは、永久に生きてみたいとは思わない」

長い沈黙を置いてからそう答えた。

「きっとぼくの心は永久とか永遠とか無限とかさ、そういうのに耐えられるように出来てないと思うんだ。だから――」

今度は、彼女が真剣に考えていた。微かに眉あいにしわをつくり、じっと道の先にある仄暗い空間を見つめている。

「そうですね――」

やがて彼女が低く囁くように言葉を漏らした。

「遠山さんの言うとおりだと思う。私の心もきっと永遠には耐えられない」

そして、前よりも一層真剣な表情になり、少し喘（あえ）ぐような仕草を見せてから、彼女は言った。

「これで――」

「うん」

「これが、私の答えです」

ふいに、あの時の美咲さんの言葉が蘇った。『一生かかって考えてみます』、そして『答えが出たとき、また訊いてくれます？』。彼女はそう言ったのだ。それを確かめようとぼくは美咲さんの目を見てしまった。慌てて逸らした彼女の目は、少し濡れているように見えた。

「私」と彼女が言った。

「遠山さんにあやまらなくちゃいけないことがあるんです」

「え、なんだろう？」

ぼくの喉は強ばり、ほとんど囁くような声しか出せなかった。

「私」と言って、彼女はそこでまた言いよどんだ。俯き、剝き出しになった白い首をぼくに見せながら、彼女は言葉を探していた。ぼくはそこに並ぶ3つのほくろをじっと見つめていた。こんなふうに、ぼくはこれから彼女にまつわるいろんなことを、ゆっくりと時間をかけて知っていくはずだった。へへと彼女が笑うこと、白い首に並ぶ3つのドット。そして——

「あの——私」と彼女は言った。

「叔母と一緒にフランスに行こうかと思うんです」

荒い息を吐くようなしゃべり方だった。苦しげで、痛々しかった。

「あのお店、やっぱりうまく行ってないみたいで、だから、向こうに行って、もうちょっと勉強してからやり直そうかってことになって——」

「それはいつ決めたの？」

「ここ数日です。いえ、ずっと前から言われてはいたんだけど……」

通しきれなかった嘘が綻びていた。でも、ぼくは気付かぬふりをして小さく頷いた。

「だから」と彼女は言った。

「あの、このおつき合い――」

そこまでが精一杯だった。彼女の精一杯の心遣い。ぼくではなく彼女から終わらせる。うん、とぼくは言った。うん。それだけしか言えなかった。

「短いあいだだったけど、ありがとうございました」

囁くように彼女が言った。

「すごく――すごく楽しかったです。こんなふうに男の人とデートしたことなかったから」

うん。

「なんか――こ、恋しちゃいそうでした」

へへ、と彼女は笑い、鼻を啜った。

「だから――よかった。まだ、いまなら、こうやって笑ってお別れできるから」

ほんとに、と呟くように言って、それきり彼女は黙り込んだ。

ぼくも楽しかったです――とても。それだけを返すのがやっとだった。

ぼくらは押し黙ったまま、杉の香りが漂う林の中を歩き続けた。出口はまだ遠かった。地上に届く光は弱く、空気は湿り気を帯びてひんやりとしていた。

やがて、彼女が俯いたまま立ち止まった。

「ごめんなさい」

美咲さんが言った。

「ちょっと耳を塞いでてもらえますか?」

「はい?」

「鼻をかみたいの。聞かれると恥ずかしいから」

ぼくが両手で耳を塞ぐと、彼女は後ろを向いた。

「ああ、はい、分かりました」

それでも彼女の泣き声は聞こえてきた。ここがこんなに暗くて寂しいところじゃなければ、彼女はひとりにしておいて、とぼくに頼んだかもしれない。でも、それができない彼女は、精一杯声を潜めて泣くしかなかった。

胸がすごく痛かった。彼女を抱きしめることが、一番自然なことのようにも思えた。なぜなら、ぼくらはすでに恋人同士だったから。やり過ごした電車3台分の恋——いや、もっとかもしれない。だって、彼女はぼくに「へへ」と笑ったし、ぼくはもう彼女の首に並んだ3つのほくろを知っているのだから。とにかく、それぐらい深いところでぼくらは繫がっていた。だから抱きしめて、こう囁くこともできたはずだ。「ぼくが世界でいちばん好きなのはきみなんだ」と。けれど、それが嘘だということを美咲さんは知っているし、ぼくも自分の気持ちには気付いていた。もちろん、そんなこと構いやしない、という態度を取ることもできる。きっとこの世界には2番目に好きな人と結ばれるカップルだって星の数ほどいるだろう（またも誇張法的表現だ）。

結局、ぼくらがそれをできないのは「それがぼくらだから」だと言うしかない。美咲さんだから。美咲さんとぼくだから。美咲さんが美咲さんのようでなければ、あるいはぼくがぼくのようでなければ、ぼくらはたとえお互いが2番目同士だとしても、寄り添っていくことができたかもしれない。けれど、やっぱりぼくらはぼくらのように振る舞うことしかできない。それが現実だ。

ごく控えめな泣き声がしばらく続き、それが止むと、こんどは派手に鼻をかむ音が聞こえた。それから何かをごそごそやってる音がひとしきりあって、そのあとにようやく、彼女は振り向いた。

恥ずかしそうに見上げる彼女の目は、ちょっとだけ縁が赤かった。でも、涙はどこにもない。化粧も少しも崩れてなかった。

「何か聞こえました？」

美咲さんが聞いた。

「何も」とぼくは答えた。

「なら、よかった」

語尾を上げるように彼女が言った。

「行きましょうか？　お腹が空いちゃった」

「そうですね」

この一幕のあとでさえ、彼女は今日の日を最後まで一緒にいてくれようとしている。

その勇気にぼくは少なからず感動していた。

＊

『FOREST』に行く前にショップに寄ってみた。店のドアには「準備中」のプレートが掛かっていた。もう、花梨は戻ってきたのだろうか。つまるところ、美咲さんがここまで一緒に来てくれたのは、花梨に会って最後にもう一度だけ言葉を交わしたいという思いがあったからに他ならない。父さんがランチのテーブルに同席するということは、まだ彼女には言っていなかった。父さんも美咲さんが来ることは知らない。

と言うか、美咲さんの存在そのものを知らない。ついつい言いそびれてここまで来てしまったのだ。どう紹介すればいいのだろう？　ここに向かうバスの中でも、ぼくはそのことにずっと頭を悩ませていた。

「柴田美咲さん。ええと、ぼくが2カ月前からおつき合いしていたひと。でも、もうお別れなんだ。理由はぼくのせい。ぼくの心が揺れたりしたもんだから、そのせいで終わってしまったんだ」
もちろん言えるわけがない。しかもその席には花梨も、それに夏目くんだっている
のだ。あのひとに——ぼくの父さんに、こういった状況でそつなく振る舞うことを期
待するのは、赤ん坊にテーブルマナーを期待する以上に難しい。美咲さんに気まずい
思いをさせたくなかったし、かと言って、こんな状況を無難に乗り切る妙案など、こ
のぼくに思いつけるはずもなかった。
「みなさんもう、向こうみたいですね」
「そうですね。じゃあ、ぼくらも行きましょうか？」
「はい」
と言うわけで、ぼくらは再び歩き出したのだけれど、どうにもぼくの足は重かった。
「私」とぼくの横を歩きながら美咲さんが言った。
「はい？」
「私も花梨さんみたいに素敵な女性になりたかったな」
ぼくはぶるぶると首を振った。
「違うよ。美咲さんは花梨みたいになっちゃ駄目だ。美咲さんがすごく魅力的なのは、
誰よりも美咲さんが美咲さんらしいからなんだ」
だから、と言いかけて目が合い、彼女がびっくりしているのを見て、ぼくは先の言

葉を急いで引っ込めた。

「驚きました」

美咲さんが言った。

「遠山さんでも、そんなふうに言うことがあるんですね？」

「と、言いますと？」

ぼくの変な物言いに彼女はくすくすと笑った。ちょっと気が動転していたのだ。

「だって、目の前にいる女性に向かって、すごく——その、魅力的だなんて」

ああ、そのことか。それなら花梨にも散々言われてきた。

「うん、ぼくは思ったことをそのまま言っちゃうクセがあるらしくて」

「でも、初めて聞きました」

「きっと、美咲さんと一緒にいることにぼくが慣れてきたからかもしれない。構えているときにはなかなか普段のクセというのは出てこないでしょ？」

さあ、どうなんでしょう？　そう言って、また美咲さんはくすくすと笑った。手にしたビーズのバッグを揺らし、微笑みながら空を仰ぐ。

「でも、やっぱり花梨さんにはあこがれます。あんなふうにすらっと背が高くてスタイルがよかったら、洋服を選ぶのだって楽しいでしょう？」

それに、と彼女はぼくを見上げた。

「こうやって、見上げてばかりの人生は疲れます」

「なるほど。それはあるかもね」

「私の身長は150センチちょっとでしょ？　あと20センチ高かったら、人生変わりますよね」

「まあ、見晴らしは利くだろうけど」

「遠山さんはずっと子供の頃から？」

「そうですね。小学校までは学年で2番目に大きかった。中学でも後ろから5番以内にはいたかな。でも、そこで止まっちゃったから、いまでは大したことないんだけど」

それでも、充分羨ましいです、と彼女は言った。遠い目をする彼女に、ぼくは言った。

「うちのショップのスタッフの夏目くんは、ぼくよりも6、7センチは大きいんですよ。毎日見下ろされてます。世の中がみんな彼みたいだったら、ぼくも考えちゃうでしょうね」

ぼくの言葉に美咲さんがちょっと奇妙な表情を見せた。

「なに？」

え？　と目の焦点をぼくに合わせ、彼女がかぶりを振った。

「いいえ、別に」

「別に？」

「ええ、なんでも」

「そう」

少し気になったが、これ以上考え事を増やすだけの容量がぼくの脳にはなかった。気に留めず忘れることにする。

やがて、ぼくらの歩く先に『FOREST』が見えてきた。ついに到着してしまった。門扉（もんぴ）から店まで続くアプローチは色鮮やかな花々で囲まれていた。

「素敵！」

美咲さんは、一目見て心をうばわれてしまったようだ。両手を胸の前で交差させ、胸の高鳴りを抑えているような仕草を見せる。

「バラがたくさん。それにマーガレットもマリーゴールドも。ジャーマンアイリスもあるわ」

「よく知ってるね？」

そう訊いても、彼女は上の空でおざなりに「ええ」と返すだけだ。よほど花が好きなのだろう。これもまた5回のデートでは知り得なかった彼女の横顔のひとつだった。

「こっちはヤマボウシが花を付けてる」

彼女は庭木を眩しそうに見上げながら歩いていく。

「いい匂い。ミツバチになって、花の上でお昼寝がしたいくらい」

彼女ならばそのコスチュームも似合いそうだ。花梨はどう見ても、女王蜂がお似合いだったが。

池の縁ではクレソンが小さな白い花を咲かせていた。彼女はそれに気付き、ぼくを見てにっこり笑った。そう、あのクレソンだ。

カウベルを鳴らし、ぼくらは店の中に入った。ライナスがいつものように出迎えてくれる。

「いらっしゃいませ。もう、いらしてますよ」

「花梨も？」

「いえ、花梨さんはまだ見えてませんが」

そして美咲さんに顔を向け、「ハジメマシテ」と声をかける。

「ゆっくり、食事をお楽しみください」

美咲さんが会釈すると、ライナスは微笑みながら店の奥に手を差し伸べた。

「どうぞ、いつものテラスの奥のテーブルです」

ライナスに促されて、ぼくと美咲さんは店内を抜け、日の差すテラスへと出た。池の波紋がつくる乱反射が眩しい。

ぼくは美咲さんを先導するように奥の席へと向かった。すでにテーブルには父さんと夏目くんがいた。ライナスの言うとおり花梨はまだ来ていなかった。もう、まもなくテーブルに辿り着く。さて、何と言おう？

ぼくらの気配にふたりが気付き、こちらに視線を向けた。

「おう、来たか。もう、先に一杯やってるぞ」

そう言う父さんの手にはワインのグラスがあった。それから、おそらくぼくの後ろの美咲さんに気付いたのだろう、「おや？」と不思議そうな顔をする。隣の夏目くんはまったくの無表情でこちらを見ている。少し距離を置いたままぼくは立ち止まり、後ろの美咲さんの様子を窺った。彼女の大きな目が、さらに大きく見開かれていた。明らかに何かに驚いている様子だ。ぼくにそっくりな老人がいることにショックを受けているのだろうか。ショップのスタッフが集まるとだけ言っておいたから、あるいは、あまりに歳を取ったスタッフがいたので、それにびっくりしているとか。とにかく、紹介だけはしてしまおうと、息を飲み固まっている美咲さんに声をかけた。

「あの――」

「夏目くん？」

今度はぼくがたいして大きくもない目を目一杯開く番だった。え？　なに？

「夏目くんなの？」

彼女はちゃんと繰り返してくれた。やっぱり「夏目くん」って言ってる。

「そうだよ」

表情と同様にまったく感情の失せた声で彼が言った。

「柴田さんだね？」

そう言いながら、彼が椅子から腰を浮かせた。夏目くんらしくない優雅さに欠けた仕草だった。それで気付いた。彼は驚き動揺している。それも最大級に。この完璧な無表情がそれを物語っている。

彼は立ち上がると、一歩こちらに踏み出した。何かを恐れるように、ためらいながら、ゆっくりと。ぼくと父さんは夏目くんと美咲さんの顔を交互に見比べていた。彼女は腰を引き気味にして、身構えるような様子を見せている。

「行かないで」と夏目くんが言った。その声には感情が戻っていた。何だか聞くだけで切なくなるような呼びかけだった。夏目くんが手を差し出し、さらに一歩踏み込んだ。その瞬間、美咲さんがくるりと背中を向け駆けだした。店内に飛び込み姿を消す。彼女の後ろ姿を見送っているぼくの横を今度は夏目くんがすごい勢いで駆けていった。何が起きたのか分からずにあっけに取られていると、そんなぼくの横をさらに父さんが猛スピードで駆け抜けていった。なぜ、父さんまで？　この一連の流れからどのようなシナリオを導き出せと言うのか？

　とにかく、美咲さんと夏目くんが知り合い同士だということは間違いない。しかもかなりシリアスな関係らしい。彼女は夏目くんに怯えているようにも見えた。何があったのだろう？　この2カ月の間のことなのか、それとももっと前からの関係なのか。それに父さんがどう絡んでくるのだろう？　すべてが謎だった。

　しかたなく、ぼくはひとりきりになったテーブルに腰を下ろし、誰かが戻ってくるのを待った。飲みかけのワインがあったので、それで喉を潤す。

　ライナスが「何があったのですか？」と訊きに来たから、「ぼくが知りたいよ」とだけ答えた。

「3人ともすごい速さで店を出て行きましたよ」と彼は教えてくれた。

「そう、じゃあ、当分は帰ってこないね」

「そのようです」

　お食事の方は？　と訊ねるので、花梨が来たら始めてください、と答えた。

*

　彼女が来たのは、それから10分ほどしてからだった。その間に帰ってくる人間はひとりもいなかった。

「智史だけなの？」

「そう、どういうわけだか、ぼくひとりなんだ」

ぼくは一連の出来事を花梨に話して聞かせた。

「うわっ、何それ？　おもしろそう」と彼女は言った。

「つねづね夏目くんて謎のひとだって思ってたのよ」

「まあ、ぼくなんかとは違う材料と違う設計図でつくられていることは確かだよね。スペシャルプラント謹製って感じ」

「彼、戻ってくるかしら？」

「さあ、どうかな？　あの勢いじゃ、いまごろ隣の街まで行っちゃってるかもしれないよ」

じゃあ、と彼女は言った。

「ふたりで食べちゃわない？　もうお腹ぺこぺこ」

「うん、そうしよう」

と言うわけで、ぼくらは遅いランチに取りかかった。ハーブとオリーブオイルがたっぷりと使われた料理は、どれもすごくおいしかった。彼女はいつものようにおそろしいほどの食欲ですべての皿をたいらげていった。

「佑司は？」と一息ついたところで彼女に訊いてみた。

花梨はゆっくりとかぶりを振った。

「相変わらずよ。変化なし。ああ、桃香さんに会ったわ。これからあとのことよろしくって頼んでおいた」

ああ、そう。一瞬、気分が重くなるが、ぼくは踏み止まった。まだ、諦めたわけじゃない。日付が変わるまでには時間がある。真実を聞き出し、その上でこれからのことを考える。大雑把だけど、それゆえに機動性のあるプランだった。

「美咲さんが、3人組の復活が見たいってさ」

何気なさを装い、ぼくは言ってみた。

「ぼくも、同じ意見だよ」

「ええ、私もよ」

花梨が言った。

「大丈夫。佑司はきっと目を覚ますわ」

「うん、ぼくもそう願ってる。毎晩母さんに祈ってるんだ。彼を救って欲しいって」

「ええ、祈りはきっと届いてるはずよ」

「佑司が目を覚ましたら会いに戻ってくる？　3人組復活のために」

花梨は虚ろな微笑みを見せ、軽く何度か頷いた。曖昧な仕草による曖昧な約束。

「待ってるからね、佑司とふたりで」

ええ、と彼女は言って、つっと視線を逸らした。

「アヤメの花が綺麗ね」

池の端に目を遣りながら言う。露骨なはぐらかしだったが、深く追求しないことにする。

「違うよ。それはカキツバタだ」

ぼくが教えてあげると、彼女は「あら、そう」と気のない返事を返した。

そこへ父さんが帰ってきた。髪が乱れ、少し息を切らしている。

「父さん！」と言って、ぼくは思わず椅子から腰を浮かしかけた。父さんはそんなぼくを手で制し、どかりと空いている椅子に腰を落とした。

「凄いことになったぞ」

そう言ってにやりと笑う。

「何があったのさ」

「それよりお前、私に隠し事してたな。あの柴田さんてお嬢さんとつき合ってるんだって？」

「え？　いや、まあそうなんだけどさ」

なんとなく花梨を見てしまう。彼女は左の眉を吊り上げ、部外者であることを主張する。

「まあ、いい」

父さんは、テーブルの上にあったぼくのコップに手を伸ばし、水を一気に飲み干した。

「父さんは？」とぼくは訊いた。

「父さんはなんであのふたりを追いかけたのさ？」

「いや、ただの一野次馬としてだが」

あ、そう。

父さんによると、店を出てすぐに夏目くんは美咲さんに追いついたそうだ。そこで小さな交渉があり、ふたりは近くの公園に入っていった。並木の陰からふたりを観察していた父さんは、彼らを追って公園の中に入り、気付かれぬようにそっと近付いて話の一部始終を盗み聞きした。

「それって――」

「大したことじゃない。私が気にしていないんだから、お前が気にする必要はない」

奇妙な理屈だったが、黙って先を促した。

父さんは彼らが座るベンチの真後ろにある象の滑り台の裏に隠れた。80に手が届こうという老人がすることではないようにも思えたが、本人が自分を永遠に17歳と思っているのだから仕方ない。

「それからの話を聞いて、なんとびっくり」

ぼくも花梨も思わず身を乗り出す。

「どんな？」

父さんは、この歳とは思えないほど（そしてぼくの親とは思えないほど）の記憶力で、ふたりの会話を憶えていた。そこから再現してみると、こんな感じになる。

夏（夏目くんのこと）「驚いたよ。まさかこんな形で再会するなんて思ってもいなかった」

美（美咲さんのことだ）「ええ、そうね」

夏「何も逃げなくてもよかったのに」

美「だって――」

夏「確かに気まずい気持ちなのは分かるけど」

美「ええ」

夏「でも、振られたのはぼくの方なんだしね。しかも3回も」

「えっ、何それ？」

「嘘っ、あの夏目くんが美咲さんに振られていたんですって？」
「しかも3回！」
「まあ、落ちつきなさい。先はまだまだあるんだから」

美「ごめんなさい」
夏「いや、あやまることではないと思う。きみはただ自分の思うままに行動したまでだから。でも、ひとつだけ訊いておきたいんだけど」
美「はい……」
夏「柴田はぼくのことが嫌いだったの？」
美「……」
夏「あれから9年が過ぎた。もう、本当のことを言ってくれてもいいような気がするんだけど」
美「……」
夏「嫌ならば言わなくてもいいんだ。ただ――」
美「好きでした。嫌いなわけない……」

花梨が（おそらく無意識にだろうけど）テーブルの上のぼくの手をぎゅっと摑んだ。

父さんはさらに続けた。
夏「ああ、良かった。ぼくはすごい勘違いをしていたのかと思ってたから。柴田の仕草や視線をまるっきり読み違えていたのかと思った」
美「露骨でした？」
夏「いや、そんなことはない。すごく微かなシグナルだったよ。でも、自分の好きな女性からのシグナルを見落とすことはない」
美「でも、なんで私なんか——」
夏「あの時も、そう言ってたけど、どうしてそう思うんだろう？」
美「だって、私なんかほんと地味でなんの取り柄もないし、背だって小っちゃいし、全然夏目くんとは釣り合わないから……」
夏「恋愛感情って、そういうファクチュアリズム的な思考とは別のものだと思うんだけど。なんて言うか、基本的にはもっと理不尽なもののはずだよ」
「ところでファクチュアリズムってなんだ？」
父さんが訊ねて、花梨が答えた。
「事実だけを重視する主義ってことかしら」

なるほど。
美「それに、とても魅力的でスタイルのいい女の子たちが夏目くんのことを好きだっていつも言ってたし」
夏「でも、ぼくが好きなのは柴田だけだった。そのことはちゃんと伝えたと思ったけど」
美「ええ、憶えてる」
夏「なら――」
美「きっと、ちょっとのあいだの気の迷いだと思ってたの。何かの気紛れで、こんな私に声をかけてくれたけど、いつか私よりももっと魅力的な女の子から告白されて、それでさよならを言い出されるんだなあって、そんなふうに思ったから」
夏「でも、柴田の気持ちはどうなるのかな？」
美「私は――私は自分の気持ちを押し殺すことは慣れているから。そのことはとても上手なの。だから、傷ついてつらい思いをするぐらいなら、初めから――」
夏「まいったな……」
「そこで夏目くんは、しばらく黙り込んだ。ずいぶん長い沈黙だったな。ああ、ありがとう」
ライナスが運んできたグラスの水を父さんはまたもや一気に飲み干した。
「再び口を開いたのはゆうに3分は過ぎた後だった」
夏「先週、ぼくは柴田を見かけてるんだ。後ろ姿だけだったけど。店長から『美咲』って名前を聞いて不思議な気がした。偶然なんだろう、とあの時は思った。柴田の後ろ姿に奇妙な懐かしさを感じていたけど、まさかと思ったし」
美「ええ」
夏「結婚紹介システムってことは、店長と結婚を？」
美「それは、ないと思う」
花梨が「えっ？」と小さく声を上げ、それから気遣うような表情でぼくを見た。美咲さんの意志を、ぼくもここで初めて知ったと彼女は思ったのだろう。ぼくは花梨の目を見て、「そうなんだよ、ぼくも知ってた」というふうに頷いた。父さんの話はぼくらに構わずにさらに続いていく。
夏「花梨さんがいるから？　あの日会ったんだってね」

美「そうではないわ。私、フランスに行くの」
夏「フランス?」
美「叔母と一緒にハーブの勉強をするために。ずっと相談されていたんだけど、ここでようやく決心がついたから」
夏「そのこと、店長は?」
美「伝えてある。すごくわがまま言って申し訳なかったんだけど」
夏「そうなのか……」
美「夏目くんは?」
夏「え?」
美「夏目くんはなんで遠山さんのお店に? 外資系のメーカーに就職して、世界中を飛び回ってるって友達から聞いたけど」
夏「姉にね、言われたんだ。姉からの手紙で」
美「お姉さん?」
夏「そう。ぼくが17歳の時、彼女は家を出た。それ以来一度も会ってないんだけどね。世界中を旅しているみたいなんだ」
美「10年近くも?」
夏「ああ、もうそうなるかな? それでも、いまも毎年誕生日になると彼女から手紙が届く。いつも違う国から。エジプトとかブルネイとかハイチとか」
美「弟思いのお姉さんなのね」
夏「そうなんだろうね。それに、彼女のアドバイスはおそろしく的確なんだ。大学受験も就職も、すべて手紙の指示に従って、うまくやってきた」
美「予言みたいなもの？」
夏「どうだろう？　少なくとも、それまでの手紙はとびきり有効な実際的助言といったレベルを超えてはいなかったけどね」
美「今度は？」
夏「いささか不思議だね。彼女の手紙にはこうあったんだ。『もし、あなたが捨てきれない思いをいまだに抱えて暮らしているなら、仕事の場所を変えてみなさい。おそらく水の揺らぎが、あなたの思うひとを連れてくるはずよ』ってね」
美「それ――」
夏「そのときたまたま、自分の趣味でいつも買っていたアクア雑誌が机の上にあって、開いたままのページに『トラッシュ』が紹介されていたんだ。それでだよ」
美「思うひとって……」
「さて、ここまでだ。ちょうどいい場面だが仕方がない。この頃には私の周りを小さな子供たちが不思議そうな顔をして囲んでいてね。どうにもその場に居続けることができなくなっていたんだよ。子供のママさんたちも怪訝な顔をしていたしね。まあ、無害な老人には映っていただろうが――」

で？　と父さんはぼくを見た。

「感想はどうだ？　私はちょっと複雑な思いだよ。紹介もされないうちに、息子の失恋を知ってしまったのだからね。なんとも素敵なお嬢さんじゃないか？　まったくもったいない」

「うん、そうだね。すごく素敵な女性だった」

「おまけに花梨さんも今日で行ってしまうと言うし、これじゃあ、私は永遠にサクジに追いつけないいじゃないか」

結局それか。父さんらしい。思わず苦笑いしてしまう。あるいはそれも、ぼくに対する心遣いの戯けた物言いだったのかもしれない。

「さて、じゃあ、食べさせてもらうかな。急いで伝えようと飛ばして帰ってきたから腹が減ったよ」

父さんはそう言うと、ナイフとフォークを手にして、目の前の料理に取りかかった。

「あなた、美咲さんに振られちゃったの？」

花梨がぼくに身を寄せながら、声を潜めて訊いた。

「うーん、なんかそうらしいね」

「彼女、ほんとにフランスに行くの？」

「ああ、それは間違いない」

「それだけが理由なの？」

え？　と彼女を見ると、カチッと目が合い、なんなく心を読まれてしまった。彼女の表情が曇る。けれど、ぼくはそこから何かを読み取ることができない。ぼくにはその行為は複雑すぎる。

「夏目くんの話、ちょっと不思議よね」

花梨が言った。今度は、いわゆる公の見解というやつだ。

「夏目くんは手紙に従ったから、ずっと想い続けていた美咲さんに再会できたってことだよね」

「こういうのをユングならシンクロニシティーって呼ぶんでしょうね」

「宗教家なら神のお導きって言うだろうね」

「私なら、よく出来た偶然と呼ぶがね。実際それが世界を動かしているんだ」

父さんはそう言って、イカのフリットを口に運んだ。この歳になっても歯は全部自前で、出されたものはなんでも食べる。

「でも、ようやく分かったよ。彼が時給９８０円の『トラッシュ』に来たわけが」

ぼくが言うと、花梨が大きな溜息を吐いた。

「彼ってロマンチストなのね。私の顔をすっかり忘れてた誰かさんとは全然ちがうわ」

「忘れたわけじゃない。記憶と違っちゃってただけだろ」

「どうとでも言えるわね」

「ひとつだけ、私の愚かな息子を弁護させてもらえるなら」

父さんが言った。ぼくはぎょっとして彼の顔を見た。何を言うつもりだろう？

「ほら、いつか私の車で湖に泳ぎに行ったことがあっただろう？」

花梨は黙って頷いた。

「あのとき、私はきみたちの写真をずいぶん撮った」

「ええ、いまも大事にしてます」

「その中の1枚に、きみと智史が浅瀬で水を掛け合っている写真があった。憶えているかな？」

「もちろん。憶えてます」

ぼくは尻（しり）の辺りが落ちつかず、なんとも居心地の悪い気分を感じていた。なるほど、このことが公にされるわけか。

「智史は、その写真をずっと自分の勉強机の前に貼り付けていたんだよ。きちんとラミネート加工してね。佑司くんとのスリーショットもあったが、一番熱心に眺めていたのはそれじゃなかったかね」

花梨がぼくを見た。ぼくは目を合わさず、顎に力を入れてじっと堪えていた。おそらく顔が熟れた柿(かき)のような色になっているとは思ったけど、本人は気付いていないというふりを通した。

確かに、あの写真はずっと大事にしていた。実はマンションのぼくの部屋にまだ貼り付けられたままになっている。森に囲まれた小さな湖の畔(ほとり)で、ぼくらが嬉しそうに水を掛け合っている写真だ。花梨はもちろんコート姿ではない。紺色のスクール水着を着ている。胸の膨らみはそれほど目立ってはいない。それよりも手足の細さのほうが際だっている。髪は濡れて額に貼りついている。何かを叫んでいるのか口を大きく開き、そこにはしっかりと歯列矯正器も見えている。ぼくはあばら骨の浮いた白い胸と固く締まった腹をさらし、その下にはやはり学校指定の水泳パンツを履いている。すごく楽しそうに見える。実際、すごく楽しかった。人生は始まったばかりだし、時間はぼくの前に果てしなくあるものだと思っていた。早く大人になりたいと願っていたけど、それはきっと大人になったらいまよりももっと楽しいことが待っているんだろうと本気で思っていたからだ。あまりにも無邪気で、その手放しの笑みを見ていると、「おいおい」と思わず声をかけたくなってしまう。「いいのか、そんなことで。この次の春にはもうお前たちは遠く離れてしまうことになるんだぞ」

でも、それは大人になったぼくの単なるひがみなのかもしれない。はるか遠くまで見通せるようになり、その分だけ不幸になったぼくが、先を見ようともしない彼らにきっと嫉妬(しっと)しているのだろう。

「智史は、ずっとその写真ばかり繰り返して見ていたから、現実のきみがそこからどんどんと成長して大人の女性になっているなんて想像できなかったんだと思うよ。息子の中では、きみはあの湖畔で笑いながら水を掛け合っているところで止まっているんだよ」

そうなの？　という顔で花梨がぼくを見るから、きっとね、というふうに頷いた。あまりの恥ずかしさに動悸(どうき)がしていた。親ってどうしてこうも無思慮な仕打ちを子供にできるものなのだろう。確かに弁護にはなっていたが、ぼくの受けたダメージは、こちらのほうが遥(はる)かに大きかった。

やがて、父さんのランチもすべて終わり、ぼくらは『FOREST』を後にした。帰りしな、花梨はハギングと頬へのキスでライナスに別れを告げていた。

「これぐらい普通よ。これで最後なんだし」

店を出てから花梨が言った。

「あなたもして欲しい？」

「別に」

「また、やせ我慢しちゃって」

「はいはい」

隣で父さんが嬉しそうにげらげらと笑っていた。

ショップに戻ると、留守番電話にメッセージが入っていた。再生すると、それは夏目くんからのものだった。

「えーと、夏目です。先ほどは失礼しました。花梨さんごめんなさい。送別会のランチ、ご一緒できなくて残念です。おおよそ見当は付かれていると思いますが、柴田さんとぼくとは古くからの知り合いです。高校の時の同級生でした――」

ピーと鳴ってメッセージが終わる。

「早すぎない？　設定短すぎるわよ」

しっ、と花梨を制し、「まだ次が入っている」と教える。

「えーと、夏目です。それで、彼女があのとき逃げ出した理由なんですが、それはぼくが彼女に3度告白して、それを彼女が3度断ったからです。きっと気まずかったんだと思います。それで、追いついて話をしたんですが――」

ピー、となってまた次が再生される。

「えーと、夏目です。それで、もう少し時間をかけて話し合おうってことになって。ああ、店長とのことも聞きました。それで、そういうことも含めて、これからちょっと話をしてみようと思います。ですので、店は早退させてください。花梨さんにはくれぐれもよろ――」

　ここで最後のメッセージが終わった。3人で顔を見合わせる。

「夏目くんも必死って感じね」

　花梨が言った。

「なかなか正直な青年だな」と父さんが感想を述べた。

「どうなるのかしら、ふたり」

「夏目くんの心は決まっている。あとはあのお嬢さん次第だな。もう、うちの息子のことは問題にはならないのだし、とくに障害はないんじゃないかね？」

「なんだかうまく行きそうな感じよね？」

　ふたりとも同意を求めるような目でぼくを見たが、気付かないふりをして何も答えなかった。ただ、心の中ではこう思っていた。やっぱりぼくらは2番目同士のカップルだったんだ。それでもいいと思いかけていたけど、なんの巡り合わせか、ふたりとも1番のひとと相次いで再会してしまった。だとすれば、あとは心のままに進んでいくしかない。がんばってください、美咲さん。ぼくもがんばるから。

「さて」と父さんが言った。

「そろそろ私はおいとましようかな。実は最近クラシックギターの勉強を始めてね。駅ビルのカルチャーセンターに通っているんだ」

父さんは右手で弦を爪弾く真似をした。

「いずれ、聴いてもらえるかな？　その、うまく弾けるようになったら」

父さんが身を屈めて、花梨の顔を覗き込んだ。

花梨は、ただ黙って首を縦に振った。すん、と鼻を啜り、それからいきなりぽろぽろと涙を零し始めた。

「おいおい、大袈裟だね。今生の別れってわけじゃないだろうに」

父さんは子供の頃もそうしていたように、花梨の頭をその大きな手でそっと撫でた。それが切っ掛けとなり、花梨は父さんの胸に抱きつき、肩に顔を埋めて大声で泣き始めた。

「どうした、どうした？　ほら、そんなに泣いたらせっかくの器量が台なしだよ」

父さんは花梨の背中に手を回し、ぽんぽんとあやすように叩いた。花梨がこんなふうに全く無防備な自分をさらすところを初めて見た気がした。彼女は大きくしゃくりあげ、何度も鼻を啜り、「お父さん、お父さん」と繰り返していた。父さんは「いい子だね、ほら、ゆっくり息をしてごらん」と彼女をなだめた。やがて、だんだんと、しゃくりあげる音が小さくなり、その間隔も間遠くなっていった。

「よし」と父さんは言った。

「さあ、顔を上げて」

花梨は促されるままに顔を上げ、びしょびしょに濡れた顔で、ぎこちない笑みをつくった。

「よしよし、それでいい。ほら、顔を拭きなさい」

父さんから差し出されたハンカチで花梨は涙に濡れた頬や目の縁を拭った。

「また、いずれ会えると約束してくれるね？」

「はい……」

花梨は涙を飲み込みながら何度も頷いた。

「うちの息子も寂しがるから、会いに来てやってくれ」

「ええ」

「佑司くんもきっともうすぐ目を覚ますだろう。そしたら、また4人でいつかみたいにフルーツパフェを食べに行こう。いいね？」

その言葉でまた花梨の目に涙が浮かんできた。

「ほらほら、もう泣かない。別れの言葉は陽気に交わすもんだよ」

「はい……」

「そんな遠くへ行ってしまうわけでもないし、またいつでも会えるさ。詳しい事情は知らないが、あの町でさっさと用事を済ませて、また帰っておいで。私たちはいつでもここにいるよ。ここはすでにきみの家でもあるんだしね」

さあ、と言って今度はどこからか父さんがポケットティッシュを取り出した。

「チンしなさい」

彼女は言われるままに素直に鼻をかんだ。

そうだ、と言って父さんは人差し指を立てた。

「ひとつだけ、いいことを教えてあげよう」

花梨は2枚目のティッシュを鼻に当てながら、父さんを見ていた。

「この世界には、物理学の教科書にも載ってない強い力がひとつある」

いいかな？　という感じで父さんは花梨を眺めた。彼女が頷く。

「それは、磁力や重力なんかよりもはるかに強い力だ。なんと言っても、それはどんなに距離が離れても、少しも弱まることがないんだから。地球の裏側に行こうが、冥王星(めいおうせい)の裏側に行こうが、あるいは、こぐま座のしっぽの先に摑まっていようが、その力はなんら変わることなく伝わるんだ。たいした力だよね」

花梨にその概念が浸透するのを待つように、父さんは少しあいだを置いた。

「さあ、分かるだろ？」

父さんは言った。

「私たちは、そのとびきりの強い力で引き合っているんだよ。だから、15年離れていても再会することができた。そうだよね？」

「ええ、そうですね」

「ならば、我々はまた再会するはずだ」

「はい」

「じゃあ、もう涙はいらないね」

「はい」

花梨は最後にもう一度だけ「ちんっ」と鼻をかむと、ポケットティッシュの袋を父さんに返した。

「その強い力って、なんて名前が付いているんですか？」

花梨が訊いた。

「さあ、なんと呼ぶんだろうね」

父さんは言った。

「まあ、それは人それぞれが、自分に一番しっくり来る言葉を当てはめればいいんじゃないのかな」

　父さんはもう一度花梨の頭に手を置き、目を細め微笑んだ。

「さあ、もう時間だ。花梨さんも元気で行ってらっしゃい。そして、また『ただいま』って言いながらここに帰っておいで」

　その言葉に花梨の目が再び潤みかけた。けれど、彼女は「ふうっ」と息を吐き、込み上げる感情を逃がした。口角をきゅっと引き上げ、無言で頷く。

「よし、いい子だ」

　父さんは、じっと花梨の目を覗き込み、それからきびすを返して、店の外へと出て行った。花梨が後を追い、その後をぼくも追った。父さんは駅へと下る坂を歩きながら、春霞（はるがすみ）が立つ空を見上げていた。振り返ることはなかったが、ぼくらが見ていることを知っていたのか、空に向かって大きな声でひとりごちた。

「強い力だ」

　そして指を薄水色の天空に向ける。

「それさえあれば、あの空の向こうにいる誰かとだって私たちは結びつくことができる」

　それを憶えておきなさい。

　父さんは突き立てた指を小さく振ると、ゆっくりとした足取りで坂を下り、やがて街路樹の向こうへと消えていった。

誰かの子供であることは幸福だとこのときぼくは感じた。もちろん、親にもよるのだろうが、少なくともぼくは、あの父親の子供であることを幸福に感じていた。

花梨とぼくは店の中に戻り、彼女は「少しやり残したところがある」と言ってカウンターのコンピューターに向かった。ぼくもまたいつものとおり、発送する水草の梱包作業に取りかかった。このようにして、この日の後ろ半分もまたたく間に過ぎてゆき、やがて夜がやってきた。

12

ぼくらはカウンターを挟むようにして座り、ふたりでショコラデニッシュを食べていた。夕食としては貧弱な気もしたが、彼女が「これがいい」と言ったのだ。飲んでいたのは確か「212」だったと思う。また新作が出たらしい。

「で？」とぼくは彼女に訊いた。

「何時に行くの？」

彼女はちぎったショコラデニッシュを小さく振ってみせた。

「これを食べ終わったら」

「じゃあ、もうすぐじゃないか」

「ええ。だからゆっくり食べてるわ」

彼女は言った。

「名残惜しいもの」

「どうしても今日行くの？」

この言葉を威厳を保ちながら口にすることは難しい。そしてぼくはもちろんそうすることができなかった。留守番させられる子供が母親に訊ねるような口調になってしまった。

「ええ」と彼女は言った。

「そうよ。昨夜言ったとおり」

それからしばらくは会話が途切れ、ぼくらはひたすらショコラデニッシュをちぎっては口に運んでいた。

「今度はいつ来る？」

口の中のパンを飲み込んでから、ぼくは花梨にそう訊ねた。

「父さんと約束してたよね」

「いつとは言ってないわ。いつかね」

「いつかっていつ？」

「『いつ』って分からないから『いつか』って言ったんだけど」

ああ、そう。

「子供みたいなこと言わないの。もうすぐ30になるんでしょ?」

「みたいだね。よくは知らないけど」

あらまあ、と彼女は大袈裟な身振りでぼくの顔を覗き込んだ。

「拗ねちゃって可愛いわね。そんなに私と離れるのがつらいの?」

一瞬迷ったが、正直に答えることにした。残された時間は少ない。持ち札の中の最強のカードを投げつける。スペードのエースとは、ほど遠いことは分かっているが、ぼくにとっての精一杯だ。

「当たり前だろ」とぼくは言った。言ってから自分の言葉にかっと胸が熱くなった。

「つらいに決まっているよ」

ぼくの率直な物言いに花梨はちょっと怯(ひる)んだような表情になった。自分の軽はずみな問いかけを悔やんでいるようにも見えた。

「花梨はどうなんだよ?」

彼女は困惑していた。ほとんど哀願するような目でぼくを見る。それを私に答えろと言うの? と訊ねている。そのとおり。ぼくはやり方を変えたんだ。緩叙法も婉曲的な言い回しもなし。それは自分を傷つけないための方便だったが、いまのぼくは傷つくことを恐れてはいなかった。何もせぬまま彼女を失い、後悔と自己憐憫（れんびん）に浸る日々に陥ることのほうがよほど恐かった。

「もちろん」と彼女は言った。

「私だって、つらいわ。そのことも昨夜あなたには伝えたでしょ？」

考えながら、ボードの上に駒をそっと置くような言い方だった。コントロールされた科白（せりふ）だけを口にして、真実から一定の距離を置く。

結局、あの言葉を口にするしかないみたいだった。そう考えただけで、ちょっと冷や汗が出てきた。けれど、いま言わなければきっと後悔する。それにしても、これほど真実でありながら口にしづらい言葉というのも珍しい。いや、もちろんそれは口にするのが誰であるのか、ということにも大きく左右される。ニック・ホーンビィはたしか自分の小説の中で、これを生理現象のように容易（たやす）いことと言っていたような気もする。そういう人間もたくさんいる。けれど、そうでない人間も間違いなくこの世界には存在する。この自分がそうなのだから断言できる。

「誤解のないように言っておくけど」と、とりあえず切り出してみた。

「なに？」

「それに気付いていないかもしれないし」

「だからなに？」

「きみが好きだ」

言った途端に、脈拍が一気に上がり、ポンプから送り出された血液がものすごい勢いで全身を巡り始めた。ぼくはコントロールを失い、真実だけを語る自動人形と化した。ぼくは自分自身を告発する密告者となった。

「その、つまりそれは友情じゃなく、男として、女である花梨が好きなんだ。あ、愛しているんだ」

視野狭窄(きょうさく)でも起こしかけているのか、彼女の表情が見えない。不安に駆られ、さらに言葉を継ぐ。

「ずっときみが好きだった。13で初めて会ったときから。この離れていた15年間もずっと花梨のことを想っていた。だから、再会できて、すごく嬉しかった」

目をしばたたかせるが、相変わらず彼女の表情が分からない。花梨はずっと無言のままだ。

「でも、美咲さんとのことがあって、それが言えなかった。道義的にそれは許されることじゃないし、あまりにも無責任なことだし。だから、ぼくはきちんと美咲さんに告げるつもりだったんだ。いますぐには無理かもしれないけれど、いずれ時機を見て彼女には、その、やっぱりおつき合いできないってことを言おうと思ってた。それが順序ってもんだろ？　けれど結局、なんだか、急にこんなことになっちゃって——」

「私はここから出て行くって、あなたに告げていたのに？」

彼女の声を聞いて少しほっとした。そこからは苛立ちや困惑は感じられなかった。

ただ純粋に、ぼくの真実を知ろうとしている。

「うん、そうだね。きみは出て行く。そして美咲さんとも別れる。つまり、また2カ月前の自分に戻るってことさ。ひとりになって、いままでどおりきみを想って暮らす。きみの帰りを待ち続ける」

駄目よ、と彼女が言った。聞き間違えたのかと思い花梨を見たが、彼女の目の色がその言葉を裏付けていた。ポンプが逆回転をして、今度は頭から一気に血が退いていくのを感じた。けれど、ここで怯むわけにはいかなかった。

「待つのはぼくの勝手だ。好きにさせてもらうよ」

語尾が少し震えたが、視線は逸らさずにいた。

「ねえ、お願いだから……」

花梨が言った。その言葉にぼくは胸の中身を鷲摑みにされたような痛みを感じた。

彼女は本当に懇願していた。

「ぼくのことが嫌いなのか？」

まったく無意識のうちにそう訊ねていた。「愛してる」という言葉以上に、口にしたくない科白だったのに。

「嫌いなわけないでしょ」

その声には少し憤るような調子があった。花梨は神経質そうに髪を掻き上げた。

「ねえ、少しは夏目くんを見習ってよ。口にしなくたって、察するってことぐらいできるでしょ？　自分の好きな女性からのシグナルを見落とすことはないって、そのぐらい言ってよ」

「いや、もちろんそうなんだけど。でも――」

もうっ！　と花梨は苛立った声を上げた。

「好きよ。智史のことが大好きよ！　これでいい？」

はい、とぼくは答えた。花梨の勢いに気圧され呆然としていた。けれどその一方で、どこか冷静な部分もあった。ようやく彼女を説得するとば口に足を掛けたのだとも感じていた。舞い上がりそうな心に重石を掛ける。

「そうでなけりゃ、わざわざあなたを探して訪ねてきたりしないわ」

花梨が言った。

「きっとあなたと想いは一緒よ。私も恋してた。13のときから。それをオーバーサイズのアーミーコートで隠していたの」

「このぼくに？」

「ええ、そうよ。私は『このぼくに？』って訊ねる唐変木に、理不尽なまでに恋しちやったってわけ。憧れてたって言ったけど、そんなもんじゃなかった。顔を見るだけで胸が心臓発作を起こしそうなほどどきどきしたわ。と言うより、あれも一種の発作よね。処方薬なしの」

ふう、と彼女は大きく息を吐いた。気分の高まりを鎮めるように、何度も髪を掻き上げる。

「気付かなかった」

ぼくは言った。

「その――そこまでだったなんて」

「それはそれは、ありがたいことね」

攻撃的になることで、その他の感情を見せまいとしているみたいだった。

「必死で隠しているのに、気付いてもらえなければ気付いてもらえないで、なんだか頭に来ちゃうのよ」

「複雑なんだね」

「そうでもないわ。理由はただ恐くて打ち明けられなかっただけ。智史から先に言い出してもらえれば、仔犬みたいに尻尾を振りながら飛び込んでいったわ」

「でも、きみの演技は完璧だった。他の誰かならともかく、このぼくにはとてもそれを見抜くことはできなかった」

「キスをしたでしょ？」

「あれは前にも言ったけど、ぼくの気持ちを知ったきみが同情心からしてくれたキスだと思ってた」

「こっちは、3日前からずっと悩んでいたというのにね」

「でも、分からないよ、そんな気持ちでいたなんて」

「ええ、そうね。不幸なカップルだわ。お互い告白する勇気を得るのに、15年以上もかかってしまったなんて」

そのとおりだ。遠回りにも程がある。失った歳月はあまりに大きい。しかし、これ以上ぼくは遠回りをするつもりはない。

「なんだか、すっとしたわ」

花梨が言った。

「言えなかった言葉を口にして、晴れやかな気分よ」

「ぼくもだ」

「ほんとは打ち明けるつもりはなかったのに」

そう言って花梨は唇を嚙んだ。

「美咲さんとのことがなくても、友情は友情のままでここを去っていくつもりだったのに」

「いなくなってしまうのに、無責任でしょ？」

ぼくの言葉を遮って、花梨が言った。

「ずっと大事に初恋を抱えていました。どうしても、その人に会いたくて、来てしまいました――そんなの私の柄じゃないし」

「でも、きみの気持ちを知って良かったよ。どうすればいいか、これからの指針がはっきりと決まった」

彼女が不安そうな目でぼくを見た。

「それって……」

「言ったろ？　待つって。花梨の気持ちが分かったんだから、もう迷いはない」

花梨は苦しそうにかぶりを振った。けれど、ぼくだって何も考えもなしに度し難い男のように振る舞っていたわけじゃない。ここまでは何度も繰り返してきた。今日は、そこからさらに先に進むつもりだ。そのために必要な言葉だった。

「花梨が抱えている問題がなんにせよ、ぼくは待つよ。ゆっくりと治してくればいい。あの町にきみの両親はいるのかい？　そこで療養するつもりなの？」

さりげない口調で訊ねたが、実はもっと深刻な問題なのかもしれないと内心思っていた。長く待つことになるかもしれない。でも、その覚悟は出来ていた。

花梨は両手で顔を覆い、何度も深い溜息を繰り返した。ぼくは決して先を急がなかった。水槽の泡がはじける音に耳を澄ませ、水の匂いを確かめ、彼女の長い髪をじっと見つめる。きれいな髪だ。触れてみたいと思う。つややかな頬にも、あるいは形のいい唇にも。

その唇がゆっくりと開く。

「本当のことを言うわ」

花梨は顔を上げ、ぼくを見た。

「それを聞いたら、私を待つことが無駄だと分かるはずよ」

13

花梨は空になったぼくのカップを手に取り、カウンターの奥のポットに向かった。「212」を注ぎ、再び戻ってくる。ありがとう、と言ってぼくはカップを受け取り、一口啜った。柑橘（かんきつ）系の香りが口の中に広がる。すでに「213」も出ているのだが、それはシナモンが入っているから嫌いだと彼女は言っていた。レモングラスとペパーミントのブレンドなのだと花梨が夕食の前に教えてくれた。ぼくはもう一口「21

2」を啜ると、花梨の言葉を待った。

彼女はカウンターに視線を落としたまま、静かに語り始めた。

「智史に、私には姉がいたって話したわよね」

「ああ、聞いたよ。花梨が9歳の時に亡くなったって」

「ええ、そう言ったわ」

それから花梨は一息置いて、こう続けた。

「でも、彼女、本当はまだ生きているの」

何かしら奇妙な話になりそうな予感がした。黙したまま彼女に先を促す。

「私とひとつ違い。いま30歳になるわ」

「何をしている人？」

その疑問に、彼女は意味深な含み笑いを浮かべた。何かおかしなことを言っただろうか？ 的はずれな言葉に思わず頬が緩（ゆる）んだといった表情だった。

「ねえ、子供の頃のこと憶えている？」

花梨が訊いた。

「子供の頃の何をさ？」

「私があなたたちと離れてひとりで行動していたことが、ちょくちょくあったでしょ？」

「ああ、あったね。訊ねると『女はいろいろ忙しいんだよ』って教えてくれなかった」

そう、それよ、と彼女は言った。

「あれは、姉のところに行ってたの」

「お姉さん？ だって、一緒に暮らしていたんじゃないの？」

彼女はかぶりを振った。

「いいえ。姉は隣町の病院にいたの」

仲のいい姉妹だった、と花梨は言った。

「ひとつ違いだったけど、ふたりは双子みたいによく似ていたわ」

「鈴音さんだよね？」

「ええ、鈴音。私たちいつも一緒だった。いつも同じようなことを考えていたし、心のどこかで繋がっちゃっていたのね」

彼女は頬杖（ほおづえ）をついて、くつろいだ表情をしていた。隠すための演技から離れて思いのまま語っている。

「私たちはよく夢を見たわ」

「夢？」

「ええ、夢よ。眠りながら訪れる世界」

「ああ、その夢ね」

「そのうち姉と私は奇妙なことに気付いたの。私がまだ7歳ぐらいのときだったかしら」

彼女は目を細め、ぼくの肩越しに何かを見つめていた。

「ふたりはよく同じ夢を見た——と言うより、同じ夢の世界にふたりそろって訪れていたって言ったほうがいいかしら。いつも同じ場所に」

ふむ。

話はだんだんと日常から遠いところへと向かいつつあった。まさか、花梨からこんな話を聞かされるとは思ってもいなかった。『頭の中に小さな腫瘍(しゅよう)が見つかったの。それが睡眠発作の原因だったの。ええ、でも大丈夫、完治するってお医者さんは言ってくれてる』。そんな話になるだろうと思い、身構えていたのだ。けれど、これではどこに力を入れて受け止めればいいのか分からない。

「それはどんなところ？」

彼女は小さくかぶりを振った。

「うまく言葉で説明することはできない。この世界に存在しない色を説明するようなものよ。ただ、懐かしくて、優しい気持ちになれる場所としか言えない」

「懐かしいって、あの町みたいに？」

そうね、と彼女は頷いた。

「あの町みたいに懐かしい場所。懐かしい人たちがいて、私たちを待っている」

「花梨の主観としてでなく？」

「そうよ。だって、姉も同じ夜に同じ夢を見ていたんだから。夢の中で私たちがおしゃべりしたことを、目を覚ましてから確かめ合いもしたわ」

ふむ。

「信じられないという顔ね」

どうだろう？　これをユングならシンクロニシティーと呼ぶかもしれない。あるいは父さんなら、よく出来た偶然と呼ぶんだろうか。

いいの、と花梨は言った。

「すべてを信じてもらえるなんて思ってはいないから。ひどく奇妙な話よね。私だってときどき信じられなくなる。これって単に続き物のよく出来た夢を見ているだけなんじゃないかって、そう思うこともあるわ」

「うん」

「まあ、とにかく普通でないことは確かよ、こんな夢を見るなんて。きっと私たち姉妹の心の仕組みがちょっとだけ他の人と違っていたのね。普通でない夢を見てしまう普通でない心」

「でも、ぼくらだってそんな気持ちになることはあるよ」

「そんな気持ちって？」

「そこに何度も訪れているような懐かしい気持ち。そんな夢を見ることもある」

ぼくは、母さんと過ごした、あの夢の部屋のことを思い出していた。

そうね、と彼女は頷いた。

「そう、なにも私たちだけにパテントが与えられているわけじゃないもんね。夢は、みんなのものよね」

まあ、とにかくそんな夢よ、と彼女は言った。

「うん、そんな夢だ」

続けて、とぼくは彼女を促した。

「――それで、私はだんだんと恐くなっていったの」

「夢を見ることが？」

花梨はゆっくりと頷いた。

「だって、夢に囚（とら）われそうになったから」

「囚われる？」

「ええ。少しずつ、眠りの時間が長くなっていったから。いずれはそこから抜け出せなくなるような、そんな恐怖を覚えたの」

そこで花梨は言葉を止め、ぼくの目を見た。

「姉の鈴音がいま何をしているかって、さっき智史訊いたわよね?」

そう言われて、彼女のあの含み笑いの意味に気付いた。

「そうか。お姉さんはいまでもまだ――」

「そう。10歳の時から、もう20年も彼女は眠り続けているわ」

10歳のある日、彼女は長い眠りに入り、それ以来、ずっと病院のベッドの上で眠り続けている。

「あの日、私だけが帰ってきたの。彼女をひとり残して。だって、恐かったから。パパやママと離れたくなかったし、あの世界は私がいる場所じゃないような気がしてたから」

彼女は遠い過去を探るように、目を細め灯りの落ちた水槽を見つめていた。

「必死で帰りたいと願った。夢の中でずっと帰り道を探してさまよったわ。なんだか、夢そのものに意思があるみたいな感じだった。私を帰したくないって、そんな気持ちが感じ取れたの」

「でも、花梨は帰ってきたんだね?」

「ええ。でも、目覚めたら、眠りに就いた日から1週間も過ぎてた。いつのまにか、姉とははぐれてしまっていたわ。彼女は帰ってこなかった。姉はあの場所が好きだったのよ。懐かしくて、優しい気持ちになれるあの奇妙な場所が」

花梨は静かに続けた。

「それ以来、姉は眠り続けているわ。それなりに歳は取っていくけど、眠り顔はまだ少女のままのように見える。いろんな治療を試してみたけど、目を覚ますことはないの。病院もいろいろ変えてみたんだけど、結果は同じ。彼女はまだあの場所にいるわ」

「花梨は、その、どうなの？　まだ、そこに行くことはあるの？」

花梨は強い眼差しでぼくの目を見た。逸らさずにずっと繋いでいると、彼女の瞳がうるんでいくのが分かった。

「今夜」と彼女は言った。

「あの場所に私は行くの」

＊

ずっと遠ざけてた、と彼女は言った。

「普通の夢と違うでしょ？　とても深い眠りの底に入り口がある。だから、浅い眠りを続けていれば、あの世界とも距離がとれる。そのために、私はずっと薬を飲み続けてきたの」

「じゃあ、あの薬は――」

「ええ。あれは眠らないための薬。明け方にちょっと微睡（まどろ）むぐらいしか、私には許されないから。それを20年間続けてきたわ」

ぼくが言葉を失っていると、彼女は「大したことじゃないわ」というふうに微笑んだ。

「慣れればなんとかなるものよ。それに、きっと私はほかの人とは眠りの意味が違っているんだと思う。とにかく、あの夢に囚われるのが恐かったから、ひたすら眠らないようにしてきたの。自分でも分かってる。一度囚われたら、きっと私も姉のようになるって。だから、ずっと気を張ってきた」

彼女は寂しそうに微笑んだ。

「姉と私は違うんだって思いたくて、まったく違う人間のふりをしていた。男の子みたいに髪を短くして、スカートの代わりにズボンを履いて。それに男みたいなしゃべり方をして」

「だから、あんな――」

「そうよ。だから、私はあんな姿をしていたの」

「打ち明けてくれればよかったのに」

ぼくの言葉に花梨は激しくかぶりを振った。

「無理よ。あの時の私はこれを恥ずかしい病気か何かみたいに感じていたから。とくにあなたには言えなかった」

『とくにあなたには』という言葉にぼくの胸がきりりと痛んだ。だからこそ、ぼくは気付くべきだったのだ。他の誰でもない、このぼくが。

彼女は紅茶を飲み干すと、小さく溜息を吐き、さらに話を続けた。

「薬には耐性というものがあるでしょ」と花梨は言った。

「だから、慣れてくると別の薬に変えなくちゃいけないの。効果を求めてより強い薬に変えていく。でも、それでもだんだんとまた身体は慣れていくわ。それに副作用という問題もあるし。それで、もう限界が来たの」

「限界って？」

「次の薬はないわ。でも、いまの薬も効かなくなっている。眠りが確実に深くなっているの。１時間ほど微睡むだけなんだけど、その間にも、私はあの世界に限りなく近付いていく」

「近付くって、どういうこと？」

「なんて言うのかしら。希薄な存在として、そこにいるのよ私が。漂うように俯瞰(ふかん)しているの、あの場所を」

「まるで幽霊みたいだね」

「ええ、まさしくそうね。そんな感じよ。そして、その密度が徐々に増しているのが分かる。重さを持ち、風に揺らぐことのない肉体をもって、あの場所に錨（いかり）を下ろそうとしている」

「いつ頃から？　その、そんな感じが始まったのは」

「映画で賞をもらった頃からね。最初はほんとに微かな兆しみたいなものだったんだけど」

彼女はそこで小さく首を傾げた。

「それに私も疲れてたし。ゆっくり眠りたいって思い始めてた。モデルの仕事も女優の仕事も、私には向いていないんだって分かっちゃったから」

「でも、いよいよこれからって時だったんだろう？」

「残された時間が少ないって気付いたときに、優先順位は変わったわ。幸せを求めるなら、仕事を続けるより、あなたや佑司のそばに行こうって、そう思った」

それなりに恋愛はしてきたけど、と彼女は言った。

「やっぱり、私にとって14歳のときのあの恋がいちばんだったから」

視線が重なり、ぼくらは静かに見つめ合った。不思議な気持ちだった。悲しみに沈み、同時に勇壮な決意に昂揚（こうよう）もしていた。ススキヶ原で毎夜、彼女を見守っていたときのあの熱を帯びた気概が蘇っていた。

「来てくれて嬉しいよ」

ぼくは言った。

「ええ、私もあなたに会うことができてよかったと思ってる。いつその日が来るのか分からなかったけど、それでも一緒にいたかったから。美咲さんとあなたが結ばれるんだとしても、それでもいいから、そばにいて、あなたを見ていたかったの。なんか、けなげよね？」

「ほんとだ。花梨らしくもない」

「でも、ほんとの私なんてこんなものよ。見かけに誤魔化（ごまか）されないで」

「そうだね」

ぼくらは小さな笑みを交わし合った。

「お互いの気持ちが通じ合ったところで、もう少し、その喜びを噛みしめる時間はないの？」

ぼくはもう一度だけ彼女にそう訊ねてみた。今夜旅立つ理由を彼女はまだ言っていない。

「それはできないわ。残念だけど」

「佑司のこと?」

彼女が動きを止め、ぼくの目を見た。

「なんでそう思うの?」

「なんとなく。当てずっぽうだよ」

「ヒントは出尽くしてるものね」

「かもしれない」

ええ、そうよ、と彼女は頷いた。

「彼を呼び戻しに行くの」

「彼も夢の中に囚われている?」

「ええ。迷いながらさまよっている。このままだと、遠くないうちに彼は戻って来られなくなるわ。佑司は、二度と戻れなくなる」

14

なんとなく分かってしまった。あの場所がどんなところなのか。いろんな人たちが、いろんな言葉で、いろんなふうに語ってきた「あの場所」。

「あの場所って――」

ぼくの呟きに、花梨が顔を上げる。

「私は『青い鳥』の思い出の国みたいなところだって、そんなふうに思ってるけど」

そう、そんな呼び方もある。

「なんにしても不思議な場所だね」

「そうね」

「でも、そんな場所があるってことを知るのは、なによりの慰めになる」

「ええ、たしかにそうね」

眠気が訪れたのか、彼女は小さな欠伸（あくび）をした。ぼくの視線に気付き、寂しげに笑う。

「薬を朝から止めてるの。だから、今度眠ったら――」

「目覚ましは効かない……」

「しょげた顔しないで。これが一番いいやり方なの。いずれ、私はあそこに行く。ならば、少し早くなったって、そんなに変わりはないわ。それに、いまならばきっと佑司を呼び戻せると思う。なんか、そんな気がするの」

突然、天啓のようにひとつの記憶が蘇った。

「もしかして――」

ぼくは、その事実に少し興奮していた。

「子供の頃、佑司がひょうたん池で溺（おぼ）れたとき、夢の中で出会った少女って――」

たぶん、と花梨は言った。

「はっきりと記憶が残っているわけじゃないの。まだ、私も幼かったし。でも佑司はずっと、あれは花梨だったたって言い続けていたから」

「やっぱり……」

「私たち姉妹は普通じゃないってことよ。私なら、それができるかもしれない」

花梨がカウンターの上に置いたぼくの手を取った。相変わらず冷たい手だった。

「ねえ、考えてみて」と彼女は言った。

「これって、きっと誰かが用意したハッピーエンドのシナリオなのよ。だってそうでしょ？　こんなタイミングで私たち3人が再会したのって、偶然なんかじゃないと思う。私は、佑司を助けに行くために、こうやってあなたに会いに来たの。そう思わない？　あなたって、もしかしたら触媒みたいな体質なのかもしれないわね」

「ショクバイ？」

「ええ、あなたを切っ掛けとして、周りの人間が化学反応を起こしていくの。夏目くんと美咲さんもそう。あのふたりだってあなたが引き合わせたようなものでしょ？」

「確かにそうだけど――」

「私たちが再会したことには意味がある。これって、お父さんが言ってた、よく出来た偶然ってやつなんじゃない？」

　だとしても、それがハッピーエンドになるには、最後の大団円が必要となる。ぼくはしばらく考えてから花梨に言った。

「分かったよ」

　精一杯の笑顔を見せる。

「きっと、花梨の言うとおりなんだろうね。きみたち姉妹が、夢の底にあるもうひとつの世界に引き寄せられる体質だったのも、あるいはこうやって誰かを呼び戻すために授けられた力だったのかもしれない」

　ぼくは花梨と繋いだ手に力を込めた。

「ぼくからも頼むよ。佑司を呼び戻して欲しい。彼は、まだこっちの世界で受け取るべき幸せを手にしていない。神様にはたっぷり貸しがあるはずなんだ。１００まで生きて、幸福の年金をもらわなくっちゃ」

　花梨が頷いた。ぼくはすかさず続けた。

「それに――花梨も、きっと戻ってきて。きみはお姉さんとは違う。長く眠り続ける必要はないんだ」

　彼女が何かを言いたげに口を開いた。ぼくはそれを遮るように言葉を続けた。

「ぼくはやっぱり待ってみるよ。待つ人間がいるってだけでも、早く帰ろうって気になるだろ？」

　彼女は唇をきつく噛み、激しくかぶりを振った。

「だめよ」

　苦しげにそう呟く。

「待たないで。あなたの人生を台なしにしたくないの。私が目覚めるって保証はどこにもないわ。私の意志だけじゃ、どうにもならないの」

「それでも、そんなに分の悪い賭じゃない。佑司がもし戻って来られるなら、花梨だって、きっと——」

「私たちは別なのよ。他の人とは違う心を持って生まれてきたって言ったでしょ？　私たちは生まれる前から、あの世界に見えない紐で舫われていたのよ。それこそ幽霊みたいなものだわ」

「でも、その割には血色のいい頬をしているよ」

　花梨は涙の浮かんだ目で、ぼくにきつい視線をよこした。

「ちゃかさないで。だから言いたくなかったのよ。曖昧なまま行ってしまえば、あなたは判断の材料を見つけられずに、やがて待つことに倦んだはずよ。それならば、私も思い残すことなく眠りに就くことができたのに……」

　そのまま口を閉ざし、彼女は俯いた。顔を覆う長い髪が柔らかな光を反射していた。

握りしめた彼女の手が微かに震え、見ると手の甲には露草(つゆくさ)の花の色をした静脈がローマ字のKのような形に浮かんでいた。

「じゃあ、こう約束するよ」

ぼくは優しく、かつ自信に満ちた声で言った。

「ぼくはぼくで、ぼくの幸せを探す」

彼女が顔を上げた。その目は濡れて眠たげだった。

「どういう意味？」

「言葉のままだよ。ぼくは幸せになろうと努力する」

彼女は疑わしそうな目でぼくの顔を眺めていた。

「あなたの幸せを定義して」

なるほど、そう来たか。ぼくは少し考えてからこう答えた。

「愛する人と結ばれて、一生添い遂げる」

「私以外の誰かを見つけて？」

花梨が訊いた。

「うん。この空の下のどこかにいる運命の女性だ」

努力するよ、とぼくは彼女に誓った。

「ほんとに？」

「本当だよ」

努力する。それは本当だ。でも、ぼくは思っていた。きっともうこれから先、花梨以外の女性を愛することなんてないんじゃないかって。だから、結果として、ぼくが独り身のままこの店で花梨を待ち続けることになっても、それは彼女に嘘をついたことにはならない。努力はしたんだけど、とぼくは言うだろう。でも駄目だったんだ。15年、彼女のことを想い続けてきた。2番目に好きな女性とつき合ってみたりもした。でも、慣れないことをすべきじゃないと、ぼくは思い知らされた。ぼくには複雑な恋は似合わない。と言うかできそうにもない。15年なんて、あっと言う間だ。おそらく45歳のぼくは、今日の日のことを思い起こし、きっとそう感じるはずだ。そして、60歳のぼくも、同じように45歳の自分を振り返ってそう思うだろう。ならば、できるだけシンプルに行きたい。あれもこれもって手を出している暇はない。要はそれは容量の問題なのだ。ぼくの引き出しは彼女で手一杯。それだけのこと。

「何？」

ぼくの顔を見て、彼女が訊いた。

「何って？」

「なんとなく嬉しそうな顔してるから。何か企んでるの？」

いいや、とぼくはかぶりを振った。

「誓うよ。努力する」

あらためて繰り返すぼくを、彼女はためつすがめつ眺め回し、ずいぶんと考えてから裁定を下した。

「信じるわ。と言うか信じたいの。私がこうやって会いに来たことで、あなたの人生を変えてしまいたくないから。大丈夫よね？　幸せになってね？」

うん、とぼくは頷く。確信犯の笑みを隠しながら。

「そうだ」とぼくは言って彼女に訊ねた。

「花梨の幸せって？　定義してみて」

彼女は肩を竦め、あっさりと言い放った。

「あなたと同じよ。愛すること。そして愛し続けること」

ほらね、とぼくは心の中で両手を広げてみせた。ならばぼくはすでに幸せだし、これからもきっと幸せだ。離れていても、言葉を交わすことができなくても、同じ空の下でぼくの愛する女性が故郷の夢を見ながら眠っている。しかも彼女もぼくのことを愛しているということをぼくは知っている。それが幸せでなくて何と言うのだ？　眠り人の目覚めを待つなんて、随分と奇妙な遠距離恋愛だけど、それもまた楽しからずやだ。ある意味、シンプルでぼくに似つかわしい恋だと言えるんじゃないだろうか。

これがあらかじめ決められていたことなら、天の上の誰かさんの企てに乗ってみようと思う。流れに身を任せ、舵取りは人任せ、そんな感じ。

「ぼくの部屋に来ない？」

少し緊張しながら彼女に訊ねる。

「見せたいものがあるんだ」

花梨は初めてデートの誘いを受けた少女のように、期待と不安の表情を顔に浮かべる。

「何かしら？」

「来れば分かる」

彼女は頷き、スツールから腰を上げた。ぼくは彼女の先に立ち、階段を上り「自宅」のドアを開けた。

「ようこそ」とぼくは言った。

「これがぼくの部屋だよ」

15

「おそろしく狭い部屋ね」

ぼくの部屋に入った彼女の感想だった。

「でも思ったより片づいている」

ぼくは足下のアクア雑誌をベッドの下に蹴り込みながら、彼女に言った。

「散らかしておくと、眠る場所もなくなっちゃうからね」

「可愛らしいベッドね」

「まあ、この身体でシングルベッドは結構つらいものがあるけどね」

彼女はベッドに腰を下ろすと、あらためて部屋の中を見回した。

「でも、なんか楽しそう。男の子の部屋って感じがする」

「ガラクタばっかりだよ」

「奥がキッチン？」

「そう、それとシャワールームとトイレ」

「アパートで言えば1Kね」

「いつか部屋を増やす予定なんだ。まだ余裕はある」

「へえ、素敵じゃない。お金が貯まったらやるの？」

「うん。と言うか、結婚したら——」

「ああ、そうか。そうよね、なるほどね」

彼女は意味もなくベッドの上の埃をはらう仕草をした。

「それより」とぼくは言ってベッドの足側の壁を指さした。

「これを見て」

「何かしら？」

彼女はベッドの上を四つん這いで進み、端まで行くとひざで立った。そこにあるものを確かめ、驚きの表情でぼくを見る。

「これって――」

「そうだよ」とぼくは言った。

「佑司が描いた絵だ。あの別れの日に手渡された、町の風景を写した絵だよ」

彼女は真剣な眼差しで絵に見入っている。

「ぼくの部屋から見えていた景色なんだ」

「ええ、憶えているわ。あなたの部屋に行ったときに見たことあるから」

彼女は絵が入った額の縁をそっと手で撫でた。

「懐かしいわ……」

「なんか、そうやって壁に掛けておくと、そこに窓があって、あの町の景色を眺めているような気になるだろ？」

「そうね。時も場所も移ろってしまったけれど、ここにはあのときの風景がそのままあるわ」

「田圃（たんぼ）がどこまでも広がっててさ、冬はとても寒かった」

「だから、3人と1匹でいつもヒューム管の中で縮こまっていたわね」

「毎日何を話していたのかな？」

「他愛もないことよ。でも、それがすごく楽しかった」

「夏にはみんなで水草採りをしたよね」

「ミズユキノシタ……」

「そう、それにヤナギモ、ミズニラ」

「蛍狩りにも行ったわ。暗い中、3人で手を繋いで——」

あの頃に戻りたい、と花梨が言った。

「この窓を抜けて、あの時のあの町に戻れたならいいのに」

「ぼくもよくそう思う。この若さで、どうしてこうも懐古趣味に走るのかよく分からないけど」

「でも、あのプルーストだって、『失われた時を求めて』を書き始めたのは30代の若い頃よ。これは人に備わった本能なのよ」

「時を遡（さかのぼ）ろうとする？　なんかサケの帰巣本能みたいだな」

「生まれた時間が持つ求心力は、そこから遠ざかるほど強くなっていくみたい。この力は距離と逆比例の関係にあるのね」

「じゃあ、だんだんとこの懐かしい気持ちっていうのは強くなっていくんだ」

「そう、幼い頃のお母さんの温もりとか、子供の時に聞いていた歌とか、そんなものに惹かれていくのね」

「そしてぼくらはいつも初恋に立ちかえる」

「そう、私たちのように」

彼女はベッドから降りると、ぼくに訊いた。

「シャワーを借りてもいいかしら？」

唐突だったので、ちょっと答えるまでに間が空いてしまった。

「いいけど」

「あまり過度に期待しないでね？　眠りに就く前に身体をきれいにしておきたいだけなの」

「ああ、もちろん」

「もちろん？」

「もちろん、そうだと思った」

彼女はにっこり笑うと、ぼくの胸を手でとんっ、と押して横をすり抜けて行った。

ぼくは奇妙な脱力感に襲われ、そのままベッドの縁に腰を落とした。シャワールームから彼女の声が聞こえてきた。

「ここもずいぶん綺麗にしてるのね」

声につられて、キッチンの奥に目を遣ると、花梨がデニムのパンツを脱いでいるところだった。思っていたよりもずいぶんと重みのありそうな腰に、つい目が引き寄せられてしまった。ぼくの視線に花梨が気付き、何やら嬉しそうな顔をする。

「いいわよ」と彼女は言った。

「見るのは自由。これが見納めよ」

いや、とぼくは言った。

「何が『いや』なの？」

彼女は爪先に引っかかったデニムパンツを宙に蹴飛ばした。パンツは弧を描き、ぼくの視界の外に消えていった。

「いや――結構、しっかりした腰なんだなあと思ってさ」

95と彼女が言った。白いショーツに指を差し込み、こちらを向いて立つ。

「95？」

「ヒップのサイズよ。ジェニファー・ロペスよりは3センチ少ないわ。他には？」

「いや、もういい。充分だよ」

「あら、欲がないのね」

花梨はショーツから指を引き抜くと、そのままTシャツの裾を掴み一気に引き上げた。縦長のへそとシンプルなつくりのブラが露わになった。豊かな胸は、やっぱり彼女の頬と同じように、ケント紙のような光を放っていた。ぼくはふと、14歳の夏、森に囲まれた湖で彼女の水着姿を初めて見たときのことを思い出した。15年で彼女は随分と成長した。いや、随分なんて表現は控えめに過ぎる。モール人形のように細かった彼女の身体が、いまではまるで泡から生まれた愛の女神のようだ。

「ちょっと太っちゃったの」

花梨が言った。手を背中に回し、ブラを外そうとしたので、ぼくは視線を床に落とした。「見るのは自由」と彼女が言ったのだから、別にそうする必要はなかったのだけど、この辺がぼくという人間の限界を示していた。彼女はとくに構う様子もなく、そのまま言葉を続けた。

「ケーキバイキング4回行ったもんね。おいしかったなあ。あの幸せと引き替えなら、ウエストの2センチぐらい安いものだわ」

「2センチ増えたの？」

「そうよ。60センチの大台を超えちゃった。でも、もうそのことを気にする人間はどこにもいないわ」

「いや、ぼくは気にしているよ。花梨のことならなんでも」

「そう？」

ぼくは顔を上げ、彼女とぼくのあいだにある曖昧な空間を見つめた。花梨が身を屈めて脚からショーツを抜き取っているところが、ぼんやりと見えた。

「たしかに」とぼくは言った。

「たしかに？」

「たしかに、2センチ」

彼女は、ほっほーと威嚇（いかく）するような声を上げたが、そのあとでくすくすと笑い出した。

「ねえ、お願いがあるんだけど」と花梨は言った。

「なに？」

「ちょっと、下に行って替えの下着を持ってきてくれない？　うっかり忘れちゃったの」

「うん、いいけど」

「今日のために用意した取って置きのが、バッグのポケットに入ってるから」

その言葉で急に現実に引き戻された。彼女はまるでプラム・パーティーに着ていくドレスのことのように言うけど、その下着の意味は、じつはもっとはるかに重いものだった。

ぼくは立ち上がると下の階に通じるドアに向かった。ノブに手を掛け、向こうに押し開いたところでなにげなく振り向くと、全裸の花梨と目が合った。一番突き当たりの壁に足を交差させて寄りかかり、片手で胸を覆っていた。まるで、ぼくが振り向くのを知っていたように、余裕の笑みを浮かべ、空いた手を顔の横で振る。ぼくは慌てて前に向き直り、ほとんど落ちるようにして階段を下った。

カウンターの中に入り、彼女のバッグを探す。スツールの下にそれは押し込まれていた。ポケットと言っていたので、サイドのジッパーを開き中を確かめた。一つ目のポケットからは万能ナイフが出てきた。ここは違う。その隣のジッパーを開き、手を入れてみる。触れた感触から本だということが分かる。取り出してみると、それは新書版の「ピーナッツ」だった。ぼくはすぐに思い出した。これは彼女がゴミ山の『リビング』でいつも読んでいたあの本だ。彼女はこのシリーズを数十冊持っていると言っていた。その中の1冊なのだろう。ひどく古びているが、丁寧に扱われていたことが分かる。懐かしく思い、ぱらぱらとページをめくると、栞として挟んでいたのか、小さなカードのようなものが床に落ちた。拾い上げ、表を見たぼくは、ちょっとのあいだ鈍くなった頭でよたよたと思考を巡らせてみた。

あのマンションのぼくの部屋から、どのようにして「ピーナッツ」の中にこの写真が移動したのか？

もちろん、例の森の中の湖でぼくと花梨が一緒に水を掛け合っている写真のことだ。けれどよく考えてみれば、写真はあの1枚だけがこの世に存在していたわけじゃない。そのことに気付くのに何秒かかかった。彼女は焼き増しされたもう1枚の写真をこの本に挟んで持ち歩いていたわけだ。なるほど。これもまたよく出来た偶然だ。15年間、（おそらく）ふたりが初恋の相手を思い出すために眺め続けてきた写真は、まったく同じものだった。父さんからこの写真の話を聞いていたとき、花梨は自分のバッグの中にこっそりと仕舞われた双子の片割れをどのように思っていたのだろう？口を閉ざしていたことから考えると、これは彼女にとってもひどく恥ずかしい事実であったに違いない。彼女なら「そんなの柄じゃない」と言いそうだ。ぼくもそう思っていたから、このことはひどく意外だった。なんだかぼくのほうが照れて顔が熱くなってしまう。面と向かって告白されるより、こうやって盗み見するように知ってしまった彼女の想いのほうが、なぜかぼくの胸の鼓動を激しくさせた。裸になった彼女は、その肉体も魂もとびきりキュートで刺激的だった。

ずいぶんと時間が経ってしまったことに気付いたぼくは、急いで写真と本をもとに戻すと最後のジッパーに移った。中に手を入れてみる。何やら柔らかな感触があった。外に出すと、それはレースの袋だった。紐で口が閉じられている。開けてみると、その中に真っ白い下着が収められているのが見えた。装飾のないプレーンな下着。もちろん、おろしたての新品なのだろう。そうでなければ、ぼくにこのようなことを頼むわけがない。この下着を身につけて、彼女は長い眠りに就く。そう思うと、この白く柔らかな布が神聖な儀式の衣装――天界への輿入(こしい)れにまとうドレスのように見えてくる。彼女がこの下着を身にまとい眠っている姿を、脳が勝手に作り上げ、ぼくに「ほら」と見せる。息を飲むほど美しいが、同時にその姿はあまりにも「死」を想起させ、ぼくを悲しくさせる。なんて言うか、彼女ではなく、「永遠の別離」という言葉をそのまま見せられているような重苦しい気持ちにさせられる。ぼくは目をぎゅっと閉じて、黒い背景の向こうにその姿を追いやった。代わりに現れたのは、シャワールームで微笑む彼女の残像だった。縦長のへその下で、彼女の性毛が泉の底の水草のように柔らかなうねりを形作っていた。

2階に戻ると、そのまま奥のシャワールームに向かった。彼女は磨りガラスのドアの向こうでシャワーを使っている。

「遅かったのね。分からなかった?」

肌色のシルエットが揺れ、彼女がこちらを向いたのが分かった。

「いや、大丈夫だよ。ここに置いておくね」

「ありがとう。ごめんね」

「いや、どうってことないよ」

「いえ、あなたには過剰な情報だったかと思って」

「見くびるなよ」

ぼくが言うと、彼女が楽しそうに笑うのが聞こえた。そう、こんな感じで最後まで行ければいい。そう思いながら、ぼくは部屋に戻った。

ベッドに座り、残された時間のことを思い、その先にある長い道のりのことを思い、そして花梨が語った不思議な夢の世界にぼくは思いを巡らせた。にわかには信じがたい話だけど、信じようとしている自分にも気付いている。そこが「客観的」に存在しているのだとしたら、たしかにそれは慰めになる。いまよりはずいぶんと楽に息することができそうだ。

ふと顔を上げると、花梨が目の前にいた。下着の上にトラッシュのTシャツを着ている。胸の膨らみのあいだで、トラッシュはなんだか戸惑ったような顔をしている。

「借りたわよ」

花梨が言った。

「同じTシャツが4枚も干してあった」

「うん。ぼくの部屋着兼パジャマなんだ。7枚あって、いつも週2回まとめて洗うようにしてるんだ」

「よく見るとシリアルナンバーがトラッシュの下に印字されているのね。これには28ってある」

「30枚つくってショップのオープン記念に配ったんだ。7枚が残って、それが自分用」

「じゃあ、23枚しかもらい手がなかったってこと？」

「みたいだね」

花梨は天を仰ぎ、手品師のように胸の前で両手を広げた。

「じゃあ、部屋が増築されるのはまだまだ先みたいね」

「そういうこと」

彼女はぼくの50㎝ほど隣に腰を下ろすと、尻を軸にして回転し、ベッドの上に寝ころんだ。ふう、と息を吐き、「気持ちいい」と言う。振り返ると、Tシャツが大きくずり上がって、ショーツと柔らかそうな下腹が露わになっていた。

「こういうの困る？」と花梨が訊いた。

「せめてものサービスのつもりなんだけど」

「いや、なかなか感慨深いものがあるよ。あの花梨が、こんなふうになったのかって、新鮮な発見もある」

「セックスしたい？」

花梨が訊いた。表情は真剣だった。答えあぐねていると、彼女が先に口を開いた。

「私はしたい。あなたに抱いてもらいたい」

でもね、と花梨は言った。

「絶対に妊娠はできないの。眠っているあいだにお腹が大きくなっちゃったら困るから」

「うん、そうだね」

いばら姫の話知ってる？　と花梨が訊いた。

「いや、知らないよ」

「グリム童話の中にあるのよ。妖精の怒りに触れて呪いをかけられたお姫様が、糸巻きのつむで指を刺して100年の眠りに就くって話」

「ああ、『眠れる森の美女』か」

「ええ、あっちはフランス版よね。でも、イタリアのはもっとすごいの」

「どんな？」

「眠りに就くってところまではだいたい似たようなもんなんだけど、そこに、ある王様が訪ねてくるわけね」

「ああ」

「その王様がちょっとすごいの。眠っているお姫様を妊娠させちゃうの。しかも彼女のもとから離れると、すっかりそのこと忘れちゃうのよ」

なるほど。彼女がこの話を持ち出した理由が分かった。

それにしてもこの王様の奔放な振る舞いは、ぼくの行動規範とはあまりにもかけ離れていて、ちょっと信じられない気がした。たとえつくり話だとしても。

「しかも彼女、やがて眠ったまま双子を産み落とすの。赤ん坊は彼女のお乳を吸って、眠ったままのお姫様を妊娠させただって？

ちゃんと成長していくのよ」

「それもまたすごいな」

「ええ、なかなか自立した子供たちよね」

「蜘蛛の子供みたいだな」

その言葉に彼女はちょっと鼻白んだような顔をした。けれどすぐに表情を戻し続ける。

「その先がおもしろいの」

彼女は言った。

「赤ん坊はお乳を吸おうとして探しているうちに間違えて、お姫様の指に吸い付くの。それで指先の棘だか糸だかが抜けて、彼女は目を覚ますってわけ。で、いろいろあるんだけど、最後は例の王様とめでたしめでたし」

「めでたいの？」

「そうらしいけど」

ふーん、とぼくは言った。少しもめでたいように思えなかったから。これってただの身勝手な男の話じゃないのか？　この男の中に克己心という言葉は存在しないのか？　それにまた、こんなだらしない男の行為を唯々諾々と受け入れてしまう姫にもちょっと問題があるように思えた。

「私も妊娠すれば赤ちゃんが私の目を覚まさせてくれるのかしら」

花梨が天井を見つめながら言った。

「それはないよ。ぼくには、そのエピソードは身勝手な男が自分の行為を正当化するために付け足したもののように思えるけどね」

「昔話よ」

「まあ、そうなんだけどさ」

憤りを隠さないぼくを見て、彼女がくすりと笑みをこぼした。

「智史はふだんから避妊の用意なんてしていないんでしょ？」

花梨が訊いた。

「してないよ」

ぼくは言った。

「砂漠の住人が傘を持たないのと同じさ」

彼女は相変わらず天井を見つめたまま頷いた。

「ならば、リスクは避けなくちゃ駄目よね」

「ぼくもそう思うよ」

彼女は身体をずらすと、横に空いたスペースを手でぱんぱんと叩いた。ぼくは「了解」というふうに頷き、彼女の隣に横になった。

「すごく狭いわね」

「ああ。ぼくの隣に誰かが眠ることを考えてなかったからね」

「あなたのセックスライフってどんなもの？」

「14歳の頃とさして変わらないよ。まあ、ごくまれに何かの気紛れで大人のつき合いが生じることもあったけど」

「砂漠の雨のように？」

「そう、砂漠の雨のように」

「ならば、もっと早くにあなたのところに来てあげればよかった」

「うん」

「毎日雨でもかまわなかったのに」

「それはすごいね」

「でも、なんかすごく必死だったから」

花梨は両手を天井に向けて差し出し、手のひらを照明にかざした。

「後ろは振り向かないようにしていたの。そうじゃないと、すぐに飲み込まれてしまいそうで」

「あの夢に」

「うん。そうかもね」

ぼくも彼女に倣って両手を灯りにかざしてみた。ぼくの右手の小指と彼女の左手の親指が触れ、ぼくらはごく自然にその手を繋いだ。けれど、そこから先はなかなか自然にできそうになかった。

「ちょっと寒いわ」

そう言って彼女が手を放し自分の胸を抱いた。きっと気を利かせて切っ掛けを与えてくれたのだろう。ぼくは身体を半転させ彼女に向き直ると、その小さな頭の下に手を差し入れ引き寄せた。もう一方の手を彼女の腰に回し力を込める。花梨はころんと転がり、ぼくとぴったり合わさった。すごく気持ちがよかった。ふたりの顔は5㎝と離れていなかった。

「ほんとにいいの？」

ぼくの目を見ながら花梨が訊いた。

「大丈夫だよ。ぼくはネズミ並みの克己心しか持たないどこかの王様とは違うからね。これだけで充分だ」

それに、とぼくは続けた。

「ぼくはけっこう、こんなのも好きだよ。その、前菜ってやつがさ」

「メインディッシュがなくても？」

「まあね」

「昔から思っていたけど」と花梨が言った。

「あなたって変わってるわね」

「前にも聞いたよ」

「何か絶滅の危機に瀕（ひん）している生き物の末裔（まつえい）みたい」

「ぼくは、いつも佑司のことをそう思ってたよ」

「ええ、そうね」

花梨は悲しげに微笑んだ。

「彼もそんな感じ」

彼女は身体をずらし、さらにぴったりとぼくに腰と胸を押しつけた。それでも足りないと言うように、花梨は脚を絡ませ両手をぼくの背中に回し、自分をぼくの中に埋めようとしていた。ぼくの喉のあたりに花梨の口があり、そこから彼女の声が聞こえてきた。

「佑司と知り合ったのは小学校の5年生の時だったわ」

「そうだね。佑司もそう言ってた」

ぼくは何気なく背中に置いていた手をずらし、彼女のショーツの中に滑り込ませた。

そこはすべらかでとても冷たかった。彼女はとくに気にするふうもなく言葉を続けた。

「そのときも彼、いじめられていたの」

「それで、花梨が手と足で話をつけたんだって？」

「ええ、そうよ。佑司を苦しめる人間は私が許さない」

「最初からうまが合ってたんだね？」

「うん。彼を見てるとあまりにも純粋で痛々しくて。なんか放っておけなかったの」

「前々から聞いてみたいと思っていたんだけどさ」とぼくは言った。

「花梨は佑司のことをどう思っていたの？」

「どうって？」

「つまり、男として」

ああ、と彼女が頷いた。柔らかな髪がぼくの鼻先で揺れる。

「確かに、私たちは強く結ばれていたけれど、でもこうやって腰のあたりに響いてくるような感覚はなかったわね。きっと出会いが幼すぎたんでしょ。佑司の唇から目が離せなくなるなんてことはなかったから」

「恋の衝動って、そんなフィジカルなものかな」

「男を好きになるって、けっこうプリミティブな感覚よ。胸が熱くなって、毛穴からなにやら得体の知れないものが吹き出すの」

「何それ？」

「恋の有機分子。ナノサイズのラブレターよ」

理工学系らしい彼女の表現だった。

「だからこそ、たとえ何を教わっていなくても、恋に落ちた男の子と女の子はキスをして、やがてセックスまで辿り着くわけでしょ？」

なるほど。

ねえ、と花梨が言った。

「あなたと私のあいだにもうひとり誰かがいるんだけど」

ぼくはちょっと腰を動かし位置を変えた。

「気にしないで。彼は彼で好きにしてるから」

「そうなの？」

「そうだよ」

「私のお尻の上にいる誰かさんも？」

「ああ、どうやら彼はナノサイズのラブレターに反応しちゃったらしいね。そのまま
そこに置いといてやってよ」
　くすりと彼女が笑い、喉のあたりがくすぐったくなった。
「佑司は私がきっと送り戻すから」
　そう言って彼女はぼくの首にキスをした。
「まかせておいて。あの頃からずっと佑司の面倒は私が見てきたんだから。慣れたも
のよ」
「うん、信じてるよ。ぼくの友達を助けてあげて」
「了解」
　それからぼくらは長いキスをした。15年のあいだにはぼくらも少しは勉強を積み、
唇と舌でずいぶんといろんなことが出来るようになっていた。もうソーダの匂いもス
テンレスの味もなかった。ただ、柔らかで湿った感触だけがあった。彼女の髪の中に
手を差し込み、その小さな頭の形を確かめた。ショーツの中の手もそこが気に入った
らしく、ひとりでいろんなところを探索していた。彼女の息が荒くなり、動きから抑
制が取り払われた。彼女は両脚でぼくの太腿を挟み付け、ゆるやかな律動を繰り返し
ていた。ぼくらのやっていることは、もうほとんどセックスみたいだった。本来的な

意味でのセックスではなかったけれど、その上澄みというか、エッセンスだけをぼくらは味わっていた。

やがてふたりのポジションが変化して、仰向けになったぼくの上に彼女が乗った。花梨の白い顔のまわりから、髪が滝のように流れ落ちていた。その先端がぼくの顔に掛かり、ちくちくとくすぐったかった。ぼくは彼女のTシャツの中に手を差し込み、そこにブラがあることを確かめた。つまり、この展開は彼女の予想を超えていたのか？　と、一瞬ぼくは思った。けれど、次の瞬間にはこの神聖であるはずの白い下着のホックをぼくは外していた。解放された柔らかな乳房にぼくの両手が喜んで取り付いた。彼女が荒い息を吐いた。

やがて自分の体重を支えきれなくなり、彼女は崩れるようにしてぼくの胸に倒れ込んだ。

ふう、と彼女が深い溜息を吐いた。

「これ以上進んだら」と花梨が喘(あえ)ぐように言った。

「引き返せなくなるわ。もう限界」

OK、とぼくは頷いた。

「前菜終了」

ぼくらは為(な)すべきことを為し遂げた。為すべきこととは、つまりしないことだ。

でも、もう一度だけ。そう言って花梨はまたぼくの唇にキスをした。彼女は片手をぼくの胸の上に置き、背をしならせて顔を起こすと、もう一方の手で髪を掻き上げた。

「信じられる？」と彼女は言った。

「何が？」

「私たちがこうしてること」

「うん、ちょっと不思議な気もするね。あの花梨と、この智史が」

「そう、あの智史が、この花梨のお尻をずっと撫で回しているのよ」

「感慨深いね。15年だ」

「キスからここまでに15年かかったわ」

「うん。次は――」

彼女は静かにかぶりを振ると、ぼくから降りて横に座った。背中に手を回し、ブラのホックをはめる。それからまた横になり、ぼくに沿うように身体を並べた。頭をぼくの肩に寄せ、首に唇を当てる。

「あなたが走っているところをもう一度だけ見たかったわ」

いつかね、とぼくは言った。

「見る日が来るさ」

「もう、ふたりとも年老いているかもしれないわ」

「そのときまで、頑張って練習は続けるよ。きみに見てもらうために」

うん、と彼女は言った。それから目を閉じ、欠伸をする。

「あなたのそばで眠らせてね」

「いいよ。このままゆっくりと眠りな」

「ちゃんと下を履かせてね」

「大丈夫。任せておきな」

「眠ってる私をあんまり見ないでね。恥ずかしいから」

「うん」

「お母さんのところへ送り届けて。もう、連絡してあるから」

「ああ」

「お父さんが鈴音の面倒を見てるの。あの人はお姉さんに取り憑かれてしまったみたい。眠り姫の目覚めを待つことだけに囚われて、母と私を見失ってしまったの」

あなたはそうならないで、と花梨は言った。

「大丈夫よね。約束したよね？」

「大丈夫だよ」

彼女が頷き、その感触が首に伝わった。

「愛してるわ」

花梨が覚束ない口調で言った。

「こうなったことがすごく嬉しい。こんな形で眠りに就けるとは思ってなかったから。『好き』って言えるのって幸せだよね」

「うん、そうだね」

「ひとりで行くつもりだった。あなたには何も告げずに。あなたは美咲さんと結ばれて幸せになるんだから、それでいいんだって自分に言い聞かせて」

「そしたら、ぼくは想いを告げなかったことを一生悔やんだと思うよ。きっと何も知らぬままきみの家に行って、眠っている姿を見て愕然とするんだ」

「うん。じゃあ、やっぱりこれで良かったのね？」

「そう、これが望みうるベストな形だと思うよ」

花梨は安堵したように小さな溜息を吐いた。肩を大きく上げ、欠伸を繰り返す。

「佑司が目覚めたら、あとはよろしくね」

さらに小さく細くなった声で彼女は言った。

「うん、そこから先は引き受けたよ。安心していいよ」

「私たちは最高の仲間よね」

「そうだね」

「彼を助けなくちゃ」

「うん」

「帰り道を見失って迷っているわ」

「うん」

「ああ、まだ行きたくないな。……智史のそばにいたい」

「大丈夫だよ。ぼくがずっときみを抱いている」

「また、いつか会いましょう……」

その声はほとんど聞き取れないほど小さかった。

「長い長い旅の終わりに……いつか、また……」

「そうだね。楽しみに待ってるよ。きみが目を覚ますのを」

「そう……あなたに会うために……私……」

「うん」

「きっと……」

「うん」

そして、ふいに明瞭な声に戻って彼女が言った。

「じゃあ、行ってきます」

それが最後だった。唇は小さく開かれていたが、聞こえてくるのは静かな寝息だけだった。頬には、いつの間にか流れた、一筋の涙のあとがあった。形のいい睫毛にも透明な丸い雫がいくつも残っていた。ぼくは指でそれを拭った。

「おやすみ」

ぼくはそう言って、花梨の額にキスをした。彼女はもう何も言わなかった。子供のような無防備な寝顔を見せて眠っている。彼女は、20年ぶりに、ようやく深く静かな眠りに就いたのだ。何かから解放されたような、穏やかな寝顔だった。ぼくは約束どおり、眠る彼女の身体を抱いたまま、そっと見守り続けた。

花梨の胸のあいだで、トラッシュが困ったような顔をしてぼくを見ていた。

16

ショップをすべて夏目くんに任せて、毎日朝からずっと佑司の病室で彼の目覚めを待っていた。病室は移っていたが、新しい部屋も個室だった。すでに花梨が眠りに就いてから3日が過ぎていた。いまだに佑司はいろんなコードやチューブに繋がれたままだ。

いまになっても相変わらず幼い面立ちのままの彼を見ていると、どうしても、少年時代の思い出に立ちかえってしまう。出会いのとき、不法投棄されたゴミの山をじっと見ていた佑司。ジーンズによれたプルオーバーのシャツ。ぼさぼさの髪。そしてコステロみたいな黒縁の眼鏡。ふたりでゴミ山の裏に隠れてミンチたちをやり過ごした。そこでぼくらは初めて言葉を交わし合い、友達になった。彼はあのとき言った。『さあ、ぼくは行かなくちゃ』って。そしてぼくは訊ねた。『行くって、どこに？』。どうして、そんなことを訊ねたのか、ずっと不思議に思っていた。人嫌いなぼくが、どうして初めて会った人間の行き先が気になったのか。

でも、いまなら、何となく分かる気もする。ぼくは『ここ』へ来るために、あのとき佑司に訊ねたのだ。佑司がぼくと花梨を引き合わせ、そして今度はぼくが花梨と佑司を引き合わせた。すべてには意味があるし、おそらくぼくらはばらばらではなく、みんな繋がっている。誰もが誰かと誰かの触媒であり、世の中は様々な化学反応に満ちている。それがきっと生きているってことなんだと思う。

花梨を送り届けたとき、彼女の荷物の中から「ピーナッツ」を借りてきていた。ぼくは、連敗街道を突き進む不撓不屈（ふとうふくつ）のピッチャー、チャーリー・ブラウンに思い切り肩入れしながらページをめくっていた。だから、気付くのがずいぶん遅れた。

「智史？」と訊ねる声に顔を上げた。

彼の枕元に椅子を置き座っていたが、目の悪い佑司にはそれでも遠かったのだろう。あの大きな目を細くして、彼はじっとぼくを見ていた。

「そうだよ」とぼくは答えた。

「やっと目を覚ましたね」

花梨はどこ？　と佑司が訊いた。探すように部屋の中に視線を巡らす。

「花梨が、教えてくれたんだ。帰る道を。一緒に行こうって言ったのに……」

「うん。彼女はもうちょっとそっちにいるみたいだ」

「そうかぁ……」

「いま、先生を呼んでくるからね」

「先生？」

「うん。まあ、いまは何も考えなくていい。ぼくにまかせて」

ぼくは椅子からそっと立ち上がると、佑司のベッドから離れ、部屋のドアに向かった。

「智史？」と佑司が不安そうな声で呼んだ。

ぼくは振り返り、そのまま、と言うように甲を上にして両手を彼に差し出した。彼は、わかった、と小さな声で言った。自分に繋がれているコードやチューブを不思議そうな目で佑司は見ていた。ぼくは部屋を出ると、ひとけのない廊下をナースステーションに向かって歩いた。

花梨、とぼくは心の中で呼びかけた。

きみはやり遂げたよ。佑司は帰ってきた。がんばったね。きみはすごいよ。ここから先はぼくに任せておいて。ちゃんときみから引き継いで佑司を守るから。力不足かもしれないけれど、がんばってみるよ。なんとかぼくでもやり遂げられると思う。一応、これでもぼくは、きみの恋人なんだからさ。ぼくらは最高のタッグチームなはずだよね。そうだろ?

17

「店長、このミズオオバコは、どうします？」

「ああ、それは3本ずつ梱包しておいて。それからミズネコノオをバックヤードから持ってきて。ええと5本欲しいんだ」

「はい、分かりました」

　めちゃくちゃ忙しかった。

　葬儀やら納骨やら、なにかと店を離れることが多かったため、溜まった注文をさばくのに、ここ数日はほとんど不眠不休のフル活動だった。花梨が残したシステムが、客を増やしてくれていた。それからぼくなりに何回か改良を加えたが、インターネットの普及も後押しして、いまではこの店の売り上げの70％以上があのプログラムを通して注文されてくる。

「店長、これでいいですか？」

　バックヤードから戻ってきた奥田くんがぼくに訊ねた。

　彼がこの店で働くようになってから、もう3年が過ぎた。4浪に行くかと思ったが、そこで彼も自分の限界に気付いたらしい。彼もぼくと同じように記憶と認識のシステムに少し問題があるのだろう。

「これは、ミズトラノオだよ。ぼくはネコノオって言ったんだ」

あれえ、と彼が頭を掻いた。息からピーナッツバターの匂いがした。きっとバックヤードでピーナッツバター味のダイエットバーを齧ってきたのだ。彼はこれを日に5本は食べる。彼の体重は毎年10％ずつ増量している。

「トラって言いませんでした？」

「言わないよ。取り替えてきて」

「分かりましたぁ」

再び彼は巨体を揺らして奥に消えていった。こんなとき、夏目くんのことがひどく懐かしくなる。彼ならこんな間違いは決してしない。するはずがない。けれど、どんなに彼を懐かしがっても、もう夏目くんが戻ってくることはない。彼のお姉さんにもう一度手紙を書いてもらいたいとも思う。またこの店で働くことが彼の人生にとって大きな意味を持つことなのだと。しかし、夏目くんはすでに人生の大きな意味を手に入れてしまっている。だから――その言葉も夏目くんを呼び戻すことはできない。

彼はいま、フランスにいる。あの運命的な再会から1年後に、美咲さんを追ってパリに行ってしまった。本当はすぐにでも行きたかったんだろうけど、ぼくが一時的にディプレッションに陥っていたことや、何かと店が忙しかったこともあって、彼は何も言わずに渡航を先延ばしにしてくれた。

いまでは、その才能を最大限に発揮して、アロマオイルの輸入販売を大きく展開している。『S』というローマ字1文字のブランド名で、最近ではこの辺のハーブショップでもその商品を見ることができる。

彼もやっぱり美咲さんのあの首に並んだ3つのほくろに気付いたんだろうか？　そんなことをぼくはよく考える。結婚したいま、美咲さんの名字の頭文字は『N』に変わっているのだから、それも少しはありそうなことのように思う。

ふたりのあいだに生まれた子供は、すでに3歳になる。去年、この店に連れてきたときには、みんなで取り合いになった。すごく可愛らしい男の子だ。美咲さんによく似ている。父さんは少し寂しそうだったけど、これだけはどうしようもないことだから、ごめんよ、と心の中で謝るしかない。

実はこの5年間のあいだに、ぼくも2人の女性とつき合ってはみたのだ。花梨には「努力する」と言ったのだから、それはそれでちゃんと実行する。けれど、やっぱりどうにも無理があった。1番に好きな女性は遠い世界で眠っているし、2番目に好きな女性は、ぼくの店の元スタッフと結婚してやはり遠い大陸の空の下だ。ぼくは尾を引く質（たち）だから、すべてをちゃらにして、また一から始めるということができない。つまり、どうしても新しい女性は3番目からスタートすることになる。だから、やっぱり無理なのだ。女性はそういうことに敏感だから、つき合って早々にどちらにもあっさり振られてしまった。

そう、肝心な佑司のことを言い忘れていた。彼はすっかり元気になった。ずいぶん時間がかかったけど、いまでは元どおり。奇跡的になんの後遺症も残っていない。いまだにあのアパートにいる。隣の住人が、彼の部屋に移ってきたけど、籍まで移したわけじゃないらしい。でも、なんとなくこのままずっと一緒に行くような感じもする。

「いつ、お母さんからお金返してもらうの？」と桃香はよく訊ねる。

「いつかね」と佑司は答える。

もしかしたら、その『いつか』はもうすぐそこなのかもしれない。ある日、佑司のお母さんがひょっこり現れて、「借りていたお金よ」と彼に差し出す。そして、「いままで待たしてごめんね」って、佑司に涙を流しながら許しを乞う。そんなことだってあるかもしれない。

彼の運気は確実に上向いている。彼が再び描き始めるようになると、父さんはその絵を何枚かまとめてどこかへ出掛けていった。そして帰ってくると「あの絵は売れるかもしれないよ」とぼくらに報告したのだ。あとで訊くと、訪ねた相手は父さんの戦友だった。その人の知り合いにアートギャラリーを営む人間がいて、そこに佑司の絵は預けられたのだ。

それが切っ掛けとなり、佑司の絵はぽつりぽつりとだが、買い手が付くようになった。いまでは、ひいきにしてくれるお客もいて、注文を受けて描くことさえある。もちろん、それもまたゴミの絵だけれど。

ぼくは1年ほど前から犬を飼い始めた。と、言ってもこれは佑司の犬だ。アパートで飼えないからぼくのところへ持ってきたのだ。なにかボランティアの人から譲り受けたのだと言うが、この犬もトラッシュのように声帯に手術を受けていた。奇妙なことに「フワーップ！」と鳴く。もちろん鳴き声と言うよりはほとんど風の音に近い。佑司はそれが「ヒューウィック？」に聞こえると言うのだが、それはいくらなんでも事実を曲げすぎている。桃香は「ドゥー・ワップ」と鳴いていると言うが、それもちょっとつくりすぎのような気がする。やはり「フワーップ！」が正しい。

「この子もやっぱりむく犬だからさ」と佑司は言った。

「トラッシュって名付けようと思うんだ」

でも、そのままじゃひねりがないので、トラッシュII世とした。この2代目のトラッシュもすでにかなりの歳だった。

「あいつが死んだとき、ぼくは3日間泣き続けた」と佑司は言った。トラッシュI世のことだ。彼は人間で言うと100歳ぐらいまで生きたんじゃないかと思う。そうとうな長生きだった。

「父さんが死んだときでもそんなには泣かなかったのに。トラッシュは最期にぼくの目を見て、『ヒュー?』って鳴いたんだ。もういいよね? もう行ってもいいよね? って訊いているみたいだった。きっとぼくをひとり残すのが心配だったのかもしれない」

「そんな悲しい思いをするなら、もう飼わなければいいのに」とぼくは言ってみた。

「うん。でもね、悲しい思いをするっていうのも、その人に与えられた人生の一部だから。それがあって人生のパズルはすべてが埋まるんだよ」

だって、考えてもごらんよ、と佑司は言った。

「これが不必要なことなら、そんな感情なくしてしまえばいいんだ。ぼくらをつくった誰かなら他愛もない操作さ。愛する者を失って立ち直れなくなるぐらい悲しむのなんて、生物が生きていく上では大きなハンディだろ? あまつさえ、あとを追うように死んでしまう人間だっているんだよ」

「うん、確かにそうだね」

「なのに、こんな感情が与えられてるっていうのは、きっとそこに何か意味があるからなんだよ」

「なのかな？」

「ぼくはそう思うよ」

と言うわけで、いまでもぼくの店の前にはトラッシュII世が繋がれている。それは予告された哀しみでもある。けれど、それはそれでいいんだと佑司は言っている。

葬儀のときも、ぼくはずっとそのことを考えていた。この悲しみには、どんな意味があるのだろうか？　って。

＊

父さんは80歳を過ぎてからも病気ひとつすることなく、きっとこの人は１００歳まで生きるんだろうと思っていた。けれども、85歳の誕生日までまだかなりの日を残したところで、あっさりと息することを止めてしまった。場所はマンションの近くにある運動場。４００ｍトラックのゴール付近に父さんは倒れていた。すでに日が暮れ落ちたあとで、たまたま犬の散歩で通りかかった男性が見つけてくれた。でも、その時父さんはすでに、得意の健脚で「あっちの世界」に向けて走り去ったあとだった。男性が見つけたのは、父さんの抜け殻だった。

奇妙なことに父さんの腕時計はストップウォッチのモードになっていて、デジタルの数字は64:50を示していた。もし、父さんがこのタイムで４００ｍを走りきったのだとしたら、それはとんでもない数字だ。年齢別の世界記録をはるかに上回る。これはもはや神の領域と言ってもいい。あるいは父さんは最期にそんな奇跡の後ろ姿を見たのだろうか？　それを摑まえようと追いかけていくうちに、こんなとてつもないタイムで４００ｍを走りきり、奇跡の代償として魂を差し出す羽目になったのか？　なんにしても、いかにも父さんらしい最期だった。彼は彼のやりかたで自分の人生をまっとうした。そのことをぼくはとても誇りに思う。

葬儀には驚くほど多くの人が訪れた。人嫌いなこのぼくの父親とは思えない交友関係の広さだった。兄弟や甥っ子たちの他にも、仕事をしていたときの知人、ギター教室の仲間、それに同じマンションに住む隣人たち。学生時代の仲間もやってきた。その中には例のサクジもいた。サクジの名前は作二でも策治でもなく、正治だった。佐久間正治。縮めてサクジ。なるほど。

酒に酔って現れた彼は父さんの遺影に向かって嗄れ声を張り上げた。彼の皺だらけの顔は涙でびしょびしょだった。

「ばかやろうっ。まだ、勝負は終わってねえぞぉ。ちくしょーっ、さっさとスタートラインに戻ってきやがれぇっ。俺の調子は上々だぞぅ。恐れをなして、尻尾を巻いて逃げやがったかぁ。ちくしょーめっ」

それからサクジはしゅんとして押し黙り、手にしたハンカチで顔を拭った。ついでに派手な音を立てて鼻をかみ、そのハンカチをズボンのポケットに仕舞った。彼はおとなしく焼香を済ませると、そのまま萎(しお)れて小さくなった身体を引きずるようにして帰っていった。彼が失ったのはライバルのはずだったが、まるで最愛の人間を失ったような悲しげな後ろ姿だった。

佑司はずっとそばにいてくれた。

「大丈夫」と彼は言った。

「きみをひとりきりにはさせないよ」

少し時間が出来ると、父さんが納まっている霊園に行くのが、ぼくの日課となった。おそろしく広大な市営の霊園だった。そこには母さんも一緒にいる。でも、生前の父さんが、この場所に来ることはまれだった。電車で1時間ほどかかる距離にあったし、何よりも父さんは、「ここには母さんはいない」と考えているみたいだったから。

「ここはコネクターのようなものさ。どこか別の場所にいる彼女と我々を繋いでくれる。でも、ちょっとしたコツさえ掴めば、ここに来るまでもなく、我々は繋がることができる。たとえ、そこが繁華街の雑踏の中であってもね」

ぼくはまだ父さんほど上手にはできないので、1時間電車に乗って、ここまで来るしかない。それでも繋がっているという実感は持てない。どうにも一方通行のような気がして仕方ない。

ここはとても広い場所だ。ローマ法王が住んでいる例の都市国家よりは間違いなく大きいと思う。四方を緑豊かな丘に囲まれ、盆地のようになっている。真っ平らな土地が格子状に区割りされ、東と西に一本ずつ大通りが走っている。東大通りはケヤキ並木で、西大通りは桜並木になっている。それと交差する方向にも何本か通りがある。通りをまたぐたびに区画が変わり、それはたとえば「西16区」とかいう、ひどく簡素な名前が付けられている。ちなみに父さんと母さんは「南13区」にいる。おそらく1万以上はあるかと思われる墓石はすべて同じ形をしているので、この区名だけが頼りだ。それでも、毎回ぼくは少し迷ってしまう。この徹底した没個性には、どこか平等主義への気配りが感じられる。「こっちの世界ではいろいろあったけど、まあ、あっちではお互い肩書き取っ払って仲良くやろうや」って言い合っているようにも見える。誰もが高さ80㎝ほどの台形におとなしく納まり、みんな満足そうにしている。

18

その日は秋の終わりで、霊園を囲む丘ではコナラやアベマキが煉瓦みたいなくすんだ赤色にその身を染めていた。ケヤキ並木や桜並木はすでに葉を落とし、人気のない大通りは、ちょっと似た場所を見つけることが不可能に思えるほど、もの寂しく寒々としている。ウィークデーの昼間、ここを訪れる人間はとても少ない。見かける姿は、どれも老人ばかりだ。ぼくは、例のように少しだけ道に迷ってから、どうにか父さんのお墓に辿り着いた。

先客がいた。

彼女は車椅子に座っていた。

胸が熱くなり、それがゆっくりと胃の腑に落ちていくのをぼくは感じた。

白いウールのコート、そして黒のロングブーツ。飴色の髪が背中に落ちている。

間違いない。5年ぶりだけど、ぼくの記憶は確かだ。

ぼくは声をかけようと彼女に近付いた。そのとき奇妙な違和感を覚えたが、それを確かめる間もなく彼女が振り向いた。ぼくを見て、にっこり笑う。

彼女はコートの下も同じように白いハイネックのセーターを着ていた。そして、胸にはあのネックレスがあった。ペンタプリズム。彼女の宝物——

「はじめまして」と彼女が言った。花梨の声と花梨の顔で。

「きみは——」

「鈴音よ。森川鈴音」

よく見れば、彼女は花梨ほど大柄ではなかった。花梨を一回り小さくした感じ。顔つきも、花梨よりはずいぶんと幼い印象だった。

「眠っているあいだは、すべてがゆっくりと進むの。成長も老化も」

そう彼女は説明した。たしかに彼女は36歳の女性というよりは、20歳の女子大生のように見えた。

「あなたは変わってないわね。家にある写真で見て来たんだけど」

「でも、もう35になります。いい加減大人になってないと——」

「向こうにいると」と彼女は言った。『向こう』とはつまり、『夢の世界』のことなのだろう。けれど彼女の口ぶりは、そこがどこかヨーロッパの小さな町を指しているように聞こえた。

「そういうのって、あまり意味のないことのように感じられてくるわ」

「そうなんですか？」

「ええ、そうよ」

　ぼくは持ってきたリンドウの花を父さんの墓に供えた。手を合わせ、たったいまここで起きた奇妙な出会いを報告する。それが終わると、ぼくらは霊園の北にあるコンクリート造りの大きな構築物に向かった。

　彼女の車椅子を押しながら、ぼくは訊いた。

「いつ？」

「2カ月ほど前よ」

　耳慣れた花梨の声で彼女が答える。鈴音だと分かってはいても、ぼくの胸が勝手に速いリズムを刻み出す。

　あなたの、と彼女は言った。

「あなたのお父さんが、私をここへ戻してくれたの」

「父さんが？」

　鈴音は静かに頷いた。晩秋の柔らかな陽光を浴びて、彼女の長い髪がきらめいた。やっぱり鈴音の頬も上質のケント紙みたいにつやつやと輝いていた。

「夢の中で会ったんですね？」

「そう、夢の中で」

花梨は？　とぼくは彼女に訊ねた。答えは初めからわかっていたけれど、それでも訊ねずにはいられなかった。

「妹は」と彼女は言った。

「まだ眠り続けてる」

そして気遣うような目を向けるから、大丈夫、とぼくは頷いてみせた。

「彼女は、どこか別の場所にいるのかもしれない。私も目覚めてから知ったのよ。妹が私と同じように眠り続けていたってこと」

鈴音は気後れしたような固い笑みを見せた。彼女に八重歯があることにそのときぼくは初めて気付いた。あるいは、矯正しなければ、花梨も同じような八重歯があったのかもしれない。

ぼくらは構築物の橋脚のようなところに辿り着いた。5本の脚が、コンクリートで造られた巨大なオブジェを支えている。どことなく箱船のようにも見えるその構築物は、ぼくが通った小学校の新校舎ぐらいの大きさがあった。

ぼくらは日溜まりを探して、そこに置かれたベンチに腰を下ろすことにした。鈴音はぼくの腕に摑まりながらゆっくり立ち上がると、自分の腰をベンチの白く塗られた座板の上に落ち着けた。ぼくも隣に腰を下ろす。

「まだ、身体が慣れてないの」と彼女は言った。

「ちょっと、眠りすぎたみたい」

「たしかに」とぼくは言った。

「長い眠りでしたね」

彼女は頭上にのしかかるコンクリートの塊を仰ぎ見ながら言った。

「何かしら？　まるで星に向かう舟みたい」

「ああ、そうですね。そんなふうにも見える」

彼女は表情を窺うように少しだけぼくの顔を見つめ、それから先を続けた。

「あなたのね、お父さんがやってきて言ったの。『そろそろ、帰る時間だよ』って」

「まるで、夕暮れ時に公園で遊ぶ子供にかける言葉みたいですね」

「そうね。でも、実際もそんなものよ。私は家に帰ることを忘れた10歳の女の子だったんだから」

鈴音は後にした世界を懐かしむように、遠い眼差しを空に向けた。

「気持ちのいい場所だったた。そこで私はいろんな人たちに出会ったわ。たくさんの物語があった。私は彼らの言葉に耳を傾けながら言葉を憶えて、そして世界の成り立ちを知っていったの」

「世界の成り立ち、ですか？」

「ええ」

ぼくは黙って彼女の先の言葉を待ったが、鈴音は何も語ろうとはしなかった。少し寒そうに首をすくめ、手を頬に添える。

「ちょっと、待っててください」

ぼくはそう言って立ち上がると、近くにあった自動販売機に向かった。ホットコーヒーと缶入りのコーンスープを買いベンチに戻る。缶コーヒーを鈴音に手渡し、彼女の隣に座り直した。

「コーンスープ？」と彼女が訊いた。

「はい。これが大好物なんです。だから寒い季節は嬉しい。夏には売ってないから」

「子供みたい」と鈴音が言った。花梨みたいな口振りだったので、ちょっと嬉しくなり、その分だけそのあとで哀しくなった。

彼女は両手で缶を包むと、それを自分のお腹に当てた。「温かい」と言って、つややかな頬を少女のように小さく膨らませる。ぼくは彼女の中の奇妙な多義性に戸惑いを覚えた。

このひとはいったい幾（いく）つなんだろう？

生まれたときからの年月で言えば、鈴音は36歳だった。そして、いま目の前にいる彼女の姿は20歳をようやく迎えたばかりのように見える。けれど、彼女は10歳のとき眠りに就き、26年も夢の世界をさまよっていたのだ。この女性に、「正しい」年齢なんてものはないのかもしれない。

鈴音は両手で包んだ缶コーヒーをお腹に押し当てたまま、上体をゆっくりと揺らしていた。彼女の胸のペンタプリズムが同じリズムで振れていた。ぼくの視線に気付いた鈴音が「なに？」というふうに首を傾げた。きっと花梨なら「中身のこと？ それとも外側のこと？」と訊ねただろう。双子のように似てはいても、やっぱりふたりは別の人間だった。

「その、ペンタプリズム」

ぼくが言うと、ああ、と彼女は自分の胸元に目を遣った。

「花梨がいつもしていたって聞いたから。あなたが私を見たとき、すぐに気付いてもらえるようにって、そう思ってしてきたの」

「それがなくても分かりましたよ」

鈴音は自分が花梨と同じ顔をしているということに気付いていないのだろうか？

なんとなくおかしくなって、ぼくは思わず笑ってしまった。

「何がおかしいの？」と鈴音が訊いた。

「いや、別に」とぼくは言って、誤魔化すためにコーンスープのプルトップを引っ張った。思ったよりも大きな音がコンクリートの壁にぶつかってこだました。ぼくは缶を口に当て、少しぬるくなったコーンスープを啜るように飲み込んだ。彼女はぼくから視線を外し、透視図法の習作のような光景に目を遣っていた。

「あのおじいさん」と、やがて鈴音が言った。

「お墓になにか話しかけているわ」

彼女の視線を辿って、ぼくもその老人を見た。

「ああ、あの人はいつもいますよ」

小柄な老人だった。いつも自転車でやってきて、持参したござを墓石の前に敷いて座り、ながい時間を過ごしていく。

「奥さんのお墓かしら」

「きっとそうでしょう」

鈴音は柔らかな視線で老人を見つめていた。

「ならば、あの人の奥さんもあの場所にいるはずよ」

ぼくは鈴音の顔を見た。

「あの場所って、夢の世界？」

「ええ」と鈴音は言った。

「思い出の国に」

けっきょく、あそこは思い出の置き場だから。

鈴音はそう言って、ぼくの目を見つめ返した。

ぼくがいまひとつ理解しきれずに目をしばたたかせていると、彼女は別の言葉で語ってくれた。

「『あのひとは私の心の中で生きている』ってみんな言うでしょ？」

「はい、言います」

「きっとそれって、あの世界のありようになんとなく気付いているからなんだと思う」

鈴音はそう言って、頬に落ちた髪を掻き上げた。

「思い出、記憶、そういったものがいっぱい残っているでしょ？」

「はい、残っています」

ぼくがふと思い浮かべたのは、いつもの何気ない見慣れた光景——父さんが背を丸め、煮込みうどんを啜っている姿だった。

「その記憶があの場所を形作っているんだと思う」

不思議な話だった。でも、たやすく信じてしまいそうな、奇妙な説得力もあった。

愛する者を忘れまいとする気持ち。失ったひととの思い出をずっと大事に胸に抱き続けようとするぼくらの心。あの老人のように、ここにいるはずのない誰かに向かってたゆむことなく語り続けること——その、すべての理由がそれで分かるような気がした。

「でも、どうしてそんな世界があるんだろう？」

「さあ」と彼女は首を傾げた。

「それは私にも分からない。でも、夢とすごく似ている場所だから、結局はみんなの心がつくりだしたものなんじゃないのかしら？」

鈴音は両手を広げ、天を仰ぎ見ながら言った。

「『かくのごとき夢あれかし』って」

そして、嬉しそうに微笑む。

「ねえ、それって、とてもすてきな夢だと思わない？　すべてのひとたちがみんなそこで繋がっているのよ。私たちも、そしてかつてこの街に暮らしていたひとたちも、みんな」

ぼくらはばらばらではなくみんな繋がっている。誰もが誰かと誰かの触媒であり、世の中は様々な化学反応に満ちている。

つまりは、そういうことなのだろうか？

誰かを愛し、たとえその誰かを失ったあとでも、悲しみとともにその面影を忘れまいと思うこと。悲しみが深いほど、その記憶は強くぼくらの心に刻まれ鮮明に残る。だとしたら、彼らを忘れてはならない。彼らがそこにいたこと。愛し、愛され、微笑みを交わし合っていたこと。そのすべてに意味があるはずなのだから。

「なぜ、私たちがこれほどまでに思い出に魅せられるのか、そのわけが分かるような気がするでしょ？」

彼女の言葉にぼくは頷いた。

ぼくらはどうしてこうも過去へと向かおうとするのだろう――

いつか、花梨も言っていた。これは人に備わった本能なのだと。人は振り返らずにはいられない生き物なんだ。「懐かしい」と感じるのは、とりもなおさず、その「時間」を求めているのだということ。すべての瞬間を愛し、人生を慈しむ、その思いすべてが「あの夢」をつくりあげていく。愛する者が住む世界を――

「こんな考え方を、いろんな人たちから教わったの。もちろん、あなたのお父さんからも」

鈴音はそこで口を噤み、下唇を噛んだ。白い八重歯が可愛らしかった。彼女はぼくの視線に気付くと、すぐに唇の間に八重歯を隠した。そして、ぼくに顔を寄せ、囁くように言った。

「あなたのお父さんからメッセージがあるわ」

「メッセージ?」

「ええ。この言葉をあなたに伝えたいってお父さんが強く願ったから、私はきっとここにこうしているんだと思う。お父さんの思いの強さが、私を眠りから目覚めさせたのよ」

鈴音はぼくの目をじっと見つめた。言葉では足りない思いまでも、その強い眼差しで伝えようとしているみたいだった。彼女は言った。

「あなたを愛してるって」

とたんに、鼻の奥が痛くなった。顎に力を入れて、溢れようとするものを押し戻す。

「息子はひとりきりになってしまうって、心配してた。兄弟はなく、母親も早くに亡くしてる。私も頑張ってはみたが、ここまでが精一杯だったって」

ぼくは奥歯を噛みしめたまま、小さく頷いた。

「歳を取ってからの子で、あまりに大事に育てすぎて、どこか頼りない大人になってしまった。だから、こんなふうに、突然なんの心の準備もなしに、ひとりにしてしまったことが心配でならないって」

「……過保護な親ですね」

強ばった喉で、囁くように言う。

「佑司だっているし、桃香だっている。ぼくは、大丈夫なのに……」

「親なんてそんなものでしょ？」

「そうですね」

鈴音は幼い面立ちでありながら、どこか母性的とも言える眼差しでぼくを見つめていた。

「親のひいき目かもしれないけれど、あいつはとてもいいやつなんだ、ってお父さん言ってたわよ」

「昔からそうでした」

どんなに悪いテストの点を取って帰っても、父さんは、それがまるでぼくの天分を約束する符号であるかのように受け取っていた。

「いつでも、ぼくのことを過大評価しすぎるんだ」

「そういうひとがいてくれるのって、幸せなことじゃない？」

ああ、そうだ。確かにそうなのだろう。だから、ぼくは幸せな子供だった。変わり者と言われても、人づき合いが上手くできなくても、とくに取り柄と言えるようなものを持たなくても、ぼくは幸せでいられた。そんなぼくを認めてくれるひとがそばにいたから。

ぼくは、父さんと過ごした最後の夜のことを思い出した。あれは父さんが「あっちの世界」に走り去る3日前のことだった。

やっぱりその夜も、ぼくらは父さんのマンションで一緒に煮込みうどんを食べていた。

なんでそんな話になったのか、よく憶えてはいないけれど、いまから思えば、父さんは自分の運命をどこか予感していたのかもしれない。

すまんな、とそのとき父さんは言った。

なにが？　とぼくは聞いたように思う。

お前のこの現状のことだよ、と父さんは言った。

30をとうに過ぎたいい男が、80をとうに過ぎた父親とふたりきりで週末の夜に顔を突き合わせながらうどんを啜っているこの現状のことさ。

別に、とぼくは応えた。ぼくはくつろいでいるし、うどんも美味しい。これでいいじゃない。

本当は、ぼくだってこれが望む生活だなんて思ってはいなかった。たったひとりの息子なのに、ぼくは父さんや母さんの夢をかなえてあげることができなかった。どんな夢かは聞いたこともなかったけれど、ふたりがこんなぼくの姿を望んでいないことだけは確かなはずだった。

父さんは言った。

お前が可愛くてね、可愛くて可愛くて仕方なかったんだ。子供を持つということが、これほど胸騒がすことだなんて、思いもしなかったんだよ。あまりにも幸福すぎて、私はきっと正しい手順というものを忘れてしまったんだろうね。手を上げることもなかったし、きつく叱ることもなかった。そんなことできるはずもなかった。

父さんは静かにかぶりを振った。

いま思い出しても、胸が痛くなるよ。おむつで膨らんだ尻を揺らしながら、部屋の中を歩いていたお前の姿。つい昨日のことのようだ。私は幸福過ぎて死んでしまうんじゃないかって思ったよ。本来の取り分を超えた幸せを手にしてしまったんじゃないかってね。

そんな男に教育なんてできるはずもない、と父さんは言った。

お前のなす事すべてが素晴らしく見えたんだ。お前は世界一美しい子供だった。世界一賢くて、世界一心優しい少年だった。

でも、とぼくは言った。

でも、そのお陰でぼくは幸せでいられたんだ。感謝してるよ。他のうちみたいにあれこれ言われていたら、きっとつらかったと思うよ。

けれど、私はお前の可能性というものを摘んでしまったかもしれない。

どういうこと？

あの頃、私がお前に言っていた言葉はたいして多くはない。

うん、いまでも憶えているよ。

父さんが言っていたことはごくシンプルな教えだった。

いいものを食べられるようになんかならなくたっていい。金のかかった身なりなど必要ない。いつも清潔にしていればいい。ひとを喜ばせるような仕事をしなさい。いつも優しくありなさい。

きっと昔の大人はみんな同じことを言っていたはずだ。ぼくはそのとおりに生きてきたし、もし、子供がいたならば、やっぱり同じような言葉を授けただろう。

いまの時代、と父さんは言った。

こんな我欲に満ちた世界で生きていくには、それは間違った言葉だったのではないのかね？　私はときどき悩むんだよ。これで良かったのだろうか？　って。

間違ってなんかないさ、とぼくは言った。

父さんの言葉を守ってきたおかげで、ぼくは心穏やかに暮らしていけるんだ。いい気分だよ。少なくともぼくには合ってる。その、こんな生き方がね。確かに、ぼくは他の男たちに比べたら地味な生活を送っているけどさ、でもこれがぼくの生き方なんだよ。ゴージャスな週末旅行だとか、華やかな女性遍歴だとかとは縁がないけどね、そんなもの望んでもいないし。だから、父さんには感謝しているんだ。

父さんの子供でよかったと思ってるんだ。いつでもぼくを認めてくれただろ？　何ひとつひとつに自慢できるようなことをしてこなかった息子なのにさ、それでも「がんばってるな、えらいぞ」って言い続けてくれただろ？　どうにもさえない子供なのにさ、愛想尽かさずここまでつき合ってくれたじゃない。もう、それだけで充分だよ。それ以上なにが必要なのさ。

だから、とぼくは言った。

そんな悩まないでよ。これでいいんだよ。これがいいんだよ、ぼくは。

そう意気込んで言うぼくを、父さんはどこか悲しげな笑みを浮かべながら、黙って見ていた。

たしかに、とぼくは言った。

「父さんの子供だったから、ぼくは幸せでいられたんでしょうね」

鈴音は優しく微笑むと、小さく頷いた。

「お父さん、こうも言っていたわよ」

「はい？」

「いばら姫はきっと帰してみせるからって」

彼女は顔を寄せ、ぼくの目を覗き込んだ。彼女の瞳も、やっぱり鳥の羽根のような色をしていた。

「必ず探し出して、あなたのもとに帰らせるからって」

「じゃあ、父さんは——」

彼女は大きく頷き、それから「待てる？」と訊いた。

「時間がかかるかもしれないわよ」

待てます、とぼくは答えた。

「なんて言うか、ぼくは待つのは得意なんです。ここまでの5年間だって、たいしてつらくはなかった」

「これからまた、5年かかるとしても？」

「はい。確信があるわけじゃないけど——きっと。それに、ただ漠然と待つわけじゃないでしょ？　父さんがぼくに約束してくれたんだから。父さんは約束を守るひとだから」

そうね。そう言って鈴音はきゅっと口角を吊り上げた。

「きっと、子を思う親の心って、どんなことだって可能にしてしまうんでしょうね」

ぼくらは桜並木の大通りを歩いていった。静かだった。ぼくらはまるでふたりきりで月の海にいるみたいだった。

「お父さんの最後の伝言はこうよ」

　鈴音が言った。

「私は幸せだった。愛する妻と息子を得て、身に余るほどの幸福を手にした。そしてこう言ったの。口べたなためにどうしても言えなかったこの言葉を伝えて欲しい——愛してた。心からお前のことを愛してた。愛していた——そう3回、お父さん繰り返した」

　鈴音はそっとぼくの腕に自分の腕を絡ませた。ぼくの涙に彼女は気付かないふりをしてくれた。

「息子に会えたら」と彼女は言った。

「そのときは——そのときは彼によろしく伝えて欲しいって、それが最後の言葉だった」

　はい、とぼくは言った。はい。ちゃんと、受け取りました。ありがとう、父さん。ほんとに、ありがとう。ありがとう——

さて、物語はまだ続く。これはぼくの物語であり、ぼくを触媒として化学反応を起こした人々の物語でもある。

いずれぼくがこの世界を去ったあとでも、物語はまだ終わらずに続いていく。すべては化学反応と相互作用――愛したり、憎んだり、妬(ねた)んだり、そしてまた愛したり――そんなこんなで、続いていく。

*

鈴音が目覚めてから4カ月後に、彼女の両親はふたたび一緒に暮らし始めた。いまさら籍を戻すこともないと言って、それからも彼らは別の姓を名乗り続けた。鈴音も1年ほどは両親と一緒に暮らしていたが、やがて風に舞う胞子のように、よその国へ行ってしまった。

彼女が旅立つまでに、ぼくらは何度かデートをした。一緒にケーキバイキングを食べに行ったこともあった。鈴音も花梨と同じように、やっぱり10種類のケーキをすべて食べ尽くした。もし、ライナスがまだあの店にいたなら、きっと鈴音の姿を見て、また姉のことを思い出しただろう。けれど、彼はその3年ほど前に、あの店からいなくなっていた。突然のことで、行き先を知っているものは誰もいなかった。故郷に帰ったんだという人間もいた。だとしたら、彼は姉への思いを断ち切れたのかもしれない。『長い不在は恋を滅ぼす』というミラボーの言葉を彼が引用していたことを思い出す。

でも、ライナス。ぼくの恋はまだ滅びそうにもないよ。どうしてなんだろうね？

鈴音は滞在する先々から手紙をくれた。それは、ミャンマーからだったり、パキスタンからだったり、とにかく届くたびにその消印が違っていた。貿易風に乗り、彼女は少しずつ西に流れていった。最後に届いた手紙はアイルランドからだったから、彼女もずいぶんと遠くまで行ったものだ。ぼくは手紙をもらうたびに、いつも夏目くんのお姉さんのことを思い出した。いつかどこかでこのふたりがばったりと顔を合わすこともあるんじゃないだろうかと、そんなことを思ったりもした。たとえば、南米のサンティアゴとか、そんな街で。

『愛する智史へ』と、彼女はいつもそう書き出していた。すごく恥ずかしかったけど、いまではもう、それにも慣れた。『妹は帰ってきた？　それとも、あなたはまだひとり？』と彼女は必ず訊いた。冬の初めの手紙には『また、コーンスープの季節よ。今年はもう飲んだの？』という言葉が必ずあった。

鈴音が旅立ったその2年後に、ぼくはショップの2階を増築した。父さんが住んでいたマンションを手放したときのお金を使わせてもらった。キッチンを広くして、バスとトイレもつくり直した。それからもう一部屋増やして、そこを寝室にした。大きなベッドを運び込み、いつでも花梨が戻ってこられるように、ぼくの隣は空けておいた。

それまで使っていた部屋は子供部屋にするつもりで、壁紙をサックスブルーに貼り替えた。時間が空いたときに雑貨店を見て回り、彼女がすぐに使えるようにと少しずつ皿やカップを増やしていった。

増築の1年後には、キッチンに置くアンティークのテーブルを購入した。それまでは折りたたみ式の小さな円卓を使って食事を摂っていたのだ。ぼくはマンションから引き上げてきた例の湖の写真を硝子（ガラス）のフォトスタンドに入れて、新しいテーブルの上に置いた。

齢（よわい）を経たオークの無垢（むく）板の上で、14歳の花梨とぼくが嬉しそうに笑っていた。ぼくは、写真の中の彼女に毎日話しかけた。たいていは、なんということはない日々のよしなし事だった。

「今日は、ミズユキノシタをまとめて100本も買っていったお客さんがいたよ」とか、「クロメダカの夫婦がまた子供産んだんだ」とか、そんなことをぼくは313（セイロン紅茶とローズヒップとレモングラスのブレンド）とか、421（カモミール、ラベンダー、それにローズのブレンド）とかを飲みながら（そしてあいも変わらずショコラデニッシュを頬張りながら）、歯列矯正器を見せて笑う14歳の少女に報告していた。

写真ではなく、眠っている花梨に会いに行こうかと思ったこともあったけど、それはやめておいた。ずっと我慢していたぼくの中の何かが、いっきに溢れてしまいそうで、それが恐かったから。

ショップはあいかわらずだった。ぼくの商売がホビーの王道になることはなかったし、かといって、アクアプランツを愛する人間が絶滅してしまうという状況も、当分はやって来そうになかった。通信販売がそこそこ動くようになったおかげで、昔よりはいくらか余裕も出来た。マンションを売ったお金の一部でローンも返せたし、月末の支払いの時期が来ても、昔ほど胃が痛むこともなくなった。

夏目くんの代わりに入った奥田くんは、スタッフになってから6年目に体調を崩して、やむなくショップから去っていった。ピーナッツバター味のダイエットバーの食べ過ぎで、そのときの彼の体重は実に120kgにも達していた。彼は療養中にまた受験勉強を再開し、5回目の挑戦でついに念願の大学生となった。卒業のときにはすでに30歳を越えていたが、体重のほうは100kgの大台を割ることに成功していた。卒業式のあと、一緒に食事をしたのだけれど、その席でも彼は「やっぱり、あのときにいた女性スタッフは森川鈴音じゃなかったのかなあ……」と首を傾げていた。花梨が帰ってきたら、ふたりを引き合わせて驚かせてやろうと思っていたのだが、真実を打ち明ける前に、長い長い時が流れてしまった。

いつの間にか、クリプトコリネの大学教授がショップに来ることもなくなっていた。馴染(なじ)みのお客も、そしてスタッフも時とともに移ろっていった。ぼくだけが、同じ場所に佇(たたず)み、ただ通り過ぎていく人々の流れを静かに眺めているような、そんな気がしていた。ぼくは、毎日水草を梱包し、ランチにはパスタやショコラデニッシュを食べ、それから午後のひまな時間に、近所のグラウンドで400mを走る日々を送っていた。

あるときぼくは、『タランテラ』のDVDが出ていることを知り、それを買ってみることにした。

すごく不思議な映画だった。筋らしい筋などなく、ただ一組の男女の恋物語がたんたんと綴られていく。タランテラっていうのは、速いテンポの舞曲のことらしくて、主人公の男が（こちらもモデル出身で、嫌味なほど花梨の恋人役が様になっている）、「毒蜘蛛に刺されたら、タランテラを踊るんだ。それだけが助かる道なんだよ」なんて彼女に言っている場面がある。恋に落ちたふたりは眠ることも忘れて（この辺、ちょっとシニカルなものをぼくなんか感じてしまう）、ひたすら語り合う。8分の6拍子で踊るダンスのように、恋人たちはここちよいリズムで言葉を交わし合う。ちょっとだけエロティックな場面もあるんだけれど、そこは思いっきり抑制が利いてて、直截的な表現は出てこない。指先の動きだとか、あるいは花梨のつま先のアップだとか、そんな断片的な映像から、見る者はその先にある動きを想像するしかない。ぼくはそのことに少しほっとしている。

映画の中の花梨は信じられないほどきれいで、それを見ているだけでぼくは幸せな気分になれる。繰り返して見るうちに、ほとんどの科白をぼくは憶えてしまった。だから、ときおり彼女の恋人になりきって、画面に向かって科白を口にしてみることもある。

「ねえ、永遠の愛を誓うなんてたやすいことだと思わない？」と彼女が言う。

「なぜ？」と画面に向かってぼくは訊ねる。

「永遠て言うけど、それってたかだか50年ぽっちのことでしょ？」

「ああ、そうだね」

「ずいぶん、安っぽい永遠よね」

「そうかな？」

「せめて、ひとが1000年生きるようになってから、その科白を口にしてもらいたいものよね」

「ならば、オレたちはどんな言葉で愛を誓えばいい？」

「言葉なんていらない」と花梨は言う。

「50年分のキスをちょうだい」

　そして、彼女にキスをするのは、もちろん画面の中の男だ。でも、ぼくだってちょっとはその気分を味わうことはできる。なんと言ったって、ぼくは彼女の最初と最後のキスの相手なのだから。


　夏目くんの仕事は少しずつ拡大していた。輸入会社直営のアロマショップが、大きな街の大きな百貨店の中にオープンし、それもなかなかの盛況ぶりだった。アロマショップの名前もやはり『S』だった。彼は忙しそうに世界を飛び回っていたが、たまにぼくのショップに立ち寄ってくれることもあった。あるとき、ぼくは何気なく彼に訊いてみた。

「夏目くんの会社の『S』って名前さ――」

「ああ、あの名前、不思議に思ったでしょう？」

「そうなんだ。で――」

「あれは、美咲のちょっとした身体の特徴をヒントにして付けたんです」

「やっぱり」

「やっぱり？」

「いや、ええと、彼女は小さいからスモールのS？」

なんとなく首のほくろに気付いていたことは打ち明けづらかった。

「違います。彼女の首の後ろに、たて3つのほくろがあったんです」

「うん」

やっぱりそうだった。

「で、例のオリオン座の小三ツ星を思い起こしたんで、その名前『sword of orion』の頭文字を取って、『S』にしたんです」

「あ」と言ってから、ぼくは「そう」と続けた。なるほど。そんな三ツ星があったんだ。「例の」って言うぐらいだからきっと有名なのだろう。

『知ってる？』という佑司の声がどこからか聞こえた。

『世界にはぼくらが知っていることの100万倍もの知らないことがあるんだって』みたいだね。

とにかく、そんなふうにして、日々は繰り返された。ぼくはそれほど不幸でもなかったし、かといって手放しで笑えるほどの幸福者でもなかった。上のほうに3人と1匹で過ごした少年の日々を置き、一番下に母さんや父さんがこの世界を去った日を置いてみれば、ぼくはいつもおおむねそのあいだのどこかにいた。
花梨との2度目の別れの日だけは、ちょっと複雑だった。喜びと悲しみが交互に入れ子になっていて、あの夜のことを思い返してみても、ただ正体の分からない胸のうずきを感じるばかりだった。

*

花梨が眠りに就いてから4年後に、佑司と桃香のあいだに子供が生まれた。彼らはあいかわらずあのアパートの202号室で暮らしていたが、子供が生まれても、どこかよそへ移る気はないようだった。赤ちゃんが宿ったと分かると、さすがに彼らも籍を入れたけど、結婚式はお金の無駄と言って挙げなかった。『FOREST』で、ぼくの店のスタッフと桃香の店のスタッフと、それにぼくら3人でささやかなパーティーを開いたのが披露宴の代わりとなった。桃香にも親はなく、それはずっと彼女が憧れていた「家族」の始まりでもあった。

彼らの子供は可愛らしい女の子で、佑司は彼女に「花梨」と名付けた。桃香もそれ以外の名前は考えられないと言っていた。

「ぼくは2度花梨に命を救われた。そんな彼女の名前を、ぼくがこの世に送り出した新しい命に付けるのは当然だろ？」

それにね、と佑司は言って片目をつむった。

「花梨にあやかって、ぼくらの子供がすらっと背の高い女性に育ってくれたら最高だと思うんだ」

たしかに確率は2分の1だった。桃香はそこそこ背の高い女性だったが、佑司はけっきょく大人になってもジュニアサイズの服で事足りる体格のままだった。そんな佑司が、娘の将来をおもんばかる気持ちはよく分かった。佑司の父親は上背があったのだから、あるいは、彼女は名前負けしない、スタイルのよい女性に育っていくかもしれない。手足が長く、おまけに指まで長い、ソリッドな女性に。

ぼくはニュー花梨の第3の親だった。会える時間の少なさを補おうと、彼女が欲しがるものならなんでも買い与えた。歩けるようになると、彼女を連れて『FOR-

EST』に行き、特製のフルーツパフェを振る舞った。花梨が人生最大の命題に取りかかっているかのような真剣な表情で生クリームを口に運ぶ姿を見るのは、胸騒ぐ瞬間だった。父さんもきっと、こんな気持ちでぼくらを見ていたんだろうか、とそんなことを思ったりもした。

あるいは、ふとした仕草や言葉にふたりの花梨が重なり合って見えることもあった。すべてを食べ終わったあと、ぼくはいつも彼女にこう訊ねた。

「夢の味はどうだった？」

すると、奇妙な共時性を見せて、小さな小さな花梨は舌足らずの口でこう答えるのだった。

「あまかった……」

けれど、これらの行為はすべて彼女の両親からは不評を買った。

「贅沢(ぜいたく)を憶えさせたくないんだ」と佑司は言った。

「たいしたもんじゃないよ」とぼくは反論した。

「フルーツパフェだぜ？　父さんだっていつもおごってくれてたじゃないか」

「いや、あのときとは違う」

「たしかに時代は変わったけど——」

「そうじゃない」と佑司は言った。

「あのときのパフェは３７０円だった。でも、いま智史が花梨に食べさせたパフェは１２００円もするんだよ。インフレ率を考えても、どうにも高級すぎるよ」

ぼくが育て親としての喜びを奪われる不安に情けない顔をしていると、佑司はそこでようやく許してくれるのだった。

「わかったよ」と彼は言った。

「でも、今度からは普通の５００円のパフェにしてよね」

けれど、もちろん、ぼくはそんな約束は無視した。ぼくは典型的な親ばかだった。

佑司はそこそこ名の知れた画家になっていた。けれど、生活がいっきに楽になったわけでもなく、桃香は花梨を産んでからも、それまでどおり駅ビルの輸入雑貨ショップの店員を続けていた。だから、ぼくはよく花梨を預かり、遊園地や公園に連れていった。平日の遊園地は人影も少なく、ぼくらはほとんどいつも貸し切り状態で観覧車に乗ることができた。花梨は観覧車が大好きだった。彼女は好奇心旺盛（おうせい）で、この世の中にあるすべてを貪欲（どんよく）に知ろうとしていた。

「なんでぇ？」というのが彼女の口癖だった。

「どうして、下にいるひとたち、あんなに小さいの？」

観覧車に乗りながら花梨がそう訊ねた。だいたいいつも、こんなふうに始まる。

「遠くにいるから小さく見えるんだよ」

「なんでぇ？」

「だって、遠くにあっても大きいままじゃ困るだろ？」

「なんでぇ？」

「さよならするとき不便じゃないか。手を振りながら遠ざかっていくのに、いつまでたっても小さくならないんじゃ、いつ手を振るのを止めたらいいか分からないだろ？」

なんでぇ？

この調子がいつも延々と続いた。花梨はきっと頭のいい子に育つとぼくは確信していた。

トラッシュII世が死んだとき、花梨はまだしゃべれなかった。彼女はただ、ぼくらを見上げ、その大きな目で訊ねるばかりだった。

なんでぇ？

佑司はやっぱり泣いた。眼鏡を外して、小さなこぶしでごしごしと目を擦りながら涙を流していた。

「でも、この悲しみには意味があるんだよね？」

彼は確かめるようにそう訊ねた。

「うん、きっとね。悲しみが深いほど、ぼくらは彼のことを強く記憶に残していくんだ」

「彼を忘れないよ」と佑司は言った。

「ぼくは忘れない。それが残されたぼくらにできる唯一のことだから」

花梨の小学校の入学式にはぼくも出席した。ちゃんとスーツを着て父兄席に座り、ぼくは彼女が胸を張って体育館の中を歩くのを見守った。

この年、佑司の母親が病死したことをぼくらは知った。彼はとくになにも言わなかった。悲しい様子も見せてはいなかったが、きっと彼なりに何かを考えていたんだろうと思う。人と人の繋がりの、そのすべてがうまくいくわけじゃない。様々な化学反応、相互作用の中でぼくらは生きているわけだけど、そこから新たに生まれてくるものは、一番いいものから一番悪いものまで、いろいろな形を取りうる。すべてが大団円に終わるわけじゃない。腑に落ちなかったり、肩透かしになったり、期待はずれな終わり方というのもたくさんある。でもまあ、それが現実というものなのだろう。

あるとき、ぼくは佑司に訊いてみた。

「ほんとのところ、佑司にとって花梨はどんな女性だったの？」

自然公園の池のほとり。桃香とニュー花梨はガチョウにパンの耳を与えている。

彼は無骨なつくりの黒縁眼鏡を外すと、ぽりぽりと目の縁を掻いた。

「好きだったよ」

彼は言った。

「うん」

「恋していた。それが訊きたかったんだろ？」

「ああ、うん、そうだね」

「ずっと恋してた。だって、あんな格好いい女の子ってそうそうはいないだろ？」

「そうだね」

「びっくりしちゃったよ。この気持ちはなんだろう？って。中学に上がったぐらいかな、とつぜん世界が変わっちゃったんだ」

「うん」

「でもさ、こういうのってぼくの一方的な想いだろ？ それって、花梨にとっては煩(わずら)わしいだけなんじゃないかって思って、黙ってたんだ」

「でも――」

「花梨はどうにも子供だったからね。ぼくのほうが成長が早かったんだ。仕方ないよね。こういうのってさ、すべてはタイミングなんだから」

「うん」

「あるいは、運命論的に考えるなら、やっぱりぼくじゃなかったってことなんだろうね。ようやく彼女が窓を開いたとき、真っ先に目に映ったのが智史だったってことはさ。どんなに想っていても、どれだけ近くにいても、どうにもならないってことはあるんだよ」

　きっと、ぼくはこの言葉を待っていたんだと思う。ずっと言い出せなかった謝罪の言葉を口にする切っ掛けとして。少しでも頭が巡る男なら、もっと早くにそうしていただろう。でも、ぼくにはこれが精一杯だった。

「佑司――」

　彼はぼくを押し止めるように、手のひらを突き出した。

「もし、ぼくに対して心苦しいとか、そんな気持ちを感じているなら、それはきっと意味のないことだと思うよ」

　だって、と佑司は続けた。

「恋愛って、そういうもんだろ？　400メートル走みたいにさ、毎日トレーニングしてたら目標を達成できたとか、欠かさずに水をやっていたらプランターの花が咲いたとか、そういうのとは違うからね。一種の相互作用だから、ひとりだけがんばってみてもどうしようもないんだよ。きっとすごく複雑な過程なんだろうね。恋がとても理不尽なものに見えてしまうのは、その奥にあるこの複雑な相互作用のせいなんじゃないのかな」

ぼくが何も言い出せずにいると、佑司はにっこりと笑った。眼鏡をかけていない佑司の笑顔は、彼のひとり娘の笑顔によく似ていた。

「いまでも花梨のことは好きだけど、でも、桃香のほうがもっと好きだよ。これこそが恋だよね？　気が付いたらずっと一緒にいたんだ。ふたりのあいだには子供までいる。すごいだろ？」

「ああ、すごいね」

まあでも、と佑司は言って、眼鏡のレンズを日にかざした。

「ときには努力することも悪くはないかもね」

「ぼくのことを言ってるなら、それは違うよ。べつに努力とかじゃないんだ。ただ、これがぼくにとって一番しっくりくる生活だから」

うん、と佑司は頷いた。

「そう言うと思ったよ。それもまた恋だね」

「そう、これもまた恋さ」

＊

街は少しずつその姿を変えていった。

駅ビルが大きく改装され、立派なステーションデパートに生まれ変わった。そのきらびやかな外装を見ていると、なんだか昔のあのこぢんまりとした駅ビルが嘘のように思える。美咲さんが電車を3台やり過ごし、ぼくとおしゃべりを続けたあの改札ももうない。あのとき彼女はクリームイエローのワンピースを着ていた。そんなことは思い出せるのに、あのとき何をしゃべっていたのか、それはもう忘れてしまった。

憶えているのは、美咲さんの瞳がトビ色とかハシバミ色とか、とにかくそんな明るい色彩をしていたこと。花梨の目の色に似ていると、あのときぼくは思った。なんだかすごく楽しかった。彼女と一緒にいることが楽しくて楽しくて、この夜がいつまでも続けばいいのにって思っていた。まだぼくは29で、世界は彼女の瞳と同じぐらい輝いていた。ぼくらは若さについて無頓着（むとんちゃく）でいられるほどに若く、様々な意味において、まだ子供だった。世界は揺籃（ゆりかご）のように優しく、シビアで残酷な側面は、たくみに隠されていた。

魔法のような夜だった。いまでもあの夜のことを思うと、少し胸が痛くなる。

そう、もうひとつ大事なことを言い忘れていた。花梨の残したメッセージ。それは例の通信販売のためのプログラムの中に隠されてあった。

こういうのをイースターエッグと呼ぶのだろうか。モノリスを探して飛び回るような派手なものではないけれど、これはこれで結構手が込んでいる。一種の時限プログラムになっていて、ぼくの誕生日の正午になると、それは突然画面に現れる。

最初に見たときは、ほんとに驚いた。あまり知識のないぼくは、絶対コンピューターが壊れたんだと思った。

まずは画面がいきなり暗くなり、音楽が鳴り響いた。うろたえていて、すぐには気付けなかったけど、よく聞けばそれは「フニクリ・フニクラ」だった。

次に黒い背景の中、画面の右端から、数十個の白いドットだけで描かれた人間が登場する。音楽に合わせて手を振り、ももを高く上げて行進してくる。そのすぐ後ろにもドット人間は続き、すべてが登場し終わったとき、それは3人と1匹になっていた。

なるほどね。ここでぼくはようやく気付いた。これはきっと花梨のいたずらだ。

ぼく（と思わしきドット人間）を挟むようにして、左に花梨（髪が長く、コートを羽織ってる）、右に佑司（明らかに小柄で、おそろしく巨大な眼鏡をかけている）、その隣にトラッシュ（よその星の不定形生物のようにも見える）が並ぶ。と、突然、へリウムガスを吸ったような奇妙に甲高い声で佑司がハッピーバースデイの歌をうたい出した。ちゃんとハーモニーも付いている。ドット佑司は両手を高く掲げ、背中を反らすようにして熱唱している。ドット花梨はいつの間にか手にポンポンを持っていて、跳ね上がってはそれを大きく振っている。やがて歌が終わると、「ハッピーバースデイ、智史!!」って声が聞こえて、画面いっぱいに描かれたクラッカーが派手な音をたてて炸裂した。ドットトラッシュが、ここぞとばかりに「ヒューウィック!」と声を上げた。

花梨が智史を抱きしめながら言う。言葉は吹き出しとなって彼女の頭の上に浮かんでいる。

「誕生日おめでとう、智史。ついに30歳になったね。あたしはいつでもあんたの幸せを願ってる。あんたと佑司が自分の夢をかなえて幸せに暮らしていること、それがあたしの夢なんだ。この一年が幸せいっぱいになるように、友情を込めたキスを贈るよ。muuuuchu!!」

そしてドット花梨は、ドット智史の背骨を折りそうなほどの勢いでのしかかり、熱いキスをする。

吹き出しの言葉がスクロールして、最後の文章が現れる。

「P.S.　お母さんにもちゃんと感謝してね。今日はあなたを産んでくれたお母さんの日なんだよ。憶えてる？」

もちろん、とぼくは画面に向かって囁く。憶えているさ。

「ありがとう、花梨。こんな素晴らしい誕生日プレゼントはじめてもらったよ。きみのキスの余韻だけで、ぼくはこの一年幸せでいられそうだ」

そんなプレゼントが、毎年毎年届けられた。年式が古くなるたびに仕事用のコンピューターは何度も買い換えたけど、このプログラムだけはちゃんと新しいマシンに引っ越しさせた。彼らの動きや言葉はそのつど少しずつ変化していたから、今年はどんなアニメーションが見られるのだろうと、ぼくは誕生日が来るのを心待ちするようになった。こんな歳になっても誕生日が待ち遠しいなんて、なかなかすごいことだと思う。

＊

今日もまた、ショップを閉めてから遅い夕食（というよりもう夜食だ）を食べにグエンの店に行った。ひどく寒い夜だった。坂道の街路樹が風にしなりながら音を立てていた。それはどことなくトラッシュのあの鳴き声にも似ていた。

ぼくはグエンの店のテーブルで鈴音に手紙を書いた。

『アイルランドの冬はどうですか？　やっぱり、すごく寒いんでしょうね。風邪などひいてませんか？』


客はぼくひとりしかいなかった。グエンが閉店の札をドアに下げ、また店の奥に戻るときにぼくの横を通った。彼はぼくの手元を覗き込みながら訊ねた。

「恋人への手紙ですか？」

ぼくは顔を上げ、小さくかぶりを振った。

「違います」

彼は前掛けで手を拭いながら、それじゃあこれは？という目で手紙を見た。

「ぼくの恋人のお姉さんです。彼女と同じ顔をして、同じ声でしゃべり、同じように笑う」

でも彼女ではない、とぼくは言った。

そうですか、とグエンは頷いた。

「たしか、恋人が遠い離れた場所にいるって、いつかそうおっしゃっていたような気がしたものですから」

「ええ、そうです。彼女はとても遠くにいる。でも、いつも彼女のことを考えてます。

距離は問題じゃない」

　分かります、と彼は嬉しそうに顔をほころばせた。

「私の家族——年老いた父や兄弟もみな、遠い故郷で暮らしています。でも、彼らのことを私はいつも考えています。そして彼らもきっと私のことを思っているはずです。だから私たちは繋がっているのです」

　彼は励ましの言葉のように、ぼくの肩にそっと手を置き、それからゆっくりとした足取りで店の奥へと戻っていった。

　彼の後ろ姿を見送ったあとで、ぼくは再び手紙に戻った。


『今年の冬はなんだかとくに寒いように思えます。でも、毎年ぼくはそんなふうに思っているのかもしれない。それは歳を取っていくことと、あるいは何か関係があるのかもしれません。子供の頃は——花梨や佑司とあの町で冬を過ごしてた頃は、いまほど寒さを気にしていなかったのですから。ぼくももう40になりました。この歳で独りで暮らすということが、きっと一番の寒さの理由なのかもしれません。

　人は弱い生き物だなと、最近つくづく思います。夜中にふと目を覚ましたときに、いないとは分かっていても、ぼくは隣の花梨に向かってつい呼びかけてしまいます。『きみが恋しい』って。人には強がってみせますが、本当はあまりの寂しさにやりきれなくなるときもあるのです。人は――少なくともぼくは、遥か先を見通す力と釣り合いがとれるほどの強さを持ち合わせてはいません。だから、つい弱音を吐いてしまいたくなる。先に続く孤独を思うとき、まるで闇（やみ）に覆われた果てのない荒野を見渡してしまったような気持ちになります。星あかりはあまりに弱く、か細く、頼りないように思えます。

それでも、なんとかやっていこうという気持ちになるのは、やっぱりあのときの鈴音さんの言葉があったからなのかもしれません。

『かくのごとき夢あれかし』

ぼくらがしっかりと生き、ここにはもういない人々のことをずっと思い続けることが、あの『夢』を支えているのだという事実。そのことがぼくを奮（ふる）い起こさせます。そこに花梨もいるのなら、ぼくは彼女のために為すべきことをします。為すべきこととはつまり、生きることです。目を見開きすべてを見つめ、耳を澄ませてあらゆる音を聞くことです。そうすることが、あの世界に細部を与え、あの場所を確かなものにしていくのだと信じて。

また、手紙下さい。ぼくは鈴音さんの手紙をすごく心待ちにしているのです。そして、またいつか会いましょう。『いつか』っていうのが『いつ』だか分からないのだ

智史　』

としても、その『いつか』に、また。

店を出ると、ぼくは羽織っていたジャケットの襟を立てた。カツンカツンと、ローファーの踵（かかと）がアスファルトを叩く音が、寝静まった住宅街に響いていた。天を見上げると、思いのほかたくさんの星がそこにあった。夜空は闇ではなく、けっこう賑やかだった。ぼくはふとまもなく聖夜だということを思い出し、我が姫になにを贈ろうかと、しばらく思案した。彼女は最近、子供用のアクセサリーに夢中になっていた。きらきら輝くものに目がないのだ。もし、佑司とぼくでペンタプリズムをプレゼントしたら彼女は何と言うだろう？　喜んでくれるだろうか？　それとも――

　そこに人影があるのに気付いたのは、もうショップにかなり近付いたあとだった。ぼくは立ち止まり、じっとその人影を見つめた。

「店長さんでしょ？」と影が言った。

　この声――ぼくは知っている。

「そうだけど？」

　ぼくが答えると、彼女は手にしたＡ４のコピーをひらひらさせた。街灯の光に手書きの文字が浮かび上がる。

『終生のパートナー募集　年齢性別不問　水辺の生き物を愛する方ならどなたでも
詳細は店長まで』

　なんと手の込んだことを――

　ぼくはちゃんと声が出るだろうかと訝りながら、彼女に訊ねた。

「面接に来たの？」

　やっぱり、声は少し震えていた。

「そうよ」

「でも、なんでこんな時間に？」

「来たのはもっと前よ。そして、この時間まで待たせたのはあなた」

「そう」とぼくは言った。

「でも、ぼくもずいぶん待ったんだけどね」

「ごめんなさい」と彼女は言った。

「ごめんね、こんなに待たせて」

　いや、いいんだ。ほんとに、もう、いいんだ。

　ぼくはゆっくり近付くと、ためらいながら両手を広げた。そして、まるで少年に戻ったような気分で彼女に呼びかけた。

「花梨？」

彼女は嬉しそうに頷くと、覚束ない足取りでぼくのもとに歩み寄り、それから倒れ込むようにして抱きついた。甘い匂いを振りまきながら、花梨は明るく歌うように言った。

「ただいま！　いま、帰ったわ」

解説

西加奈子

先日、祖母の夢を見ました。

私は、坂道を歩いています。おそらく朝早く、季節は夏です。しばらく歩くと、高台にある古い洋館が見えてきました。それを見て、私は、思い出します。ああ、あそこの二階に、おばあちゃんがいるのだっけ。嬉しくなり、鼻歌など歌って、階段を上がりました。すると、果たしてそこに、祖母が立っていました。二の腕が綺麗に出た、細かな刺繡の白いブラウスに、茄子紺のスカート、足元は、中国の踊り子さんがはくような、黒のビロードの靴。そんな格好をしている祖母を見たことがないので、少し驚きますが、それよりもまず、笑わなければ、と思い、私は口をにゅう、と広げました。祖母は私を見て、少し怪訝そうな顔をしますが、口角をあげて、優しく笑ってくれました。私とおばあちゃんの笑い顔って、全然違うなぁと、私は思っています。あんな風に、柔らかく笑うことは、出来ないものか。

壁いっぱいの窓から、光が差し込んでいるのに、部屋の中は、青い色に沈んでいます。まるで、水の中に浸したようです。8ミリのフィルムがまわるような、カタカタという音がどこかから聞こえ、私の視界は、どんどん青に侵されていきます。

なんて青い。私はそう思って、悲しくなります。

この部屋は、青色が過ぎるではないか！

一度悲しくなると、私は耐え切れなくなり、涙を流します。涙は後から後から溢れて、決して止まることがありません。この涙は、あと何日も流れ続ける。私はそれを知っているので、途方にくれます。

祖母を見ると、祖母は、私を見て、やはり静かに笑っています。

おばあちゃん！

そう叫んだとき、これは夢だと思います。思った途端、私は自分が真っ白いベッドにうつぶせになっていること、そして、シーツを涙とお化粧で汚していることに気付きました。

渋谷のホテル、恐ろしい二日酔いでした。

私はわけも分からず、悲しい気持ちを背負ったまま、シャワーを浴びようと、カバンを開けました。ふらふらになりながら、歯ブラシやシャンプーを取り出すとき、

『そのときは彼によろしく』が、見えました。「解説を書いてください」と、とても名誉なことを編集の方に頼まれ、ここに持ってきたのです。私はそれを取り出し、ベッドの上に置いて、バスルームに行きました。

シャワーを浴びて、それでも少しばかりグラグラとした頭で戻ると、私の寝相でくちゃくちゃになったシーツや、酔っ払った昨晩の私の影が染み付いたカーテンの中で、それは妙にくっきりとした、清々しい輪郭でもって、そこにありました。

私はベッドに寝転がり、本を開きました。

それは、とても美しくて、尊い、ある「夢」にまつわる物語でした。

『かくのごとき夢あれかし』

ある女性が言う、その一言で、物語は始まります。

主人公である智史が、13歳の夏に出会った佑司は、オーウェン・ミーニーを思わせる、頭が良く、優しくて、勇敢な少年です。そして「佑司の友達なら、あたしの友達だ」なんて素敵なセリフをさらりと言い、初対面の男の子に右手を差し出すという、大それたことをやってのける、格好いい女の子、花梨。そして、いつだって「ヒューウィック?」と優しい質問を続ける、みすぼらしくって、でもとても利口な、犬のトラッシュ（私は彼を、何度抱きしめたいと思ったことか）。

彼の生涯で初めて出来たその素晴らしき友人たちとの出来事と同時に、現代の智史、アクアプランツのショップを経営し、結婚紹介システムで出会った女性と、遠慮がちなデートを重ねている彼、にまつわる少し風変わりな出来事が物語られていきます。

私たちは、智史の現在と過去を、全く自然に、自由に行き来し、そして時折、ピリリと刺激のある、魅力的な言葉にはっとしたり、少しばかりの暗い影に、目をつむろうとしたりします。つまり、この物語の中にすっぽりとはまりこんでしまい、二日酔いの胃の中や、昨夜の醜態や、これからの不安や、財布の中身のことなどを、忘れてしまうのです。

私は特に、彼らの少年時代のエピソードを愛します。例えば、こんなくだり。

「彼は、ニキビや生え始めた性毛に悩む中学生たちよりは、よほどレンブラントやルーベンスといった巨匠たちに近い場所にいた」

佑司の描いた絵を、どうしても見たいと思ったし、それが適（かな）わないことに、イライラと落ち着かない気持ちになりました。

佑司の、眼鏡に対する考え方！　私は智史と同じ質問を、心の中でしたものです。

「お祖父（じい）さんの懐中時計みたいに、代々使われていくようなものなの？」

そうだよ、と佑司は答えた。眼鏡とは、そんなもんなんだよ。（！）

ミンチに暴力を受けた佑司と、愛しいトラッシュ。仕返しは駄目だ、暴力はもううんざりだ。と訴える佑司に、花梨が返した一言。

「オーケー、わかった」

「暴力はこれで終わりだ」

こんな尊い言葉を、一体、世界であと、何人の人が、口に出来る勇気を持つでしょうか。

そして、そんな宝石の粒のような、愛おしい子供時代と比べ、現実の三人には、ある翳りのようなものが見えてきます。

きっかけは、佑司との再会です。せっかくのそれは、病院のベッドの上でした。意識不明で眠り続けている佑司。そして、花梨にまつわる謎。元々ミステリアスな存在である花梨でしたが、この辺りからそれに不吉な予感が加わり、その存在が、ますます強く浮き立ってきます。

花梨が隠れるようにして飲んでいる錠剤が興奮剤である、ということを知ったとき、私は何者かに意地悪く胃の腑をつねられたような気になり、それがどうしてなのか知りたいもどかしさで、ページを繰る手も、早くなりました。

ある日、彼女は、行かなければいけない、と言います。もう、時間が無いのだ、と。

そしてとうとう、彼女の秘密が語られます。

深夜眠っていなかったのは、「眠れなかった」のではなく、「眠らずにいようとしていた」こと。夢の世界で生き続ける、彼女と姉の特殊な能力。「こんなことはあり得るのか？」と考えるより前に、私は花梨と智史、そして佑司に訪れるこれからの運命を思います。彼らは、どうなってしまうのか。

でも、ここでも花梨は、驚くべき勇気を見せてくれました。

「これって、きっと誰かが用意したハッピーエンドのシナリオなのよ。だってそうでしょ？　こんなタイミングで私たち3人が再会したのって、偶然なんかじゃないと思う。私は、佑司を助けに行くために、こうやってあなたに会いに来たの」

「私がこうやって会いに来たことで、あなたの人生を変えてしまいたくないから。大丈夫よね？　幸せになってね？」

そして、智史も。

「離れていても、言葉を交わすことができなくても、同じ空の下でぼくの愛する女性が故郷の夢を見ながら眠っている。しかも彼女もぼくのことを愛しているということをぼくは知っている。それが幸せでなくて何と言うのだ？」
　ふたりは、ある共通の幸せで、強く、強く、結ばれているのです。
「愛すること。そして愛し続けること」
　誰かに愛されることを望むのではなく、ただ、愛する。愛し続ける。
　現実の私たちの世界では、その気持ちが、どれほど、ないがしろにされているか。
　私は、頭をがつんと、誰かに殴られたような気になりました。

　花梨は、「あちらの世界」に行き、入れ違うようにして、佑司が帰って来ます。花梨は立派にやり遂げ、智史は、そんな花梨を待つことを決心しています。その決意はとても静かで、強いものです。もう私は、三人の別れを疑うことはありません。彼らはきっと一緒にいるのだろうし、それは永遠に続くのだということを、とても安心した気持ちで、暖かな気持ちで見守っています。そんな中、畳み掛けるようにして、智史の父から、メッセージが届きます。「あちらの世界」に行った彼は、花梨の姉、鈴音（すずね）に出会い、智史へのメッセージを託すのです。それを託されたことで、鈴音はこちらに帰ってくることが出来たのだと、言います。
　そのメッセージはやはり、この言葉でした。

「愛していた」

私はそのとき、おばあちゃん、と叫んだ、自分の声を聞いたような気がしました。静かに微笑んでいた祖母、あれは、私に、大丈夫を、そして、「愛している」を伝えるためだったのではないか。花梨がそうしたように、智史の父がそうしたように。

私は、誰かにめくらめっぽうに「ありがとう」を言いたい気分でした。それを言う代わり、私は渋谷のホテルで、ひとり、「おばあちゃん」と言い、泣きました。

少しばかり翻訳小説めいた、読者との絶妙な距離感と、軽妙で説得力があり、何より美しいセリフの数々は、私が憧れとするところです。そんなことをサラリとやってのける市川さんに嫉妬しつつ、でもやっぱり、お礼を言いたい気持ちで、いっぱいです。

許してもらえるなら、ちょっと、親しげに。

市川さん、ありがとう。

（にしかなこ／作家）

本書のプロフィール

本書は、二〇〇四年十月、小社より単行本として刊行された。

シンボルマークは、中国古代・殷代の金石文字です。宝物の代わりであった貝を運ぶ職掌を表わしています。当文庫はこれを、右手に「知識」左手に「勇気」を運ぶ者として図案化しました。

――「小学館文庫」の文字づかいについて――

- 文字表記については、できる限り原文を尊重しました。
- 口語文については、現代仮名づかいに改めました。
- 文語文については、旧仮名づかいを用いました。
- 常用漢字表外の漢字・音訓も用い、
  難解な漢字には振り仮名を付けました。
- 極端な当て字、代名詞、副詞、接続詞などのうち、
  原文を損なうおそれが少ないものは、仮名に改めました。

そのときは彼によろしく

著者　市川拓司

二〇〇七年四月十一日　初版第一刷発行
五月十四日　第三刷発行

発行人――佐藤正治
編集人――稲垣伸寿
発行所――株式会社　小学館
〒一〇一－八〇〇一
東京都千代田区一ツ橋二－三－一
電話　編集〇三－三二三〇－五一三四
販売〇三－五二八一－三五五五
印刷所――図書印刷株式会社

ISBN978-4-09-408160-2

小学館文庫